書下ろし

擾乱《じようらん》、鎌倉の風（上）

黄昏《たそがれ》の源氏

岩室 忍

祥伝社文庫

擾乱、鎌倉の風

上巻　黄昏《たそがれ》の源氏

目次

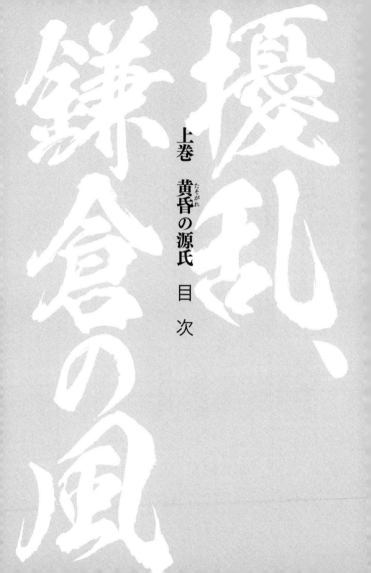

反逆の北条　目次

序章

平治《へいじ》二年（一一六〇）はわずか十日で改元された。

正月十日が永暦《えいりやく》元年一月十日となった。なんとも忙《せわ》しない正月だった。というのも、前年十二月の平治の乱で平　清盛《たいらのきよもり》と源　義朝《みなもとのよしとも》が戦い、源氏《げんじ》が敗北する大事件があり大掛かりな落武者狩りが行われていた。

戦いに敗れた義朝は息子の義平《よしひら》、朝長《ともなが》、頼朝《よりとも》、大叔父《おおおじ》の陸奥六郎義隆《むつろくろうよしたか》、新羅三《しんらさぶ》郎義光《ろうよしみつ》の息子平賀義信《ひらがよしのぶ》、源　重成《みなもとのしげなり》、家臣の鎌田政清《かまたまさきよ》、斉藤実盛《さいとうさねもり》、渋谷金王丸《しぶやこんのうまる》など十騎ばかりになって京を脱出するのに成功する。

源氏の本拠である東国に一旦は逃げて、兵を集めれば充分に再起はできると考えていた。

東海道《とうかいどう》を近江《おうみ》に入ると伊吹《いぶき》おろしの猛吹雪《もうふぶき》に襲われた。

湖東《ことう》の強風は馬もたじろぐほどだ。沈黙の義朝一行は一列になって吹雪の中を東に向かった。

後方からは落武者を追撃する平家《へいけ》軍が追ってくる。

「御大将ッ、後ろはそれがしが！」

「うむ！」

「それがしも！」

吹雪の中を六郎義隆と重成が追尾する平家軍に向かっていった。その二人を雪に埋もれそうな馬に騎乗した朝長が追っていった。

三人は追尾の平家軍を押し留《とど》め、大将の義朝を少しでも遠くに逃がしたい。

北からの猛吹雪に押されて三騎が平家軍に突進していった。

眼もあけられないような吹雪の中の戦いは壮絶だった。叫び声も強風にかき消されてしまう。

三騎は太刀《たち》を振るい、ここが正念場と獅子《しし》奮迅《ふんじん》の戦いをした。

平家軍が恐れをなしてじりじりと下がる。

だが、わずか三騎ではいかんともしがたい。義朝を追って戻ってきたのは朝長だけで、それも深手を負っている。義隆と重成は平家軍に呑《の》み込まれ討死《うちじに》した。

先を急ぐしかない。

その時、まだ十四歳の頼朝が一行から遅れ出した。

戦いの中でここ数日、まともに寝ていない頼朝は猛烈な睡魔に襲われていた。

馬上で体がぐらぐらする。

そのうち、グラッと体が後ろにひっくり返って落馬した。落馬して慌《あわ》てた頼朝は、馬の傍《そば》
重い鎧《よろい》の上に蓑《みの》を三枚も着て雪を防いでいる。落馬して慌てた頼朝は、馬の傍
まで腰ほどもある雪をかき分けていくと馬上に這《は》い上がった。

馬に逃げられたらこの場で動けなくなり凍死するしかない。

恐ろしい湖東の猛吹雪だった。

その時すでに、頼朝の後方に平家軍が迫っていた。

もう半町《ちょう》（約五四・五メートル）も離れていない。吹雪でなければはっきり視界に入るだろう。

雪道を頼朝の馬がのろのろと歩き出した。父の義朝一行と頼朝は吹雪の中ではぐれてしまった。

しばらく行くと、後方から追って来た平家軍に追いつかれ、雪達磨《ゆきだるま》のような頼朝が吹雪の中で包囲された。万事休す。頼朝はこれまでだと死ぬ覚悟を決めた。

京では戦いに勝った平清盛の六波羅《ろくはら》の屋敷に、雪の中にもかかわらず押すな押すなの人や牛車《ぎっしゃ》が列をなしていた。

そんな時、源義朝の嫡男《ちゃくなん》でまだ幼い頼朝が、近江で平頼盛《よりもり》の郎党《ろうとう》平宗清《むねきよ》に捕

らえられ、大賑わいの六波羅に送られてきた。

源氏の大将の息子で死罪が当然である。

ところが、清盛の継母《ままはは》の池禅尼《いけのぜんに》が、早世《そうせい》した我が子の家盛《いえもり》に頼朝が似《に》ていたことから、清盛に助命嘆願をする。だが、源氏の大将の嫡流《ちゃくりゅう》の男子であり、頼朝をそう簡単に助命などできるはずもない。

すると池禅尼が断食を始め、清盛の嫡男重盛《しげもり》まで助命を言い出した。

これにはさすがの清盛も折れるしかなく、敵の大将の子でそれも嫡男であり殺されるべきだったが、頼朝は死罪から一転して伊豆《いず》への流罪《るざい》と決まった。

この池禅尼こそ貴族社会から、武家社会へと歴史を変えた、大人物であるといえるのではないだろうか。

頼朝はこの池禅尼こと藤原宗子《ふじわらのそうし》の恩を生涯忘れず、池一族こと宗子の産んだ清盛の弟頼盛《よりもり》たち一族を、平家滅亡の壇ノ浦《だんのうら》の戦い後にも生き残らせ、権大納言《ごんだいなごん》や鎌倉《かまくら》の御家人《ごけにん》にするなど厚く遇している。

一ケ月後の三月十一日に頼朝は伊豆の蛭ケ小島《ひるがこじま》に流された。

心ならずも頼朝の命を助けた清盛は、伊豆の豪族、伊東祐親《いとうすけちか》と北条時政《ほうじょうときまさ》に頼朝の監視を命じたのである。

頼朝が生き残ったことで、崩壊した源氏の嫡流が辛《かろ》うじて命脈を繋《つな》ぎ、やがて蘇生《そせい》して鎌倉に幕府を開くことになる。

流人《るにん》ではあるが頼朝は、右兵衛権佐《うひょうえごんのすけ》という官職だったことから「佐殿《すけどの》」と呼ばれた。

頼朝が幸運だったのは乳母《うば》が比企尼《ひきのあま》だったことで、比企一族は伊豆に近い武蔵《むさし》の比企を支配していた。

まだ幼かった頼朝が東国で生き延びることができたのは、その比企一族の物心両面での支援を受けられたことが大きかった。

頼朝の側近には比企尼の娘婿《むこ》の安達盛長《あだちもりなが》や河越重頼《かわごえしげより》、伊東祐清《いとうすけきよ》、工藤茂光《くどうもちみつ》、土《ど》肥実平《ひさねひら》、岡崎義実《おかざきよしざね》、天野遠景《あまのとおかげ》、加藤景廉《かとうかげかど》などがいた。そこに源氏に味方して所領を失った近江の佐々木定綱《ささきさだつな》、経高《つねたか》、盛綱《もりつな》、高綱《たかつな》の四兄弟が駆《か》けつけて頼朝に仕《つか》えた。

滅んでいった源氏一門を弔《とむら》う読経三昧《どきょうざんまい》の頼朝は、箱根《はこね》権現《ごんげん》や走湯《はしりゆ》権現に深く帰依《きえ》して、地方武士の中に紛《まぎ》れ込んで身を隠しながら、乳母の甥《おい》で京にいる三善《みよし》康信《やすのぶ》から来る密書で平家の動きはつかんでいた。

時機が来たら源氏再興のために立つ覚悟を秘めている。

胸の奥深くにすべてを隠して流人暮らしをしていたが、出歩くのは姿さえ晦《くら》まさなければうるさいことはなかった。

その頃、源頼政《よりまさ》の知行《ちぎょう》であった伊豆にもう一人の流人が流されてきた。

その男は摂津《せっつ》源氏渡辺流《わたなべりゅう》の遠藤盛遠《えんどうもりとお》といい、十九歳で出家して文覚《もんがく》という。二十二歳になる。

文覚の出家の原因は、従兄弟《いとこ》の渡辺渡《わたる》の妻袈裟御前《けさごぜん》が絶世の美女で、血気《けつき》盛んな文覚はその袈裟御前に懸想《けそう》、横恋慕《よこれんぼ》の挙句《あげく》に寝所へ忍び込んで、誤って袈裟御前を殺してしまったからだというがその真相は不明だ。

文覚は学のない粗野《そや》な乱暴者とされる。

その文覚が伊豆に流罪にされたのは、京の高雄山神護寺《たかおさんじんごじ》の再建を後白河天皇《ごしらかわてんのう》に強訴《ごうそ》したからだ。

神護寺は弘法大師空海《こうぼうだいしくうかい》が高野山《こうやさん》に入る前に住し、最澄《さいちょう》も訪れた寺で、高雄山の空海から比叡山《ひえいざん》の最澄に送られた、風信雲書自天翔臨《ふうしんうんしょじてんしょうりん》で始まる風信帖《ふうしんじょう》で知られる古刹《こさつ》である。

日本仏教にとって重要な寺だ。

その神護寺は空海が高野山に去ると徐々に衰退、その荒れ果てた姿を嘆き、空海を慕《した》って再興しようとしたのが文覚だった。

天皇に叱《しか》られた文覚は、清和《せいわ》源氏渡辺流の棟梁《とうりよう》源頼政の知行である伊豆に流された。

この頃の伊豆守は頼政の子の源仲綱《なかつな》だった。

文覚は近藤四郎国高《こんどうしろうくにたか》に預けられ奈古谷寺《なごやじ》に庵《いおり》を結んで住んだ。その近くの蛭ケ小島に頼朝が流されていた。そんなことから同じ源氏で京を知る頼朝と文覚が知遇になるのはすぐだった。

頼朝と文覚の交流は四年に及んだ。

二人の密会の場所は函南《かんなみ》の長久寺《ちようきゆうじ》だった。弘法大師空海が開いたという古い寺だ。

頼朝が駆けていくと文覚が待っている。

流人の二人が人目を忍んで密談するにはうってつけで閑散《かんさん》としている。勝手には京に戻れない二人はあれこれと都の話をした。

文覚が話すのは源氏再興のためにどうするかという話が多い。

「佐殿は京に上る気はござらぬか？」

「京に？」

「さよう、わが源氏を再興する気はありませんか？」

「それがしは流人の身でござる。易々《やすやす》と上洛《じょうらく》することなどできることではないと思っております」

「そのようなことはない。佐殿は源氏の嫡流でござるぞ。決起すれば源氏百万の大軍が動きます」

「ご坊の話は大き過ぎてそれがしには思いも及ばぬことでござる」

「いつまでも平家の世を見ているのはつらい。唯一《ゆいいつ》、佐殿こそ平家を倒す源氏の御大将ですぞ！」

「ご坊、そのようなことを言われても困る。どこに見張りの耳があるやら、平家を倒すなどということはできぬ相談でござる」

流人の頼朝は京の三善康信から月に二、三度、密書をもらっていて平家のことはかなり詳しく知っていた。

下級公家《くげ》の三善家は代々太政官の書記官で算道《さんどう》の家柄であった。

算術を研究するのが仕事の公家で実務に優れている。その三善康信の母は頼朝の乳母の妹であったため、七歳年上の康信は頼朝のことをよく知っていた。

その康信が頼朝へ頻繁に密書を送ってきた。文覚はそんな康信と頼朝の交流や動きを知らない。

頼朝は文覚に言われるまでもなく、心の奥底に秘めて平家打倒の炎を燃やし続けていたのだ。非業の死を遂げた源氏一門の悔しさは頼朝の全身に染みついている。

「ご坊はいつまでこんなところに逼塞《ひっそく》しておられるつもりですか？」

「うむ、それだが、拙僧《せっそう》はいつでもここから逃げ出すつもりでいる」

「やはり、京に上られますか？」

「むろん、拙僧には高雄山の神護寺を再興するという仏さまとの約束がありますのでな」

「弘法大師さまの高雄山？」

「ご存じか？」

「名前だけですが……」

文覚の願う神護寺の再興は、後年、後白河法皇の庇護《ひご》や頼朝の援助で大いに進むが、文覚の弟子の上覚《じょうかく》によって成し遂げられる。

頼朝と文覚の話はいつもこんな塩梅《あんばい》で、頼朝は決して文覚に心の内は見せなかった。それは文覚ばかりではない。頼朝の警固をしている近臣たちにも悟《さと》られまいとした。

無力な頼朝が自分を守る術《すべ》はそれしかない。

身も心も隠すことで生き延びようと頼朝は考えていた。

平家打倒などが表沙汰《おもてざた》になれば、木の葉の如《ごと》く頼朝の命などは風前の灯火《ともしび》である。

だが、文覚はこそこそするのが嫌いなようで、頼朝とはいつも平家打倒の話をするのだった。

摂津源氏の文覚にとって源氏の嫡流である頼朝に決起して欲しい。僧侶だが頼朝が挙兵するならいくらでも協力はできる。

文覚のいいところは時々仏の話や、心から慕《した》っているのだろう弘法大師空海の話をすることだった。

「弘法大師空海さまというお方は、今も高野山の奥の院に生きておられるのです」

「えッ、本当ですか？」

「拙僧は嘘《うそ》など言いません」

大真面目《おおまじめ》な顔で文覚は三百五十年も前の高僧のことを言う。そんなことは大嘘だと頼朝にもわかるが、文覚の熱弁を聞いているとやはり生きているかもしれないと思う。

「佐殿、拙僧はな、空海さまは聖徳太子《しょうとくたいし》さまの生まれ変わりだと信じておるのだ」

「はあ、聖徳太子さま……」

「そうだ。太子さまが亡くなられて百五十年後に空海さまがお生まれになられた」

「百五十年……」

文覚の話は気宇壮大《きうそうだい》で頼朝はあっけに取られている。

それでもおもしろい。

頼朝は神や仏を信じている。自分が処刑から一転して生き延びられたのは神仏のお陰だと思う。だが、太子の生まれ変わりが空海というのは、にわかには信じられないが、もしかしたらとは思った。

文覚は大きな嘘を大真面目に語る。

その文覚から頼朝は学ぶことが少なくなかった。

「佐殿は源氏一門の御大将です。武運つたなく倒れられた一門の供養を怠《おこた》ってはなりません。ことにお父上の義朝さまのご無念をご供養申し上げてください」

「源氏は必ず平家に勝ちます」

などなど言って常に頼朝を励ました。

ところが二人が出会って四年が過ぎた頃、突然、その文覚が頼朝の前から消えた。無断で伊豆から逃げ出し京に向かったのだ。

時が流れ、文覚が再び頼朝の前に現れるのはずいぶん先のことになる。

隠れるように伊豆の片隅で流人生活を送る頼朝だが、京の三善康信や近臣たちや比企尼のお陰で何不自由もなく成長した。

そして源氏の若き御大将は美しき姫と恋をした。

流人の頼朝が伊東祐親の娘で三女の八重姫《やえひめ》と恋に落ちた。貴種の頼朝は伊豆の田舎《いなか》には似合《にあ》わない美男子でよく目立った。

互いに引かれあった二人は、伊東の音無《おとなし》の森の音無神社で逢瀬《おうせ》を重ねた。

「頼朝さま……」

「八重殿！」

「幸せにございます」

「八重殿、それがしは流人でござる。お父上に叱られませんか？」

「お慕いしております。怖いことなど何もありません」

八重姫は頼朝に抱きしめられると、身も心も溶《と》けてしまいそうでうれしかった。

この時、頼朝は二十五歳になっていた。これまで、二人は憎からず思っていて遂《つい》に密会を重ねたのだが、このことを八重姫の父伊東祐親に知らせた者がいた。

「なんだと、佐殿が八重と音無神社で会っているというのか？」

「はい！」

「もう長いのか？」

「この春ごろからではないかと思われます」

「そうか、このことは誰にも言うな。いいな？」

「はッ！」

祐親は名門源氏の御曹司《おんぞうし》が地方豪族の娘婿になるなら、それでもいいのではないかと小さな野心を育てた。

そこで知らぬふりを決め込んだ。

祐親に平家への不満がないとはいえない。地方の弱小豪族は切っ掛けをつかんで領地を広げたい。それには有力な一族と縁組をして力をつけることが大切だ。

だが、流人の頼朝は名門中の名門だが、平家ににらまれているのだから危険でもある。祐親は何かあればその時は頼朝を処分すればいいと思う。

息苦しく生きている弱小豪族はそこが難しい。

二人の逢瀬に祐親が目をつぶるとたちまち八重姫が懐妊した。

ところがそんな時、伊東祐親が京の大番役《おおばんやく》として上洛することになった。大番役とは京の内裏《だいり》や院などを警護する仕事で期間は三年間である。三年という月日は短いようだが結構長い。

娘の懐妊を知らない祐親は、家人《けにん》を率《ひき》いて伊豆を出立《しゅったつ》した。

その翌年、伊東屋敷で頼朝の長男千鶴丸《せんつるまる》が生まれる。母子ともに元気で頼朝は一安心だった。

だがこの頃、京の平家は全盛期に向かって急速に繁栄し、やがて栄耀栄華《えいようえいが》をほしいままに「平家にあらずんば人にあらず」と豪語するようになる。平治の乱で勝利した平家は勢いよく、その栄耀栄華に向かって急坂を駆け上がっていた。

そんな平家の姿を見た祐親が、頼朝を娘婿にする危険を身近に感じて、三年の大番役が終わると伊豆に帰ってきた。

家臣からの知らせで、祐親は娘の八重に、頼朝の子が生まれ三歳になっていることは知っていた。

大問題なのは、その頼朝と子どもをどうするかだった。

京で考えを変えた祐親は平家の怒りを恐れている。清盛から咎《とが》められる前に始末しなければならない。

祐親は自身と一族を守るため鬼になった。

だが、その判断は大いなる誤りでほどなく伊東祐親一族は滅ぶことになる。それは神しか知らないことだ。

激怒する祐親は千鶴丸と頼朝を殺してしまおうと考える。

助けてくれと泣き叫ぶ八重姫から、無慈悲に取り上げた千鶴丸を柴《しば》で包んで縛り上げ、石の重りをつけて松川《まつかわ》の轟《とどろき》ケ《が》淵《ふち》の水底に沈めてしまう。

柴漬《ふしづけ》の刑にして殺すとすぐ頼朝をも殺害しようとした。

その謀略にいち早く気付いたのは、祐親の次男で比企尼の三女を妻にし、頼朝とも親しくしている祐親の息子伊東祐清だった。

夜になると密かに祐清は頼朝のもとに走った。

「佐殿ッ、千鶴さまが殺されましてございます。ここにも父が攻めてきます。早くお逃げくださいッ！」

「千鶴が、八重の方は？」

「無事にございます。まずは一刻も早く走湯権現までッ！」

「よし、定綱、逃げるぞ！」

「はッ！」

　頼朝主従は逃げ足が速い。危険な時は何も考えない。何はさておいても逃げるのが一番だ。

「行くぞッ！」

　馬に跳び乗って馬腹を蹴ると、頼朝と数騎が海沿いに、走湯権現こと伊豆山権現まで一気に駆け抜けた。何《な》んとも逃げ足が速い。

　頼朝主従は海岸沿いを走るように、湯が点々と湧き出している熱海《あたみ》まで逃げた。そのため、この辺りは走湯という。

　その走湯権現の伊豆山神社は古く、仁徳《にんとく》天皇の勅願所《ちよくがんしよ》として建立されたと伝わる。

　急遽《きゆうきよ》、伊豆山神社に逃げ込んだ頼朝を匿《かくま》ったのは、伊東祐親と同じ伊豆の豪族である北条時政だった。

　伊東祐親は頼朝から取り返した八重姫を、後に、この北条時政の次男義時《よしとき》が分家して江間小四郎《えまこしろう》と名乗ると、その妻として嫁がせた。

義時の母は祐親の娘で時政に嫁いでいたからだ。

無理やり嫁がされた八重姫は義時に馴染《なじ》まず、死んだ千鶴丸を最誓寺《さいせいじ》に祀《まつ》って自らも千鶴丸の後を追って松川に入水《じゆすい》して自殺する。

頼朝の青年期の痛恨の事件だった。

第一章　源氏の復活

以仁王《もちひとおう》の令旨《りょうじ》

　時政《ときまさ》の長女、政子《まさこ》には時子《ときこ》という妹がいた。

　ある夜、その時子が夢を見た。その夢は険《けわ》しい山の峰に登り、日月がゆっくり袖《そで》に入り、その手には、たわわに実った橘《たちばな》を持っている。

　そんな夢だった。

　その夢を時子は姉の政子に話した。

　すると政子は妹の吉夢を自分のものにしたいと思い、時子には「それは凶夢だ。夢の中身を人に話すと神罰に当たる」と脅した。

「まあ、どうしましょう？」

　怯《おび》えて不安がる時子に、政子はこう言った。

「夢には移転の法というものがあります。売る者にも買う者にも禍《わざわい》は消えるということがあるようです」

　するとその政子の話に時子は安心する。

「その夢をわたしが買いましょう」

「本当、お姉さまが買って下さるの？」

「ええ……」

政子がすぐ唐鏡《とうきょう》と衣《ころも》を持ち出してきた。

「これでその夢を買いましょう」

ちゃっかりと政子が妹の時子から吉夢を買い取った。するとその夜、政子は白《しろ》鳩《ばと》が金の函《はこ》をくわえて飛んでくる夢を見た。

朝になると、頼朝の使いの者が政子に恋文《こいぶみ》を届けてきた。

この時、政子には父時政が決めた伊豆目代《もくだい》の、山木兼隆《やまきかねたか》との結婚話が用意されていた。だが、この頃は、政子の胸に頼朝が住みついた頃で、美男子の麗《うるわ》しき若武者に政子は心を寄せていたのだ。

この恋文に、頼朝を憎からず思っていた政子は、頼朝のもとに走ろうとするが、気づいた時政に幽閉されてしまう。時政は伊東家の八重姫の事件を知っていて、政子にその二の舞はさせられないと考えた。だが、恋は盲目《もうもく》ともいう。どうしても頼朝を好きな政子は北条屋敷を飛び出すと、頼朝のいる伊豆山神社に走って籠《こも》ってしまった。

なんとも気が強いというか向こう見ずというか、政子は十九歳で気性が激しく父親の時政も手を焼いていた。源氏《げんじ》の御曹司頼朝は既に分別盛りの二十九歳になっている。

政子の父時政は、頼朝と政子が好き合っていることにどうしても反対だ。

そんな中で時政は頼朝を伊東祐親《いとうすけちか》と同じように考えた。この時期に頼朝を婿に迎えることはあまりにも危険すぎる。

だが、時政は冷静に考えた。そこが祐親と時政の違いだ。

時政は平家の天下が続く中で、このままでは伊豆の一豪族で終わるしかないと考え、名門源氏の御曹司頼朝に娘を託《たく》し、北条家の家運をも託してみようと決心したのだ。

冷静に考えれば東国には源氏に味方する者が少なくない。八幡太郎義家《はちまんたろうよしいえ》の頃から東国は源氏一族が根を生やしてきた土地だ。平家に負けない源氏の地盤が東国にはある。

急に野心を育てた時政は、頼朝を弾《はず》みにして世に飛び出す機会をつかもうと考えた。

流人《るにん》になって落ちぶれた源氏とはいえ、頼朝は源氏の嫡流の御曹司で唯一無二の大将である。

二人といない貴種だった。

同じ頼朝の監視役でも伊東祐親と北条時政には大きな考えの違いがあった。祐親より時政の方が、器も野心も大きかったということだ。

治承《じしょう》元年（一一七七）、源頼朝が北条政子と結婚した。すると翌治承二年（一一七八）に二人の間に長女の大姫《おおひめ》が生まれた。

京の平家はそんなことが伊豆の片隅で起きているとは知らない。

その平家は栄華の 頂《いただき》を極《きわ》めつつあった。山は頂に上り詰めれば必ず下らなければならない。

平家を待っていた下り道はまさに転落しそうな崖《がけ》であった。

この頃、後白河法皇と清盛の間には虚々実々の駆け引きが演じられていた。だが、平家の栄華は確実に傾き始めていた。

事件は治承三年（一一七九）の十一月から始まった。

平清盛が兵を起こし後白河法皇五十三歳を幽閉、関白藤原基房《かんぱくふじわらのもとふさ》を追放する政変を起こしたのである。

するとその後白河法皇の第三皇子だった以仁王《もちひとおう》まで、知行の城興寺《じょうこうじ》領を没収される事件に発展した。平家の横暴は果てしなかった。

以仁王には皇位継承の資格があった。

ところが、清盛の妻時子《ときこ》の妹の滋子《しげこ》が産んだ異母弟の憲仁《のりひと》親王がいた。

この滋子が清盛と平家の威勢を借りて権勢をふるい、以仁王の母方の伯父《おじ》藤原公光《きんみつ》の権中納言《ごんちゅうなごん》と左衛門督《さえもんのかみ》を解官して失脚させた。

あろうことか兄である以仁王の皇位継承の可能性を消滅させ、親王宣下《せんげ》も受けさせないというひどい扱いをして、以仁王を皇位継承者から葬り、自分の産んだ憲仁を高倉《たかくら》天皇としたのだ。

治承四年（一一八〇）の年が明けた二月二十一日に高倉天皇二十歳が譲位、わずか三歳で生後一年二ケ月の安徳《あんとく》天皇が践祚《せんそ》した。

幼帝に代わって政治を行うのは、当然外祖父の清盛である。

安徳天皇の母は、清盛の娘徳子《とくこ》だった。この頃清盛は、都を京から摂津《せっつ》の福原《ふくはら》に遷都《せんと》させる計画を持っていた。

この許しがたい清盛の傲慢《ごうまん》な振る舞いを、苦々《にがにが》しく嫌う者が多く、反平家の勢力が多くなっている。

平家の傲慢に激怒した以仁王は、平家討伐を決意し、四月に平家追討の令旨《りょうじ》を、全国の源氏に発し挙兵を促すしかないと考えた。何《な》んといっても平家と対峙《たいじ》できるのは源氏しかいない。

一口に源氏と言っても嵯峨《さが》源氏、宇多《うだ》源氏、村上《むらかみ》源氏、花山《かざん》源氏など天皇別に二十一流の支流があった。その分家までになると河内《かわち》源氏、摂津源氏、甲斐《かい》源氏など全国に広がっている。

このまま清盛を放置できない。以仁王は自分と同じように平家打倒を考えている源頼政《よりまさ》こと源三位《げんざんみ》頼政と組んだ。二人は平家討伐の令旨を源行家《ゆきいえ》に持たせて、諸国の源氏と大寺社に決起するよう呼びかけた。

四月二十二日に安徳天皇が即位した。

事態は急転している。

だが、平家打倒といっても一朝一夕にできることではない。

以仁王の令旨が伊豆の頼朝に届いたのは四月二十七日だった。頼朝はその時が来たと思ったがすぐには動かない。

平家がどう動くか、諸国の源氏のうちだれが動くのかを見極めたいと思う。

三十四歳の頼朝は思慮深く冷静な武将に成長している。清盛を相手に戦うのは一回限りで、平家が勝つか源氏が勝つかだ。

以仁王から平家討伐の令旨が出たことはすぐ平家方に漏《も》れた。

清盛はすぐ検非違使《けびいし》に以仁王の捕縛を命じた。ことここに至っては準備不足で兵は揃《そろ》わないが挙兵するしかない。以仁王はわずかな手勢を連れて京を脱出、湖《こ》西《さい》に走って大津《おおつ》の園城寺《おんじようじ》こと別称三井寺《みいでら》に逃げて匿われた。

以仁王が三井寺にいることがわかると、五月二十一日に清盛は容赦なく三井寺を攻撃すると決めた。

その夜、源三位頼政は自邸に火を放つと、兵と一族を率いて都を抜け出し、三井寺に急行して以仁王と合流した。以仁王は北嶺《ほくれい》の比叡山延暦寺《ひえいざんえんりやくじ》や南都の興福《こうふく》寺《じ》の決起なども促していた。だが、延暦寺は平家の報復を恐れ中立だと言って動かない。

強訴《ごうそ》の時は景気のいい延暦寺の僧兵も、いざ清盛と対決だとなると腰が引けて臆病者になり果てる。

「僧兵は動きませんか？」

「お山は中立だなどと臆病風に吹かれたようだ」

「平家の仕返しを恐れているのでございましょう。清盛が強訴の神輿《みこし》に矢を射かけたことがございますので……」

「うむ、南都に向かうか？」

「はい、興福寺であれば、いざという時は吉野《よしの》に引くこともできます。木曽《きそ》の義《よし》仲《なか》や伊豆の頼朝が動くまで立て籠ることもできます」

「吉野か？」

「熊野《くまの》までも……」

「よし、南都に行こう！」

以仁王は各地で源氏が挙兵するまで南都興福寺を頼ることにした。平家が追って来ても頼政の言うように吉野でも熊野までも引けばいい。

五月二十五日の夜、以仁王と頼政はこれ以上三井寺にいては危険だと、一族と兵を連れて夜陰《やいん》に紛《まぎ》れながら三井寺を出て奈良《なら》に向かった。

ところが乗りなれない馬上にいる以仁王が、疲れ切って居眠りをしたのか、落馬するに及んで頼政は行軍を中止した。

落馬は打ち所が悪いと落命する危険のある事故だ。

以仁王だけでなく、夜の行軍にみなが疲れているのだろうと、頼政は宇治《うじ》の平《びょう》等《どう》院《いん》に入って休息を取った。

その頃、一行を追跡する平家の大軍がひたひたと迫って来ていた。

頼政は平家軍が近くまで攻め寄せてきていると感じ取っている。七十七歳の老将には敵の近づいて来る匂いがわかる。

「宇治橋の橋板を落としてしまえ！」

山の稜線《りょうせん》が微《かす》かに白くなると頼政がそう家臣に命じた。

寡兵《かへい》ではいかんともしがたいが、頼政は平家軍と戦っている間に以仁王を興福寺に逃がそうと考えた。

二十六日の夜が明けると、宇治川の対岸に平家軍が続々と姿を現した。

「ここで暫《しばら》くは敵をくい止めますので、その間に南都まで急いでくださるよう……」

「源三位！」

「興福寺にて合流いたします」

「うむ、承知した。待っているぞ！」

「はい！」

二人は今生《こんじょう》の別れだとわかっている。

平家の大軍は宇治橋が渡れないことがわかると、強行に宇治川を渡河して猛攻撃を仕掛けてきた。

寡兵の頼政軍は以仁王を逃がすべく、平等院に立て籠って平家軍に抵抗した。

だが、戦いは圧倒的に不利で、たちまち頼政の一族は、仲綱《なかつな》、宗綱《むねつな》、兼綱《かねつな》が次々と敵中に突っ込んで討死、打つ手のない頼政は辞世《じせい》の句「埋木《うもれぎ》の花咲くこともなかりしに……」を残すと渡辺唱《わたなべとなう》の介錯《かいしゃく》で腹を切った。

宇治の平等院から脱出し興福寺に向かった以仁王は、ほどなく平家軍の伊藤忠《いとうただ》綱《つな》、藤原景高《ふじわらのかげたか》らに追いつかれ、南山城《みなみやましろ》の加幡河原で戦ったが討ち取られる。この時、以仁王は三十歳だった。

平家の横暴を見かねて以仁王と源頼政は挙兵して失敗に終わったが、平家追討を命じた以仁王の令旨はまだ生きていた。戦いはまだ始まったばかりである。

その以仁王の挙兵から二ケ月が経ち、京の三善康信《みよしやすのぶ》から頼朝に使者が発せられた。

それは平家から諸国に源氏追討の計画が出されているからで、頼朝にも捕縛の手が回ると康信は心配した。

頼朝には一刻も早く奥州《おうしゅう》方面に逃げて欲しいという使いの言葉だった。

「奥州か？」

「はいッ、奥州平泉《ひらいずみ》の藤原秀衡《ひでひら》殿であれば、清盛も易々と手出しはできないはずだと主人が申しておりました」

「平泉の藤原か？」

陸奥守藤原秀衡は清衡、基衡、秀衡と続く奥州藤原の三代目の当主である。その奥州藤原家は豊富に産出する黄金を基盤に、奥六郡と出羽、陸奥を支配してきた。

その膨大な財力は尽きることがなく、奥州名馬と砂金によって黄金の仏教文化を築き上げてきた。

既に、その奥州平泉には頼朝の異母弟牛若丸《うしわかまる》こと義経《よしつね》が身を寄せている。

頼朝はその存在をまだ知らなかった。異母兄弟がいることは知っていた。義経は京の鞍馬寺《くらまでら》に入れられるなど、苦労しながらも二十二歳の若武者に育っている。

三善康信からの知らせで頼朝は平家に追われる身の危険を感じた。

いつもならすぐ逃げて身を隠すが、奥州平泉では遠過ぎて平家打倒の旗揚げには不便すぎる。だが、奥州藤原には強力な騎馬軍団があり、その支援を受けられるはずだ。

どうすればいいのか悩ましい判断だ。

源氏の大将としてどう振る舞うか頼朝は追い詰められた。逃げるかそれとも戦うかである。

名門源氏の棟梁《とうりょう》の嫡流として、熟慮して身の振り方を決めなければならない。

京の三善康信からの知らせは、逃げないのなら堂々と挙兵して平家と戦えと言っているようだ。

奥州平泉に逃げるか、乾坤一擲《けんこんいってき》、関東に踏みとどまって平家の大軍と戦うかだ。

二つに一つの選択しかない。

平家に味方する伊東祐親などに清盛からの命令が届いて、今日明日にも動き出すかもしれない。

判断に猶予《ゆうよ》はなかった。

頼朝は危機を全身で感じている。

その夜、興奮している頼朝は政子を抱いた。妹の時子から吉夢を買った政子は、二十四歳になり頼朝に惚《ほ》れ抜いている。

「政子、これから北条屋敷に行ってくる」

「こんな夜更けに？」

政子は中途半端にされて不満な顔だ。

「急ぐ話がある」

「三善さまからの？」

「そうだ」

頼朝が政子を放り出して褥《しとね》に体を起こした。夜でも少し暑い。

「もしや平家が？」

「うむ、動くようだ。わしを捕らえに来る」

それを聞いて政子が半裸のまま褥に飛び起きた。

「急がなくては！」

政子の慌て方は尋常ではない。半裸のまま着物を丸めて抱えると、帯をズルズル引きずって隣室の暗がりに消えた。

大敗北

頼朝は土肥《どひ》実平《さねひら》と工藤《くどう》茂光《もちみつ》の二騎を連れ、三騎で伊豆田方《たがた》北条にある北条屋敷に一気に駆けた。

深夜の騒ぎに時政の長男宗時《むねとき》が飛び出してきた。

「佐殿《すけどの》！」

「おう、宗時、時政が寝ていたら起こしてくれ、急ぎの話がある！」

「はッ、畏《かしこ》まって候！」

頼朝は実平に馬の手綱を渡して、「話は明け方までかかる。どこかで休んでいぞ」と、言い残して北条屋敷の広間に案内された。

寝衣姿の時政があたふたと広間に現れ頼朝の下座に座って平伏した。頼朝は娘婿というより源氏の御大将の扱いだ。

三十四歳の頼朝は堂々たる風格を備えた大将だ。

「時政、戦だ！」

頼朝は先日までは時政を舅殿《しゆうとどの》と呼んでいたが、今日は時政と呼び捨てにして戦いの決意を表わした。

「戦にございますか？」

「そうだ。平家がわしを捕らえに来る。その前にこっちから仕掛ける！」

「わかりました。以仁王さまの令旨にお答えして、平家討伐の挙兵をするということでよろしゅうございますか？」

「うむ、それでよい。坂東《ばんどう》武者に呼びかけて平家の大軍を迎え討つ覚悟だ」

「畏まりましてございます」

源氏の白旗を掲《かか》げる戦いだが、時政は桓武《かんむ》平氏直方《なおかた》流の北条である。時政は来るべき時が来たと冷静に受け止めていた。

「して、初戦はどのようにお考えでございますか？」

「時政、ここを本陣にして伊豆目代の山木兼隆を討ち取る」

「目代屋敷を？」

伊豆韮山《にらやま》の目代屋敷にいる山木兼隆は、京から流されてきた男で桓武平氏大《だい》掾《じょう》流、伊豆山木に流され名は平兼隆といった。その平兼隆は平時忠《ときただ》が伊豆の国主だった時に気に入られ、目代に任命されると山木兼隆となった。

政子が頼朝のもとに走る前に、時政は政子を山木兼隆に嫁がせようとした。

だが、その時は既に政子には頼朝の手がついていた。政子は美男子の頼朝に夢中で、妹の時子の夢を買ってでも頼朝と結ばれたいと思ったほどだ。

その目代屋敷を襲って山木兼隆を血祭りにあげると頼朝は言う。

時政は頼朝が政子を山木に嫁がせようとしたことを、怒っているのではないかと恐れた。実際その通りだったのだ。

「時政、襲撃はいつがよいか？」

「日にちにございますか？」

「そうだ。夜が明けたら安達盛長《あだちもりなが》を呼んで、東国の源氏恩顧の武将たちを廻《まわ》らせて、平家討伐に立ち上がるよう援軍を呼びかける」

「はい、承知いたしました。急襲するのは三嶋《みしま》神社の祭礼の夜がよいかと思われます」

「三嶋神社の祭礼か、それはいつだ？」

「八月十七日にございます」

「十七、いいだろう」

頼朝は伊豆目代の山木兼隆の屋敷を襲撃するのは八月十七日と決定した。時政の話では三嶋神社の祭礼にはこの辺りの家人や郎党《ろうとう》が遊びに出かけるという。

目代屋敷を見張らせて山木兼隆が不在でないことを確かめればいい。

「いいか時政、わしの本心は平家を討ち滅ぼすことだ。そなたにだけは本心を打ち明けておくが、苦しい戦いになることは眼に見えておる。いいな？」

「はッ、確かに承《うけたまわ》りましてございます。身命に誓って御大将のために働きまする」

「すぐ支度にかかれ！」

頼朝の命令が下った。

北条屋敷はまだ暗いうちから騒々しく動き出した。頼朝が平家打倒の旗揚げをする本陣だ。

夜が明けると周囲に悟られないように注意して人の出入りが激しくなった。

「盛長、急ぐ仕事だぞ」

「はい、早速に出立いたしまする！」

安達盛長四十六歳は頼朝の側近で藤原北家魚名流《ほっけうおなりゅう》という。頼朝の乳母比企尼《ひきのあま》の長女を妻にしている。妻は丹後内侍《たんごないし》という女官だったため盛長は京にも知己が多い。兄の所領が武蔵足立《あだち》だったために足立と名乗り安達となった。

実は頼朝と政子を密かに逢引《あいびき》させたのが盛長だった。

そのため、頼朝と政子の愛の秘密を知っているただ一人の男が安達盛長だった。

「気をつけて行け！」

「はッ！」

二人の郎党を連れて馬を飛ばして北条屋敷から消えた。その盛長が苦労することになる。

頼朝の挙兵に渋るのは源氏の一門の方で、一門ではない平家に不満を持つ坂東武者は頼朝の決起を歓迎した。

どこの一門でも口うるさいのがいて一筋縄ではいかないものだ。

盛長が消えた北条屋敷に続々と人が集まってきた。

政子も実家に戻ってくる。

「宗時、聞いたか、目代屋敷を襲う」

「はい、親父殿から聞きました。三嶋神社の祭礼の夜だと？」

「そうだ。目代屋敷が手薄になるはずだ」

「毎年、三嶋神社の祭礼は盛大で、この辺りの者は浮かれ気分で祭礼にまいります」

「目代を必ず討ち取る」

「はい！」

宗時が出て行くと入れ替わりに小四郎《こしろう》が現れた。

長男宗時の弟で時政の次男、後に義時《よしとき》と名乗って北条家を相続し、鎌倉幕府が成立すると時政の後を継いで、執権《しっけん》となり得宗家《とくそうけ》と呼ばれるようになる。

この時、小四郎は十八歳で二十四歳の政子の弟である。江間《えま》小四郎といい政子に可愛《かわい》がられていた。

「小四郎、初陣《ういじん》か？」

「はい、武者震いしております」

「そうか、功を焦《あせ》るな。功を焦って前に出ると怪我《けが》をするぞ」

「承知しておりますが、臆病者にはなりたくありません」

「なるほど、好きにせい！」

頼朝は小四郎のことをなかなかやんちゃな男だと思う。政子が可愛がって時々物を与えたりしている。

「時政の傍を離れるな」

「はい！」

その日、頼朝は近臣の工藤茂光、土肥実平、岡崎義実《おかざきよしざね》、天野遠景《あまのとおかげ》、佐々木盛綱《ささきもりつな》、加藤景廉《かとうかげかど》、伊東祐清《いとうすけきよ》ら一人一人を部屋に呼んで密談する。

頼朝は平家打倒のため挙兵することを話した。伊豆目代山木兼隆を殺せば平家と本格的な戦いになる。

「どれほどの坂東武者が参陣するかまだわからないが、ひとたび戦いを始めれば引くことはできなくなる」

「はい！」

「平家を倒すまで戦う」

「畏まりました」

「初戦は八月十七日だ。韮山の目代屋敷を襲う。山木兼隆を討ち取って屋敷は焼き払う」

頼朝は一人一人と話し合って持ち場を決めた。

「山木を討ち取ったら海岸沿いに伊豆山神社まで行って相模《さがみ》に向かう」

「承知いたしました」

頼朝と時政は戦いの支度に抜かりなく、三百余騎を集めて八月十七日の夜、韮山に向かい山木兼隆が屋敷にいることを確認した。

目代屋敷の雑色《ぞうしき》の男が頼朝の下女と恋仲で判明したのだ。

佐々木定綱《さだつな》兄弟が遅参したため攻撃が少し遅れたが、生涯の吉凶を占う戦いだと叫んで頼朝が攻撃を命じた。

山木の郎党たちは三嶋神社の祭礼に出かけ、その頃、黄瀬川《きせがわ》の宿に上がって酒宴を開いていた。屋敷に残っていた郎党が猛烈に抵抗、源氏と平家が入り乱れての接戦になった。

頼朝は少し離れたところから目代屋敷を見ていたが、なかなか火の手が上がらないことにいらついた。

「景廉、盛綱ッ、苦戦しているようだな?」

「はッ、未《いま》だ火の手が!」

「景廉、この長刀で兼隆の首を取ってまいれッ、盛綱、親家《ちかいえ》も一緒に行けッ!」

頼朝はいらついて警固の三人を目代屋敷に向かわせた。

源氏の御大将は少々気が短いようだ。

目代屋敷に駆け付けた景廉と盛綱が、われこそはわれこそはと名乗りを上げ、屋敷の中に乗り込んでいくと山木兼隆の首をあげた。

その直後、目代屋敷に火が放たれ燃え上がった。

「よし、決着がついたな」

頼朝が燃える目代屋敷を見ていると「御大将ッ!」と叫んで堀《ほり》親家が戻ってきた。

「首は上げたか?」

「はい!」

「そうか、間もなく夜が明ける。北条に戻るぞ」

「はッ！」

頼朝と親家の二騎が戦場を離れた。

払暁《ふつぎょう》、北条屋敷に帰還すると、心配して待っていた政子が裸足《はだし》で飛び出してきた。

「どうした？」

頼朝が門前で馬を止めると下馬して、飛び出してきた厩番《うまや》に手綱を渡した。

あまりの心配に怒っているのか泣きそうなのか、むっとした顔の政子が「ご無事で……」と頼朝に挨拶《あいさつ》した。

「庭先で首実検をする。親家、支度を急げ！」

「はい！」

「政子、腹が空いた。間もなく、みなが戻ってくる。支度はできているな？」

「はい、たっぷりと支度をしております」

「よし！」

四半刻（約三〇分）もしないで戦いに勝った頼朝軍が続々と戻ってきた。

「時政、ご苦労だった。すぐ庭先で首実検をするぞ」

「はッ！」

戦いの後の首実検は大切なことだ。確かに敵の首を取ったかを確認するだけでなく、まだ流人から脱したばかりで、貧乏な頼朝は与えるものはないが、武士が戦って手柄を挙げたことへの論功行賞は何よりも重要である。

敵から奪った領地などを味方に分配するのだ。

血を見て興奮した頼朝はその夜、猛然と政子に襲い掛かっていった。これまで見たことのない頼朝の振る舞いに、政子は頼朝が初めての戦いでおかしくなったと恐れた。

夜半には気丈な政子も気を失いそうになった。

二人の間には二年前に生まれた大姫がいる。政子にとってこんな怖い夜は初めてだった。

武将にとって戦いは命のやり取りである。血を見て興奮する武将は少なくない。そんな時のために小姓を連れて歩いた。

戦いが始まった以上、伊豆の北条にいつまでも留《とど》まることはできない。逸《いち》早く、三浦《みうら》半島を領する豪族の三浦一族と合流することが決まり、頼朝軍三百騎が次の戦いのため相模から武蔵方面に出ることになった。

一日だけ休息を取って、十九日には三百騎が伊豆の北条を旅立った。もう、二度とここには戻らない旅立ちかもしれない。

昨夜の興奮が冷めないような、ぼんやりした政子に見送られて、頼朝は馬上の人になった。

この日、頼朝軍は土肥実平の領地である相模の土肥（後の湯河原《ゆがわら》）まで進出した。どこに敵が潜んでいるかわからない手探りの行軍だ。

わずか三百騎では油断して行軍すると、大軍に襲い掛かられひとたまりもなく呑《の》み込まれる。

前方後方、周囲の山々に注意を払いながらの行軍だ。

待ち伏せを食らう可能性が充分にあった。素早く敵の存在を察知して対処しなければならない。臨戦態勢の行軍が続いた。

土肥で一夜を過ごし、翌二十日の頼朝軍は三浦一族との合流を急ぐため相模を東に向かった。

既に、頼朝の挙兵と伊豆目代の山木兼隆殺害の事件は坂東一円に伝播《でんぱ》している。

頼朝討伐の軍が動き始めていた。

その第一陣である平家に味方する坂東八平氏鎌倉流の大庭景親《おおばかげちか》が、渋谷重国《しぶやしげくに》、熊谷直実《くまがいなおざね》、俣野景久《またのかげひさ》、海老名季貞《えびなすえさだ》ら三千余騎を引き連れて、頼朝軍の前に立ち塞《ふさ》がった。

「御大将ッ、それがしがまいります！」

北条時政が頼朝に一礼すると馬腹を蹴って大庭軍の前に出ていった。

「われこそは桓武平氏平直方が末裔《まつえい》北条四郎時政でござるッ！」

「おう！」

大庭景親が馬を前に出して時政に相対した。

「われこそは桓武平氏坂東八平氏にて、後三年《ごさんねん》の役《えき》で右目を射られながら奮戦した鎌倉権五郎景正《ごんごろうかげまさ》の末にて大庭三郎景親でござるッ！」

馬上から双方が名乗り合って言葉合戦が始まった。

「源氏の御大将八幡太郎義家さまに従った鎌倉景正殿の子孫ならば、その源氏の嫡流であられる頼朝公に何故《なにゆえ》あって弓を引かれるのかッ！」

時政が理屈に合わないと景親をなじった。

「昔のことは昔のこと、今は敵でござる。われらが受けた平家のご恩は山よりも高く海よりも深いッ！」

景親が時政の非難に言い返した。言葉合戦は自らの出陣の正統性を敵に主張する儀式である。

双方の出自がはっきりしていて、ことに北条家と大庭家はともに桓武平氏なのだ。どちらかといえば頼朝に政子を嫁がせている時政の方が言葉合戦では苦しい。

それが終わると双方から矢が飛んできて矢合戦になる。

大庭軍三千騎に対して頼朝軍三百騎はいかにも貧弱だ。敵の矢十本にこちらからは一本しか返せないのだから辛い。

「突っ込めッ！」

「一気に踏み潰《つぶ》せッ！」

大庭軍三千騎が多勢の勢いで頼朝軍に突進してくる。三百騎の頼朝軍は力戦するが敵の猛攻を防ぎきれるものではない。

頼朝の陣は大混乱に陥った。頼朝軍は劣勢の中で奮戦するが、多勢に無勢ではいかんともしがたく、岡崎義実の嫡男佐奈田与一義忠《さなだよいちよしただ》が討死して大敗した。

逃げる頼朝軍を大庭軍が追撃する。

そんな時、大庭軍の中で頼朝に心を寄せていた飯田家義《いいだいえよし》が味方した。

「佐殿ッ、こちらでござるッ！」

頼朝は家義の手引きで辛くも土肥の椙山《すぎやま》に逃げ込んだ。後に石橋山《いしばしやま》の戦いという頼朝の運命を決めた戦いが始まる。

頼朝軍は山中を逃げ回り、追跡する大庭軍も手を緩《ゆる》めない。真鶴《まなづる》付近の石橋山で大庭軍に野戦を仕掛けられて敗北、頼朝自ら弓矢を取って戦い、百発百中だったと伝わるが、最早、頼朝軍三百騎は馬を捨て散りぢりバラバラになって風前の灯火になった。

八月二十四日には大庭軍の追撃に逃げていた時政の長男宗時が、伊豆函南平井《かんなみひらい》まで逃げたのだが、平家方の伊東祐親軍に見つかり、たちまち包囲されて小平井《おびらい》久重《ひさしげ》に弓で射られて討死する。

頼朝もあっちの山、こっちの山と大庭軍の追跡を振り切って逃げ回っていた。

大庭軍は頼朝を探そうと山々をくまなく探索している。そんな時、先の飯田家義と同じように頼朝に心を寄せている梶原三郎景時《かじわらさぶろうかげとき》という男がいた。

この男は時政とも知り合いで、土肥次郎実平とは親しくしていた。

頼朝は追い詰められ土肥実平、岡崎義実、安達盛長らわずか六騎になって山の中を彷徨《さまよ》う。伝えによると一行六人は逃げ場を失い、しとどの岩屋の臥木《ふしき》の洞窟《どうくつ》に隠れたという。

そこに探索中の大庭景親が現れた。

「梶原殿、あの巨大な臥木の穴が怪しいな」

「はッ、それがしが見てまいります！」

景時と家義が臥木に近づくと、景時が一人で洞穴の中に入った。すると薄暗がりの中に頼朝たち六人が隠れていた。

頼朝は景時と眼が合うと黙って脇差の柄を握って自害しようとした。

「御大将ッ！」

そう言うと景時が頼朝の手を押さえた。

「お助けいたします。この戦に勝ちました暁《あかつき》には、この景時をお忘れ給わぬように……」

梶原景時はこの場で頼朝を助けるから、戦いに勝った時は自分を重く用いて欲しいというのだ。

もちろん生きるか死ぬかの時に否《いな》やはない。頼朝が小さく頷《うなず》いた。

「梶原殿！」

「土肥殿、真鶴岬が手薄でござる」

「かたじけない！」

「では……」

景時が頼朝に黙礼して洞穴から出ていった。

「この穴の中は蝙蝠《こうもり》ばかりでござるッ。怪しいのは向こうの山の方だッ！」

「誠か？」

大庭景親が景時の言葉を怪しんで自分で穴を覗《のぞ》こうとした。

「それがしを疑うおつもりか？」

景時が不快そうに気色ばんだ。

「いや……」

「お疑いとあらばそれがしにも意地がござる！」

洞穴の前に景時と家義が立った。

「武門の意地か、そのような大袈裟《おおげさ》なことではない……」

不満顔の大庭景親がその場から立ち去った。頼朝は九死に一生を得たという。

数日、山中に隠れていた頼朝たち六騎は、八月二十八日の早暁《そうぎょう》の薄暗い中を秘かに箱根山から真鶴岬に向かった。

その日のうちに頼朝一行は真鶴岬から船に乗って房総安房《ぼうそうあわ》に向かって脱出した。

大敗北を喫した頼朝だが無傷で生きていた。

一方、頼朝と途中で別れた時政は、次男の小四郎を連れて、甲斐源氏の武田信義《たけだのぶよし》と合流する目的で大庭軍から逃げていた。

この戦いで長男宗時が討死したため、江間小四郎が北条本家に戻って北条義時と名乗ることになった。

義経参上

治承四年八月二十九日に九死に一生を得た頼朝が安房平北猟島《へいほくりようのしま》に上陸した。

わずか六騎だけの逃亡である。

その頼朝とかねてから仲の良かった安房の領主安西三郎景益《あんざいさぶろうかげます》が迎えた。戦いに敗れた頼朝は、いち早く景益に書状を送って、一族を集めておくように伝えてあった。

景益と対面した頼朝は、すぐにでも房総の実力者である上総広常《かずさひろつね》と千葉常胤《ちばつねたね》に会いたかった。

「佐殿、安易に上総広常のもとに行くべきではないと存じます」

「なぜか？」

「長狭常伴《ながさつねとも》のような手柄ばかりを狙う輩《やから》があちこちにおります。こちらから行くのではなく、迎えに来させる方がよろしいかと思います」

「なるほど……」

頼朝は慎重な景益の考えに同意した。景益は源氏の御大将が無暗《むやみ》にあちこちウロウロするものではないとも言っている。

敗軍の将といえどもわずか三百騎での戦いだ。

軍神と崇《あが》められる源八幡太郎義家が、東国に築いた源氏の力はそんなものではない。源氏の白旗を立てた以上、御大将はどっしりと構えていればいいということだ。

「義盛《よしもり》、広常のところに使いをしてくれ！」

「はッ！」

和田《わだ》義盛は三浦一族で相模三浦和田の里に領地を持ち、安房のこの辺りのことは知り尽くしている三十四歳の坂東武者だ。なかなかの男で鎌倉幕府が成立すると頼朝に抜擢《ばつてき》され初代侍所別当《さむらいどころべつとう》になる。

上総広常は平広常といい、房総平氏の惣領家というが不首尾のことがあって、清盛から勘当された身分だった。官位が上総権介だから上総広常と名乗っている。

実は和田義盛の三浦一族も坂東八平氏の一家なのだ。そんなこともあって広常の説得に義盛は適任だった。

「藤九郎、そなたは千葉常胤を説得してもらいたい」

「はい！」

安達盛長は頼朝の使いには慣れている。年も四十六歳と義盛より一回りも年長だ。その千葉常胤も桓武平氏良文流《よしぶみりゅう》といい広常とは又従兄弟《またいとこ》だった。

常胤は頼朝の使いである盛長を丁重に迎えて話を聞いたが、頼朝に味方するつもりだが広常とも相談したいと言った。盛長が千葉屋敷を出ると、鷹狩《たかが》りから戻る常胤の嫡男胤正《たねまさ》と出会った。

盛長が常胤との話し合いのことを正直に言うと、胤正は怒って盛長とともに千葉屋敷に戻った。

「父上、千葉家は上総広常の家臣ではない！」

怒った顔で胤正が「相談などする必要はない！」と父親に迫った。その胤正に弟の胤頼《たねより》も賛同した。そこで常胤が決心する。

「相分かった。佐殿に参陣仕《つかまつ》るとお伝え願います」

和田義盛と会った広常も千葉常胤と相談したいと言ったという。和田と安達の派遣が成功して頼朝の味方が増えた。

大庭景親の放った早馬が九月二日になって清盛のもとに到着した。

伊豆に流されていた頼朝が挙兵したことを知ると清盛は激怒、すぐ頼朝追討軍の派遣は決まるが、軍の編成がなかなか決まらなかった。

東国まで大軍を率いて行き、挙兵した頼朝と戦うとなると平家の公達《きんだち》は腰が引ける。荒くれの坂東武者などと戦いたくない。

この頃、以仁王の挙兵に参戦して討死した源仲家《なかいえ》の弟木曽義仲《きそよしなか》も、行家から以仁王の令旨を受け取ったが、平家の様子を見ながら信濃《しなの》や上野《こうずけ》方面で戦っていた。

頼朝の伊豆での挙兵は聞こえている。

義仲はまだ二十七歳だが木曽次郎《じろう》と呼ばれ戦上手だった。その義仲も平家討伐の挙兵を考えていたが、従兄弟の頼朝がどう動くのかを気にしていた。

その頼朝が敗北したことを聞いた伊豆の北条にいる政子は、居ても立ってもいられない。わずかな家人を連れて伊豆山神社まで出てきた。

戦いが終わって戦場は静かなものだ。

政子は頼朝の消息を聞いて回ったが、源氏が負けたことは知っていても、その大将が生きているのか死んだものか誰も知らない。討死したのならどこかにそんな噂《うわさ》があるはずだと政子は思う。

生きているならそこへ飛んでいきたい政子だ。

その頃、頼朝は安房にいて再挙兵の兵を集めていた。九月十三日になって三百騎ほどが揃うとそれを率いて安房を出た。

大敗北の不名誉は一日も早く回復したい。

平家討伐の旗を立てた以上、源氏の白旗は前進あるのみだ。どんな苦難があろうとも前に進むしかない。

十七日には下総国府《しもうさこくふ》で千葉常胤軍三百騎と合流。十九日には上総広常が二万騎という巨大軍団を率いて合流してきた。こうなると大軍は益々膨《ふく》れ上がる。

九月二十九日には各地から続々と馳《は》せ参じてたちまち二万五千騎を超えた。

頼朝は軍神八幡太郎の力をはっきりと見せつけられた。これが東国の源氏の底力というものだ。

御大将源三郎頼朝が大軍を率いて太井《ふとい》（現江戸川）、隅田《すみだ》の川を渡って武蔵に入り鎌倉に向かった。

するとと地から湧《わ》き出るように豊島清元《としまきよもと》、葛西清重《かさいきよしげ》、足立遠元《あだちとおもと》、河越重頼《かわごえしげより》、江戸《えど》重長《しげなが》、畠山重忠《はたけやましげただ》など坂東武者が続々と頼朝軍に参陣してきた。

たちまち数万の大軍に膨れ上がった。

頼朝を追う大庭景親は最早抵抗する術《すべ》もなく引くしかない。十月六日に頼朝は威風堂々と鎌倉の風に源氏の白旗をなびかせて到着した。

この鎌倉の地は、かつて父の義朝《よしとも》と兄の義平《よしひら》が住んだところである。

七里ケ浜《しちりがはま》の波は静かにて、風光明媚《ふうこうめいび》な穏やかな土地であった。だが、頼朝にその景色を愛《め》でる暇はない。

清盛は頼朝の反乱を鎮定《ちんてい》するべく、平維盛《これもり》を追討使として東国に向かわせた。

その知らせは京の三善康信から早馬で届いた。

「平家軍が来るぞ！」

頼朝はいよいよ平家の大軍と衝突する時が来たと緊張した。

そんなところへ十月十三日になって、甲斐源氏と時政が南下して駿河《するが》に侵攻したと伝わってきた。

平家軍を迎え討つため頼朝も大軍を率いて十六日に鎌倉を発《た》った。

頼朝軍は大軍を見ても従わない地方豪族を、武力で次々と制圧しながら平家軍と対峙するため駿河の黄瀬川に向かった。

頼朝軍は四万騎ほどに膨張して、平家軍を踏み潰して京までも押し寄せて行きそうな勢力になっている。

福原で知らせを聞いた清盛は、わずかな間に東国がそんな大混乱になっているとは思いもよらず、大庭景親の先の知らせ通り頼朝は戦いに敗れて逃亡中と考えていた。

嫡孫の平維盛を追討使として、平家軍四千騎を与えて東国に向かわせた。清盛は大いなる勘違いをしていた。

流人の頼朝はさほどの力を持っていないだろうと清盛は甘く考えている。

大庭景親軍三千騎に敗れるようでは、多くても千騎に満たないだろうと予想したのだ。

維盛軍四千騎に対して頼朝軍は四万騎、それに公家のような維盛が率いる平家軍と対峙するのは坂東の荒武者ばかりである。

おのれの領地を広げるためなら命も捨てる恐ろしい武将たちだ。

頼朝が着陣する前の十七日に、甲斐源氏の武田信義は平家軍の維盛に挑戦状を送り届けていた。

「かねてより、平家の御大将にはお目にかかりたいと思っておりましたところ、幸いにも以仁王さまの令旨の使者がまいられたので、こちらから参上したいのですが、いかんせん甲斐からは道が遠く険しいので、ここは双方が浮島ケ原《うきしまがはら》にて待ち合わせいたしましょう」

十月十四日に富士山麓で駿河目代 橘 遠茂《たちばなのとおもち》軍三千騎を撃破、破竹の勢いに乗る義家流甲斐源氏の意地と心意気である。

大胆にも平家軍を挑発する不敵な挑戦状だった。

「おのれッ、身のほど知らぬ甲斐の山猿めがッ！」

平家軍の侍大将藤原忠清《ただきよ》が激怒する。

「戦場での使者は斬《き》らないというのは合戦の兵法だ。われら官軍にそれを適用する必要はない。二人を引き出せッ！」

忠清は武田信義の使者二人を捕らえさせる。

「そ奴《やつ》らの首を刎《は》ねろッ！」

二人は無惨にも兵によって首を刎ねられた。

翌十月十八日には、頼朝を追い詰めながら逃がしてしまった大庭景親が、千騎を率いて駿河の富士川《ふじがわ》まで出てきている維盛軍と合流しようとした。

だが、頼朝軍や武田軍にあちこちで邪魔され行く手を阻《はば》まれ、相模にいつまでも留まれずに、大庭軍を解散してしまい景親はいずこかに逃亡してしまう。

その大庭景親は、後に頼朝に降参するが、それを許されず首を刎ねられる。

景親が戦場から逃亡した十八日、甲斐源氏の武田軍二万騎が続々と富士川の東岸に集結していた。

それを見た平家軍は恐れをなして浮足立ち、数人ずつが語らって敵前逃亡する者が出始めた。平家軍四千騎に対して武田軍の二万騎は余りの大軍だ。

この時の平家軍は行軍の途中で諸国の兵を掻《か》き集め七万騎だったというが、西国では死人が道に転がる大飢饉《だいききん》が発生していて、平家軍は七万もの軍勢を養う兵糧を持っていなかった。

どんな援軍でも兵糧がなくては参陣したくても無理である。

十八日の夜、頼朝の四万騎を超える大軍が黄瀬川に到着すると、恐ろしい数の松明《たいまつ》が夜空を焼き払い続々と布陣した。

夜空が燃えるのを平家軍も武田軍も見ていた。

闇の中で頼朝軍の兵がどれほどいるのか皆目《かいもく》見当がつかない。ただ、黄瀬川流域が松明に埋め尽くされて空が燃えている。

地獄のような光景だった。

その夜、頼朝の本陣に時政と小四郎が駆け付けた。

「御大将ッ！」

「おう、時政ッ、無事だったか、小四郎も怪我はないか？」

「はッ、親子とも甲斐に行き、武田軍と駿河に出てまいりました！」

「うむ、何よりだ。ところで時政、宗時が討死したと聞いたが、知っているか？」

「はい、そのようでございます」

「武運がないのは仕方がない。小四郎を本家に直すか？」

「そのつもりでおります」

「小四郎、そういうことだ」

「はい！」

時政には女の子が多く男が少なかった。四男十一女という。それはかえって色々な家に娘を嫁がせて、北条家を盤石にすることになる。

「武田軍は？」

「二万余騎にございます」

「富士川にいるのだな?」

「東岸におります。平家軍は西岸に布陣しております」

「平家の軍勢は少ないと聞いたが?」

「はい、武田軍の探索では四千騎ほどかと……」

「少ない……」

　頼朝は西国が飢饉に苦しんでいるとは聞いていた。それにしても天下を握る平家の軍勢が四千騎とは信じられない。

「援軍が伏せているのではないか?」

「いいえ、武田軍は平家軍が遠江《とおとうみ》に入った時から捕捉しております。軍勢が増えた兆候はないとのことにございます。むしろ、逃亡する者が出て数が減るのではと予測しておりますほどで……」

「なるほど……」

　頼朝は慎重だ。戦いは大軍だから勝てるというものではない。油断すれば大軍だけに動きが緩慢《かんまん》になり、その弱点を突かれて敗北することも珍しくない。

　その頃、伊豆から伊東祐親と九郎祐清《すけきよ》の親子が維盛軍と合流しようと船で海に出ようとした。そこを夜が明けた十九日になって頼朝軍に捕らえられた。

武蔵や房総を始め、相模、伊豆、駿河などには、再挙兵した頼朝軍に味方する地方豪族が溢《あふ》れている。もう祐親の行くところは平家軍しかない。

頼朝と祐清は親しかった。

祐親が頼朝を殺そうとした時、その計画をいち早く知らせて頼朝を逃がしてくれたのが祐清である。

その恩を頼朝は忘れていない。

「九郎、望みのものがあれば言ってくれ、そなたへの恩は忘れていない」

捕らえられた祐清に頼朝は恩賞を与えようとした。

「父祐親が御大将の敵となった以上、その子であるそれがしが恩賞をお受けすることはできません」

祐清はそう言って断った。

「そうか、これからどうする？」

「御大将にご心配をいただき勿体《もったい》なく存じます。願わくばそれがしにお暇《ひま》を頂きたく思いまする」

「京に行くのか？」

「はい……」

頼朝は祐清が上洛《じょうらく》して平家に身を投じて死ぬ覚悟でいることを悟った。

「九郎、死ぬな……」

「はッ、それがしの勝手をお許しください」

頼朝の許しが出ると伊東九郎祐清は上洛して平家に味方し、ほどなく北陸道《ほくりくどう》を南下してくる木曽義仲軍を加賀篠原《かがしのはら》で迎え討ち、祐清は果敢《かかん》に戦うが武運つたなく討死する。

一説によると、九郎祐清は父祐親が自害した後、頼朝に父と同じ死を賜《たまわ》りたいと願い出たため、頼朝は助けようと思っていたが泣く泣く祐清を斬ったとも伝わる。

武士の意地はこういう悲劇を生むことがある。

ちなみに祐清の妻子は助けられ、その末裔《まつえい》は数百年を超えて徳川家《とくがわけ》に仕えた。

大庭景親軍と伊東祐親軍が崩壊したことは、この地方の平家勢力が崩壊したことを意味している。

地方豪族たちは雪崩《なだれ》を打って頼朝軍に味方した。

十月二十日払暁、平家軍は富士川の水鳥の羽音に驚いて逃げたというが、侍大将の藤原忠清も大将の維盛もそんな腑抜《ふぬ》けではない。

既に、四千騎の平家軍は源氏の大軍に恐れをなして、戦場から脱走する者が出て二千騎ほどに激減していたのだ。忠清も維盛も敵に怯えた兵を引き止めるのは無理だった。

どんな名将でも逃げる味方を留《とど》めて戦わせるのは不可能だ。

その上、平家軍は兵糧不足で端から戦意喪失、腹を空かした兵のやる気のないこと夥《おびただ》しかったのである。

中には陣中に遊女を連れてきた者までいた。

戦いにきたのか東国の風光明媚な、富士山を見る物見遊山《ものみゆさん》なのかわからなかった。

「維盛さま、間もなく武田軍が動くものと思われます。ここは一旦引くのが肝要かと思われます！」

「忠清、引き上げは間に合うか？」

「今なら、遠江まで引いて軍を立て直すことができます」

「そうか、甲斐軍は大軍のようだな？」

「はい、対岸を見るところ二万ほどかと思われます」

「に、二万！」

「夜陰に紛れて撤退すれば追撃もないかと考えます」

忠清は維盛に撤退するしか方法はないと進言した。味方の逃亡のことは言わなかった。残りの二千騎では戦いようがないと忠清はわかっている。

「相分かった。遠江まで引こう！」

維盛は京に戻るとは言わなかった。だが、忠清は遠江で踏み留まれるとも思ってはいない。そう言って維盛を説得しないと、逃げるなどといえば、討死覚悟で源氏と決戦するなどと言い出しかねない。

「撤退だ！」

「引き上げだぞ！」

平家軍はまだ暗いうちから大騒ぎで撤退を開始した。その頃、武田軍は富士川の浅瀬を渡って平家軍の後ろに回り込もうと支度を始めていた。

忠清の判断が数刻遅れていたら、平家軍は武田軍に東西から挟まれて全滅するところだった。

危機一髪、平家軍は撤退を始める。

陣中は突然の引き上げで大混乱だ。兵は弓矢甲冑《かっちゅう》の武具を捨てて馬に飛び乗り、連れて行けとすがる遊女たちを馬で蹴散らして逃げる。

他人の馬に飛び乗って逃げる。杭《くい》に結ばれたままの馬に飛び乗って逃げようとしたり、逃げることになれば速い。たちまち平家の陣は旗や武具が散乱し静かになった。

武田軍が押し寄せてきた時はもぬけの殻になっている。

何《な》んとも間の抜けた戦いで、富士川東岸の武田軍が少し動いただけで、黄瀬川に布陣した頼朝軍は何もしない間に戦いが終わってしまった。

大軍の恐怖に怯えて逃げる平家軍は、追撃されると思うと生きた心地がしない。

東海道を我先にと西に逃げる。

腹が減れば百姓家の物を奪う。女が欲しければ野良《のら》の女に襲い掛かる。総崩れになって逃げる落ち武者ほど恐ろしいものはいない。

何んとか遠江まで逃げたが、とても軍を立て直す状況にはない。

そんなことをしようものなら逃げる味方に襲い掛かられて殺される。維盛と忠清は逃げるしかなかった。

維盛が京に戻った時、従っていたのはわずか十騎だった。

負け戦というものはこういうものなのだ。十騎でも護衛がいればよい方で、頼朝などは父親とはぐれて捕まった時には一人だったのだ。

富士川の戦いは半端な形で終わったが勝ちは勝ちである。むしろ、戦わずして勝ったのだから大勝利といえるだろう。

戦いの翌日、二十一日のことである。

頼朝軍の陣中に二十騎ばかりを率いた若き大将が現れて、奥州平泉から来たので御大将の頼朝に面会したいと願い出た。

ところがそれを聞いた土肥実平や岡崎義実や土屋宗遠《つちやむねとお》たちは、怪しい奴らだと思って頼朝に取り次がなかった。本陣の前が騒がしいのに気づいた頼朝が何事だと聞いた。

「怪しい若者が奥州から来たなどと申して、御大将にお会いしたいと願い出ましたので吟味《ぎんみ》しているところでございます」

「奥州から来た若者？」

「はッ、年のころは二十歳前後かと思われます」

「二十歳？」

「御大将には何か心当たりでも？」

「ある。ずいぶん前になるが牛若という者が奥州に逃げたと聞いたことがある」

京の三善康信が一度そんなことを知らせてきたのを思い出した。

「それでは、御大将の弟さま？」

「そうかもしれんな、奥州から訪ねてくるといえばその牛若しかおらぬ……」

「しからばご対面を？」

「うむ、八幡神社に対面の場所を整えろ！」

「はッ！」

頼朝が弟の牛若だろうと認めたことで、大急ぎで八幡神社の庭に対面の場所が整えられた。

「どうぞこちらでございます」

若者が土肥実平に案内されて頼朝の前に現れた。頼朝は床几《しょうぎ》の代わりに大石に腰を下ろしていた。

「牛若だな？」

「はいッ、九郎《くろう》義経と名乗っております！」

「そうか、そこに座れ……」

頼朝は目の前の石に義経を座らせた。

「九郎、そなたが鞍馬寺から奥州平泉に行ったことは聞いておった」

「恐れ入ります。兄上さまの旗揚げと聞き、その下で少しでもお力になりたく、わずかな手勢と馳せ参じましてございます」

「うむ、その昔、義家さまが後三年の役の折にたいそう苦戦なされたそうだ。その時、弟の義光《よしみつ》さまが官職を捨てて義家さまのもとに駆けつけたという。九郎もそうだな？」

「はい！」

軍神義家の話をして頼朝が涙ぐんだ。

父義朝が清盛と戦って敗れ、まだ幼かった子どもたちはバラバラになった。その一人が成人して旗揚げに駆けつけた。一人だった頼朝はうれしかった。

「武田軍の中にはそなたの兄の範頼《のりより》がいる」

「兄上さまが？」

「遠からず会うだろう」

この時、頼朝は三十四歳、範頼は三十一歳、義経は二十二歳だった。二人はこの日、平家を討伐すると誓い合った。

ただ、頼朝は義経が率いてきた軍勢が二十騎と聞いて少し気分を害した。奥州平泉の藤原秀衡は十万を超える軍勢を持っているはずだ。

それなのに手勢だけ二十騎で平泉を出した秀衡の考えがわからない。

頼朝は秀衡が平家討伐で自分に協力する気がないのだと見た。義経が率いてきた二十騎の小勢では戦いに使いようがない。

義経に恥をかかせないためにも五千騎や一万騎の軍勢は預けるべきだ。

そうしない平泉の秀衡を頼朝は敵ではないかと思う。

今ここで事を荒立てることはないが、いずれ奥州平泉の藤原一族は潰さなければならない。頼朝にそんな危険な萌芽《ほうが》を持たせたのはこの時だった。

生涯の半分を流人として過ごした頼朝は、ものを見る眼が厳しく、ことを決する判断も冷徹な男に育っている。

事実、奥州藤原家は頼朝に滅ぼされることになる。

頼朝は快く弟二人を受け入れた。

源氏の戦いは始まったばかりである。平家を倒せるか、それとも源氏が倒されるか、すべてはこれからの戦い方で決まるのだ。

政子の悋気《りんき》

頼朝はこの戦いに勝った勢いで平家軍を追撃し上洛したい。

七万近い大軍勢で上洛すれば、京から平家軍を追い払うことも夢ではないと思う。

だが、この日の夜の軍議で、頼朝は自分がどんな立場なのかを思い知らされることになった。

甲斐源氏の武田軍は武田信義が駿河の支配を主張、同じ武田軍の安田義定《やすだよしさだ》は遠江の支配を主張した。頼朝と一緒に上洛することなど考えていない。

駿河と遠江を勢力下において、領地にできれば充分だとはっきりさせた。

同じように上総広常や千葉常胤、三浦義澄《みうらよしずみ》らも頼朝の上洛に反対、これからは東国から平家勢力を一掃して領地を増やし強固にすればそれでいい。

頼朝は自前の軍勢がいないことを思い知った。

東国の武士団に逆らっては、源氏の棟梁《とうりよう》でも生きられないことを知らされたのだ。

武田軍などは頼朝とは同盟はするが傘下に入ってはいないと思っている。京への道である東海道の駿河と遠江を押さえればいいのだ。

結局、頼朝の上洛は実現せず、鎌倉に帰還することになった。

その途上で頼朝は早くも相模国において、関東武士団の本領安堵《あんど》と平家に味方して滅んだ大庭家や伊東家などの領地を恩給として分配した。

この恩給こそが頼朝の力の源泉となる。

頼朝傘下の武士は戦って勝てば恩給として滅ぼした敵の領地をもらえる。頼朝との主従関係はこの御恩《ごおん》と奉公《ほうこう》という形をとることになった。

一方の平家も苦しい立場に追い込まれる。

富士川での敗北は重大な意味があった。平家軍は官軍であり、官軍が戦いに敗れるのは平安初期の蝦夷征伐《えぞせいばつ》以来のことだった。

清盛は激怒する。

だが、敗北の原因は西国の飢饉《ききん》であり、清盛が頼朝を過小評価したからだ。

官軍が大敗を喫して、その総大将が命からがら十騎ばかりで逃げ戻ったことは、瞬《また》く間に畿内《きない》はもちろん北陸や四国《しこく》など広く伝播していった。

こうなると反平家で清盛の政治がおもしろくない勢力は少なくない。東国だけでなく清盛の勢力内にも内乱の火種はあった。

その火の手が広がることになる。

頼朝が鎌倉に帰還すると、心配で夜も眠れない政子が伊豆から飛んできた。

政子だけではない。鎌倉には東国の有力な武士団が頼朝の傘下に入るべく、続々と集まってきてたちまち兵であふれかえった。

そんな中に埋もれて北条時政など、どこにいるのか分からなくなった。

その坂東武者はやがて鎌倉殿《かまくらどの》と呼ばれる頼朝を棟梁として、その家人《けにん》という意味で敬意を払い鎌倉殿御家人《ごけにん》とか、関東御家人などと呼ばれるようになる。

頼朝はその御家人に支えられていた。

その御家人たちは次の獲物と戦って領地を大きくしたい。それに手っ取り早いのは関東の反頼朝勢力を叩《たた》き潰すことだ。

常陸《ひたち》の佐竹秀義《さたけひでよし》や志田義広《しだよしひろ》、下野《しもつけ》の足利忠綱《あしかがただつな》などが大きな領地を治めている。これらの有力武士を制圧して東国を安定させる。

平家討伐はその後からだ。

そんな中で京の三善康信からは、刻々と変化する平家の動きが書かれた密書が届いた。頼朝は朝廷や清盛の動きをかなり正確につかんでいた。

三善康信はしきりに頼朝軍の上洛を促《うなが》してくる。だが、大軍団を率いる頼朝は関東武士団の意向が上洛ではなく、関東制圧にあるため西上することが不可能なのだ。

京からの康信の密書を入念に読んで、頼朝は平家打倒の計画をどうするべきか秘かに作戦を練っていた。

一つだけ良い考えが浮かんでいる。関東武士団でも反対できない絶妙の作戦だ。

その作戦を実行する時が必ず来ると、誰にも言わず頼朝は胸の奥底で静かに育て始めた。

ところが十一月になると木曽義仲が動き出した。上野から信濃に戻った義仲は、小県《ちいさがた》依田城《よだじょう》で平家討伐の旗揚げをする。

義仲が信濃に戻って挙兵したのは、上野では頼朝と衝突するのではないかと思ったからだった。

平家と戦う前に源氏の従兄弟同士が衝突したのでは具合が悪い。

義仲は頼朝の動きに気を遣っていた。その義仲は河内源氏の一族源義賢《よしかた》の次男である。義賢は頼朝の父義朝の異母弟で、義朝が関東に下って南関東に勢力を伸ばすと、弟の義賢は兄に対抗するべく上野の国に下って北関東に勢力を築いた。

つまり義仲は兄の仲家が以仁王の挙兵に従い討死したため、父義賢の後継者として上野、信濃などすべてを受け継いだのだ。

義仲と頼朝の違いは、頼朝の場合、父義朝が清盛との戦いに敗れすべてを失って、頼朝は体一つで時政の支援だけで立ち上がったが、義仲には父義賢が育てた家臣団がかなり多くいた。

自前の軍団を持っている義仲と、時政や三浦、千葉、上総などの坂東武者に支えられている頼朝とでは動きが違う。義仲は自由に行きたいところに軍勢を率いて動けるが、頼朝は関東の有力武士団の同意がないと動けない。

義仲はそれをわかっている。

そんな時、京の平家は重大な時を迎えていた。

維盛が富士川の戦いで大敗したことで、あちこちに反平家の狼煙《のろし》が上がり始めたのである。

平家の岩盤であるはずの西国にも激震が走り、伊予《いよ》の名門河野通清《こうのみちきよ》と通信《みちのぶ》父子が、頼朝に呼応するように挙兵して平家に反旗を翻《ひるがえ》した。

九州豊後《ぶんご》では緒方惟栄《おがたこれよし》が臼杵惟隆《うすきこれたか》や佐賀惟憲《さがこれのり》などの豪族に反平家の挙兵を働き

かけていた。臼杵や佐賀だけでなく惟栄は長野家《ながのけ》、松浦家《まつら》、菊池家《きくち》、阿蘇家《あそ》など広範囲の勢力を結集しようとした。

清盛の伊勢《いせ》平氏の足元である伊勢志摩《しま》でも反乱の動きが出てきていた。

関東では平家方の有力な味方であった佐竹秀義が、頼朝によって討伐されてしまった。平家のような巨大勢力が衰退に向かう時は早い。

弱り目に祟《たた》り目とはよく言うが、次々と不運が重なって覆いかぶさってくる。

栄華を極め、位人臣《くらいじんしん》を極めた伊勢平氏の棟梁、従《じゅ》一位太政大臣《だじょうだいじん》平大相国こと平清盛が倒れる時がきた。

平家にとって運命の治承《じしょう》五年（一一八一）が明けると、清盛は飢饉の畿内に兵役や兵糧米を割り当てて臨戦態勢に入った。六十四歳の清盛は驕《おご》り高ぶった平家一門が四面楚歌《しめんそか》になる可能性があると恐れている。

さすがに清盛でその対処は素早かった。

奥州平泉の藤原秀衡の追討、関東鎌倉の頼朝と甲斐の武田信義の追討、越後《えちご》の城資永《じょうすけなが》の追討を矢継ぎ早に命じると、宗盛《むねもり》以下の一族の武将を集め、最も厄介な東国討伐に向かうことを決めた。

ちなみに関東と関西の境だが、美濃《みの》の青野ケ原《あおのがはら》、後の関ケ原《せきがはら》付近にある不破《ふわ》の関《せき》の東を関東、西を関西という。

清盛は急激な反平家の動きに危機感を強めている。

その清盛は白河院《しらかわいん》の落胤《らくいん》だとの噂があった。清盛の父忠盛《ただもり》は白河法皇の警護をしていて法皇に気に入られ、法皇の女房が懐妊すると忠盛に下げ渡されたという。

ありえないことではない。

その女房は法皇の愛妾祇園女御《ぎおんにょうご》だとか、その妹とか、祇園女御に仕える中﨟《ちゅうろう》の女房などと定かではない。だが、清盛の異例の速さの昇進を考えるとその可能性は否定できない。

貴族社会で武力を持っているとはいえ、そういう力だけで太政大臣にまで昇ることは難しい。何《な》んらかの形で白河法皇との秘史があったのだろうと思われる。

その女房の次に忠盛の妻になったのが池禅尼《いけのぜんに》である。

治承五年二月二十六日に清盛は東国討伐を命じたが、その翌日、二十七日に突然、謎の高熱を発して倒れた。

その高熱は凄まじく、体中から湯気が立って、まさに清盛の体が燃えているようだったという。間欠的に高熱を発して清盛は苦しんだ。

名医が集められても原因がわからず、手の施《ほどこ》しようがないまま平家一門は狼狽《うろた》えるばかりだ。

死期を悟った清盛は、死後のことはすべて宗盛に任せてあるので、宗盛に協力して政治を行って欲しいと、後白河法皇に奏上したが返答がなかった。

清盛は法皇を大いに恨んだが、死を前にしてはなす術もない。後に頼朝が後白河法皇を日本一の大天狗《おおてんぐ》と評したように、法皇はなかなか複雑でわかりにくいお方であった。

法皇と清盛の間は微妙な関係だった。

死の床に集まった平家一門に清盛は最期の言葉を残した。

「天下のことは宗盛に任せた。異論あるべからず」

平家一門は結束しろということである。源氏のようにバラバラになると、まとまるのが極めて難しくなる。

反平家勢力に包囲されても一門がまとまっていれば、何んとかなると清盛は言いたかったのだろう。だが、これから始まる源氏と平家の戦いはそんな温《ぬる》いものではない。

双方が生き残りをかけた興亡戦になる。

その清盛の遺言はただ一つ「葬儀などは無用である、頼朝の首を我が墓前に供えよ」だった。

あの日、池禅尼と嫡男重盛に説得され、頼朝を生かしてしまったことを死に臨んでも清盛は後悔していた。既に、その池禅尼も亡く、嫡男重盛《しげもり》も病没している。

平家の悲劇は、武勇にも優れ聡明で情に厚く穏和、人品に申し分のない重盛が、四十二歳で亡くなった時から始まっていたのかもしれない。

次男基盛《もともり》も早世し、清盛の後継者が不覚悟の宗盛になったことが、平家の滅亡を早めたといえなくもない。

閏《うるう》二月四日、大相国平清盛は京の賀茂川《かもがわ》の東岸にある平盛国《もりくに》の屋敷で死去した。

祇園精舎《しょうじゃ》の鐘の聲《こえ》、諸行無常《しょぎょうむじょう》の響きあり。
沙羅双樹《さらそうじゅ》の花の色、盛者必衰《じょうしゃひっすい》の理《ことわり》をあらわす。
驕れる人も久しからず、唯《ただ》春の夜の夢の如し。
猛《たけ》き者もついには滅びぬ、偏《ひとえ》に風の前の塵《ちり》に同じ。

読み人知らずの平家物語は滅びゆく平家をこのように詠《うた》った。

清盛が亡くなった頃、京における頼朝の唯一の味方ともいえる三善康信四十二歳が出家した。入道後の法名は善信《ぜんしん》という。

出家したことによって三善入道は自由に動きやすくなった。

鎌倉の頼朝にはすぐ清盛の死を伝える密書が三善康信から発せられた。

平家一門には動揺が広がっている。

今こそ平家討伐の絶好の機会が訪れた。一日も早く上洛してもらいたいと頼朝の動きの緩慢さを心配している。

康信には義仲の動きも気になるところだ。

そう言われても、自由にならない大軍団を抱える頼朝には、東国で領地を広げたい武将たちの考えが優先だ。難儀ばかりが多くて、どれほどの領地をもらえるか、まったくわからない平家討伐など後回しだ。

頼朝にはそんな坂東武者の土地へのこだわりがわかる。

兵力の動員は領地の大きさによって決まるのだ。どれほどの米が収穫でき、幾つの村から何人の兵を出せるかが決まる。

土地こそ兵が湧いて出る場所なのだ。

頼朝も義仲の動きは気になっていた。

そんな焦る気持ちを落ち着かせるように、四月七日に頼朝は寝所を警護する十一人を選びぬいて、その中に十九歳の義時を入れた。

兄の宗時が戦死して江間小四郎から北条義時と本家に直った嫡男である。

その義時を姉の政子が溺愛していた。頼朝と政子の寝所を守る一人に選ばれるのは当然であった。

そうしなければ政子が納得しない。

「どうして義時では駄目なのでしょう？」

などと政子が頼朝にねじ込んでくるに違いない。

この親衛隊を頼朝は源氏の一門に次ぐ家子《いえのこ》と位置付けた。一般の御家人の上に置かれる立場だ。その中でも義時は家子専一《せんいつ》とされた。

「義時、義時……」

姉の政子は自分の家来のように何んでもかんでも義時なのだ。

その政子にとって重要なことは、北条家が御大将の頼朝にどの豪族よりも重く用いてもらうことなのだ。自分は頼朝の妻だからいいとして、父の時政と弟の義時にも源家の重職についてもらいたい。

清盛が亡くなって、次は源氏が天下を取るはずだと政子は思う。

そんな野望が政子の胸にさえ育っているのだから、時政や義時はいわずもがなで、頼朝に味方する東国の武将たちには、もっと強烈な野心が育ち始めているはずなのだ。

「義時、そう遠くない時期に佐殿の天下が来る。何んとしても北条家を源家第一の家臣にするのです。いいですか?」

「はい、そういたします!」

「義時はわらわの考えがすぐわかるようだな?」

「はい、わかります」

「それでいい、それでいいのだ」

二十五歳の政子は従順な弟に満足だ。政子にとって嫁ぎ先の源家も大切だが、弱小豪族だった北条家が源家に絡みついて、大木の蔦《つた》のようにスルスルと大きくなることも大事なことである。

長男の宗時が亡くなり、その北条家の命運が義時にのしかかっている。

六月になると木曽義仲が動いた。

信濃小県の白鳥河原に木曽軍、佐久《さく》軍、上州《じょうしゅう》軍三千騎が集結、越後から大軍を率いた城助職《すけもと》が信濃に入り、千曲川《ちくまがわ》の雨宮の渡しの対岸にある川中島《かわなかじま》の横田《よこた》城《じょう》に布陣した。六月十三日にその越後軍と義仲軍が横田河原で激突する。

するとき義仲軍の井上光盛が千曲川の対岸から平家の赤旗を立てて、越後軍に接近し城助職の本陣前で、赤旗を捨てるといきなり源氏の白旗を立てた。

この奇策に越後軍九千騎が仰天し右往左往すると逃げ出す者が出た。敵に怯え狼狽える兵は使えなくなる。

兵力は越後軍が圧倒していたのにたちまち逆転、長旅に疲れていたのか越後軍は討たれたり逃げたり、おかしな戦いになって義仲軍が圧勝した。

大将の城助職は負傷し、三百騎ばかりになった軍を率いて越後に逃げ戻るが、離反者が相次いで敗軍の将のいる場所はない。助職は奥州会津《あいづ》へと撤退していった。やがて助職は会津でも奥州藤原に攻撃されて、会津からも撤退させられることになる。

戦いに勝った義仲は、鎌倉の頼朝と手を組んだ、甲斐の武田信義の息子・信光《のぶみつ》と衝突しないように、越後に侵攻して実権を握ることに成功する。

この義仲の動きに、若狭《わかさ》や越前《えちぜん》の反平氏勢力が活発に動き出すようになる。

そのことによって義仲は越後から越中、越前、若狭、近江と、京に向かう道が開かれることになった。

平家に不満を持つ小さな勢力は全国にあふれている。

平家にあらずんば人にあらずと言われては、おれは人だぞと主張したくなるのが人間なのだ。

七月十四日に治承五年が改元され、養和《ようわ》元年（一一八一）七月十四日となった。

この改元は幼帝安徳天皇の践祚《せんそ》による改元とされた。その安徳天皇は悲劇に見舞われることになる。

八月になると鎌倉の頼朝は三善康信を通して、後白河法皇に平家との和睦を申し入れた。

それに対して平家の棟梁平宗盛は拒絶する。

「わが子、孫は一人生き残る者といえども、骸《むくろ》を頼朝の前に晒《さら》すべし」

平家は全滅しても頼朝と同じ天はいただかないと言う。

清盛の怨念が宗盛に乗り移った。

だが結局、宗盛は戦いに敗れて捕縛され、鎌倉に引き立てられて頼朝の前で生き恥を晒すことになる。

平家が何んらかの形で生き残る最後の機会はこの時だった。

おそらく、大天狗の後白河法皇は、拡大する頼朝勢力に対抗するため、平家の扱いをそれなりに考えたはずである。

それを流人の頼朝がなんで和睦だ。ふざけるな頼朝、と宗盛は冷静さを失った。

平家の悔しい気持ちはわかるが、将来、戦うことになってもここは和睦を優先に考えるべきであった。

平家軍の整備も必要、飢饉の中で兵糧を調達する必要もある。

だが、宗盛にはそこまでの戦略も、和睦を利用する能力も、後白河法皇など朝廷を利用する知恵もなかった。ただ、頼朝が憎いの清盛の怨念《おんねん》だけを引き継いでしまった。

養和二年（一一八二）の年も明けると、雪深い北陸で義仲が動き出した。

城助職を打ち破った義仲は、既に越後を出て上洛することを考え支度を始めていた。

それは北陸には平家討伐に立ち上がったが、戦いに敗れた以仁王の遺児が逃げてきて北陸宮《ほくりくのみや》と呼ばれていたからだ。

その北陸宮を擁護すると、義仲は以仁王の挙兵を引き継ぐことを鮮明にする。

それには理由があった。

義仲の実兄仲家は源三位頼政の養子になっていて、以仁王や頼政が挙兵した時、その討伐軍の中で一緒に戦って討死していた。

弟の義仲にはその戦いに敗れて、志半ばで死んだ兄の遺志を引き継ぐという大義名分がある。

以仁王の平家討伐の令旨《りょうじ》はまだ生きている。

義仲は頼朝のように縛られるものがない。自前の軍勢でどこに行こうが自由だ。

養和二年五月二十七日にも改元が行われた。治承五年七月に改元して一年も経っておらず、寿永《じゅえい》元年五月二十七日となった。

改元の名目は飢饉《ききん》や兵革、病事が絶えずということである。

この飢饉は養和の大飢饉ともいわれ、雨が降らないための大旱魃《かんばつ》で、京を含めた西日本一帯が襲われた。

大量の餓死者が発生して道端に死骸が転がり、土地を放棄してしまう百姓があとを絶たず、西日本の社会が崩壊し、その影響はジワリと全国に波及した。

鴨長明《かものちょうめい》は方丈記《ほうじょうき》の中に詳細を書き、五穀ことごとくならずと述べ、京には年貢が届かない状況になったとその悲惨さを記している。

京の死者は四万二千三百人だと長明は記して、道のほとりに数知れず、目も当てられぬこと多かりと書き残した。

市中に死骸があふれて異臭を放ち、死体のあまりの多さに供養が追い付かず、仁和寺《にんなじ》の僧は死者の額《ひたい》に阿の字を書いて回る有り様だったという。

弱々しくもの言わぬ民は平家の驕りを恨んで死んでいった。

そんな京の様子を鎌倉の頼朝は三善康信からの書状ですべて承知している。東国はそんなひどい飢饉に見舞われず頼朝は幸運だった。

平家は苦境の中でもがいている。

その頃、政子は弾《はじ》けそうな腹を抱えて夏の暑さに苦しんでいた。

海から吹く鎌倉の風は、朝夕は涼しいが昼の暑さは格別だ。

「義時、どこか涼しいところはないか？」

「涼しいところといえば崖の洞穴《ほらあな》ぐらいかと……」

「そうか、そこへ連れて行っておくれ、もう死にそうだ」

「はい、すぐ輿《こし》の支度を！」

義時は姉の政子に死にそうだと言われると大慌てで何んでもする。

そんなことが何日も続き、少し暑気が収まった八月十二日に政子は、鎌倉比企《ひき》ケ谷《やつ》の比企能員《よしかず》の屋敷で男の子を産んだ。

頼朝が待ち望んだ源家の嫡男の誕生である。

三十六歳ともう若くはない頼朝は万寿《まんじゅ》と、この上ないめでたい名前をつけた。後の二代目将軍頼家《よりいえ》だ。

政子が懐妊したとわかると、すぐ頼朝は安産祈願のため鶴岡八幡宮若宮《わかみや》大路の整備を始める。冷静な頼朝が自ら監督に出るほどの力の入れようで、有力御家人たちを呼び集めて土や石を運んで段葛《だんかずら》を作った。

男子誕生でその乳母は比企尼の次女で河越重頼《かわごえしげより》の妻が呼ばれ、梶原景時の妻、比企尼の三女で平賀義信《ひらがよしのぶ》の妻、比企能員の妻などそんなに乳は飲めないというほど、比企一族から多くの女たちが選ばれた。

そんな頼朝の力の入れようが実って、頼家は古今《ここん》類を見ないといわれるほどの武芸の達人に成長する。

実はこの頃、何んとも危険な事件が起きていた。

男は妻が懐妊している時にとんでもない事件を起こすことが多いようだ。

頼朝には伊豆の蛭ケ小島《ひるがこじま》で流人暮らしをしている時から仕えていた女がいる。

この娘は良橋太郎入道《よしはしのたろうにゅうどう》の娘といい、容貌は優れて美人で、政子とはまるで反対の性格で柔和でおとなしく、頼朝に好かれて何度か流人の頼朝の褥《しとね》にも上がった。

頼朝の最初の女で大切にされてきた。

その可愛らしい娘のことは政子も知らなかった。

その娘をこの春ごろから頼朝は愛妾《あいしょう》として、秘かに鎌倉に呼び寄せて伏見広綱《ふしみひろつな》の屋敷に隠して寵愛《ちょうあい》した。名前を亀の前《かめのまえ》という。

政子の悋気《りんき》を知っている頼朝は、政子の懐妊中は逗子《ずし》の小坪《こつぼ》に移し、鎌倉から馬で遠くまで行って寵愛していたが、どこからこの秘密が漏れたのか、時政の継室牧《まき》の方《かた》が亀の前の存在を政子に告げ口したのだ。

当然の如く、政子は激怒して大事件に発展することになった。

政子は頼朝を愛しているから問い詰めたりはしないが、その代わり政子らしい猛烈に激しい実力行使に出た。

「宗親《むねちか》殿、聞かれたか？」

「はい、昨日……」

「頼みがあります」

怒り心頭の政子が、牧の方の兄・宗親に切り出した。

「どのようなことでございましょう？」

「他でもない。このままではこの気持ちのやり場がないのじゃ。あの女を匿《かくま》った伏見の屋敷を跡形もなく壊してもらいたい！」

怒りで眼のつり上がった青鬼が牧《まき》宗親をにらんだ。

「伏見殿の屋敷を？」

「やってもらいたい。これはすべて佐殿の責任です！」

「しかしながら……」

「伯父《おじ》上ッ！」

宗親は政子に抗しきれず危ない仕事を引き受けた。

十一月十日に牧宗親は伏見屋敷に駆けつけると、柱に縄を巻きつけて馬に引かせると、ミリミリと立派な屋敷を引き倒しにかかった。

政子の命令とはいえ、何んとも乱暴なしようである。

宗親は伏見広綱の屋敷をことごとく破壊した。ここまですると悋気も可愛らしいとは言っていられない。

激怒した頼朝は政子に何も言わず、十二日に逗子の鐙摺《あぶずり》まで馬で駆けていくと、牧宗親を呼び出して叱責した上に、顔を地面にすりつけて謝る宗親の髻《もとどり》を、怒りの収まらない頼朝は自らの手で切ってしまった。

「御大将ッ、ご勘弁をッ！」

「ならんッ！」

切り取った宗親の髻を眼の前に投げ捨てた。禿《は》げて薄い頭がざんばら髪になり何んとも情けない。

この頼朝の振る舞いに牧宗親は泣きながら逃亡する。

するとこのことを知った政子の父で、牧の方の夫である北条時政が激怒。北条一族を引き連れて伊豆に帰ってしまう大騒動に発展した。

家子専一の義時は父の時政に従わず、鎌倉に残ったので頼朝に褒《ほ》められた。

「義時、政子はどうだ？」

「青鬼が今は赤鬼になっております。しばらく近づかない方がよろしいかと……」

「首を取られるな？」

「はい、まことに危険であります」

「なだめられるか？」

「何んとかいたしますが、少し日にちが……」

「構わぬ。何日かかってもよい！」

「はッ、畏《かしこ》まりました」

夫婦喧嘩《げんか》にあちこちが大迷惑なのだ。

十二月の十日になって頼朝は亀の前を、逗子の小坪の小忠太《こちゆうた》光家《みついえ》邸に移したが、頼朝は政子の嫉妬を恐れながらも、亀の前への寵愛が益々深くなってしまった。

政子にいじめられて怯《おび》えている亀の前が可愛くて仕方のない頼朝なのだ。政子より前から可愛がってきた亀の前なのだ。

怒りの収まらない政子は、十六日に伏見広綱を勝手に遠江へ、流罪としてしまうという強引さで誰も手を付けられない。

頼朝と政子の夫婦喧嘩に巻き込まれた伏見広綱と牧宗親がひどい迷惑だ。

亀の前を匿った伏見広綱が政子に流罪にされ、頼朝に髻を切られた牧宗親が逃亡では目も当てられない。

周囲を巻き込んでこんな大喧嘩をしておきながら、頼朝と政子の間には乙姫《おとひめ》と実朝《さねとも》が次々と生まれるのだから、夫婦喧嘩は犬も猿も食わないというのは事実らしい。

伏見広綱と牧宗親があわれだ。

牧宗親の子の牧時親《ときちか》はこの事件で出家してしまうのだから言葉がない。

この頼朝と政子という夫婦は危険だ。何かあってもこの夫婦には近寄らないほうがいい。見て見ぬふりでかかわらないことが何よりも大切だ。

年が明けても頼朝の亀の前を寵愛する逗子行きが止まらない。

政子はきりきり怒っているが、頼朝を大好きなのだから面と向かっては何も言えない。半分あきらめながらも亀の前に何か仕返しをしたいのだ。

この政子の嫉妬は頼朝への愛の裏返しだから厄介なのである。

その政子が大きな腹を抱え暑さで苦しんでいる時に、亀の前と涼しいことをしていたのだから、すべての罪は頼朝にあるが、その頼朝は側室や愛妾は当たり前だと思っている。

木曽義仲《きそよしなか》

二月になって頼朝軍は京から平家軍が襲来するという噂《うわさ》を聞いた。

飢饉で苦しむ京から平家の大軍とは、にわかに信じがたいことではあったが、万一のことを考え、駿河に出て応戦するべく兵を西に移動させた。

ところが、その鎌倉軍の隙《すき》をつくように、常陸の志田義広が三万騎を率いて鎌倉に向かうと聞こえてきた。

志田義広は鹿島神宮《かしまじんぐう》の所領を横領して頼朝に厳しく叱られた。それを根に持って頼朝に反発、下野《しもつけ》の足利俊綱《あしかがとしつな》、忠綱親子と手を組んで頼朝討伐の旗を揚げたのだ。

その動きにいち早く気付いた者がいて、鎌倉の頼朝に知らせてきた。こういうことを知るのは早いほどいい。

「志田軍の三万というのは誠か？」

「はッ、志田義広ならばそれぐらいの兵は動員できます」

「そうか……」

頼朝の頭に浮かんだのは、鎌倉が西から平家軍、東から志田軍に挟まれるということだ。

「駿河はそのままだ！」

頼朝は駿河の兵を動かすべきではないと判断した。

その頃、常陸から志田軍が動き出していた。その大軍三万騎が現れると二十日に下野の小山《おやま》一族が野木宮《のぎのみや》で迎え討つことになった。

頼朝は志田軍への対応を小山朝政《ともまさ》とその一門の下河辺《しもかわべ》行平《ゆきひら》に託した。

鎌倉にいた小山朝政の弟長沼宗政《ながぬまむねまさ》と従兄弟の関政平《せきまさひら》を、援軍として頼朝は大至急下野に向かわせたが、途中で関政平が裏切って志田軍に走ってしまう。

押さえるのに失敗すると三万もの大軍が鎌倉に押し寄せてくる。

肝心の頼朝軍は平家に備えて駿河に布陣しているのだから、もし、平家軍と志田軍が呼応していれば、頼朝が思ったように鎌倉は東西から挟み討ちにされてしまう。

初めて鎌倉に危機が迫ってきた。

その危機に困った頼朝は初めて、弟の範頼に小山軍を支援するようにと出陣を命じた。

頼朝はまだ兄弟の出陣までは考えていなかった。

弟の範頼は父義朝が遠江池田宿《いけだのしゆく》の長者の娘に産ませた。池田宿は東海道の重要な宿場でその拠点を支配するため、宿の有力者の娘と縁を結んだのだ。

そのため範頼は遠江で育てられ、義朝が平治の乱で敗死しても無事に難を逃れた。その後、範頼は養父となった藤原範季《ふじわらののりすえ》によって育てられた。

範頼の性格は豪胆で合戦を好み、肝太く穏便《おんびん》ならざるものがあった。

弟の義経を引き立てるために凡将、無能、暗愚などと物語では語られるが、範頼はそんな男ではなかった。

早くから甲斐源氏の安田義定と協力関係を築いて、何をするべきかわかっていて遠江を拠点に戦いを始めていた。

範頼が出陣した翌日から、頼朝は鶴岡八幡宮に入って戦いの勝利を祈り始める。

この鶴岡八幡宮は河内源氏の源頼義《よりよし》や、八幡太郎義家とも縁の深い神社で源氏の氏神《うじがみ》でもあった。

下野の有力な豪族の小山朝政は、志田義広に同意するふりをして、秘かに兵を野木宮に伏せておいた。そんな謀略があるとは知らずに志田軍が野木宮にさしかかった。

突如、無防備な志田軍に小山軍が襲いかかる。

それでも志田軍は多勢を頼みに激しく応戦するが、不意を突かれて乱れた陣形を立て直すことは難しい。

そこに範頼、結城朝光《ゆうきともみつ》、長沼宗政、佐野基綱《さのもとつな》らの援軍が殺到してきた。

万事休す。志田軍はたちまち戦意を失って敗走する。

「追えッ、逃がすなッ！」

範頼は馬上から太刀を振り上げて味方を励ます。

「義広を射殺せッ！」

怒濤《どとう》の追撃に志田義広は応戦することもできずに逃亡した。

その義広の狙いは義仲との連携であった。鎌倉の頼朝を倒すには義仲と合流するのが良いと考えての出陣だった。

だが、小山朝政の謀略に引っかかり、意外に早く現れた範頼の鎌倉軍に大敗した。

それでも志田義広こと源義広は、同母兄の義賢《よしかた》の子で甥《おい》である義仲を頼っていくことになる。

このことが頼朝と義仲の間を決定的に引き裂くことになる。

大軍を擁しながら野木宮の戦いで敗れた源義広こと志田義広と、頼朝に合流しようとして追い払われた行家の、二人の叔父が行き場をなくして義仲を頼ってくる。

それを庇護《ひご》したため頼朝との関係が急激に悪化してしまう。

その上、その裏には甲斐源氏の武田信光が、娘を義仲の息子義高《よしたか》に嫁がせようとして断られ、怒った信光がその腹いせに、義仲は平家と手を組んで頼朝を討つつもりでいると讒言《ざんげん》した。

義仲が平家と手を結ぶとはただ事ではない。

放置してそれが実現したら頼朝は東国の平定どころではなくなる。頼朝の鎌倉が危険になる。

義仲のところに二人の叔父がいるのはまずい。

そんなことから頼朝と義仲の関係が武力衝突寸前にまで悪化した。源氏同士の衝突は回避しなければならない。当面、倒すべき敵は平家なのだ。

「義高を人質にか？」

「鎌倉の大姫さまの婿ということであれば？」

単なる人質ではなく頼朝の長女・大姫との婚約であれば面目も立つというものだ。

「よかろう！」

義仲が了承して戦いの兵を動かす直前で、大慌ての和睦が成立する。

正式に交渉が整うと三月になって、義仲の息子義高十一歳が鎌倉入りすることになった。

義高の鎌倉入りは大姫の婿にするという名目の人質である。

後にこの義高と大姫の幼い恋があまりにも激しく、朝廷をも巻き込んで頼朝と政子でも手におえない大変なことになる。

四月になると平家軍が動いた。

その知らせは三善康信から鎌倉の頼朝にすぐ届いた。

四月十七日に平維盛を総大将に平家軍十万の大軍が、義仲と対決するため北陸方面に進軍するとのことだ。

平家軍十万とは俄《にわ》かには信じがたいが、危機を感じた平家が飢饉の中で、総力を挙げて兵を集め兵糧の米を調達したのだろう。

十万の兵が何ケ月も食う米は莫大《ばくだい》な量になる。それを軍の遠征先まで運ぶだけでも難儀なことだ。

ここで踏ん張らないと、平家は飢饉と源氏に挟み討ちにされてやられてしまう。

座して死を待つことはできない。

鎌倉の頼朝とは富士川で戦わずして大惨敗を喫した。頼朝が坂東武者の大軍を率いて強いことはわかっている。

そこで平家軍が狙いを定めたのは、同じ源氏でも頼朝ではなく、越後、越中、越前と京に向かって進攻しつつある義仲の方だった。

平家軍十万が煌《きら》びやかに威風堂々《いふうどうどう》と北陸に向かって進軍した。

北陸方面では義仲だけでなく、在地の豪族たちが反平家で活発に動いていた。

二年前の養和元年（一一八一）夏頃、その反乱勢力を鎮圧しようと平通盛《みちもり》と平経盛《つねもり》が、平家軍を率いて北陸に出陣したが、反乱を鎮めることができずに京に引き返したことがあった。

総大将の維盛は、富士川の二の舞と通盛たちと同じ失敗だけは繰り返したくない。ここ数年、平家は九州太宰府《だざいふ》にわずかな兵を動かしただけで、飢饉のため平家軍は動けないでいたのである。

寿永二年（一一八三）になってようやく少しだが飢饉が好転しつつあった。

この十万という平家の維盛軍の北陸への侵攻は、京への食糧の供給地である北陸方面を押さえておきたいという、平家の切なる願いも込められていた。

好転しつつあるといっても大飢饉の傷痕はすぐ消えるわけではない。

この平家軍に下された天皇の宣旨《せんじ》は、義仲追討ではなく、あくまでも鎌倉の頼朝と甲斐の武田信義の追討命令で、東国北陸と宣旨にはあることはあった。

四月二十六日に平家軍は越前に進攻した。

翌二十七日に平家軍は越前や加賀《かが》の、反平家勢力が立て籠《こも》る火打城《ひうちじよう》を囲んだ。この城は川を堰《せ》き止めて作った湖に囲まれていて攻め込むのが難しい。

どうすれば攻略できるか維盛以下の平家の武将たちが考えた。戦に不慣れな平家の公達《きんだち》は酒宴は得意だが戦略、戦術はまるで考えられない。

そんな時、越前平泉寺《へいせんじ》の僧が平家軍に内通、人の手で作られた湖の壊し方を教えたのである。

「すぐ取りかかれッ！」

「今すぐ湖を決壊させろッ！」

平家軍は全力で湖の堤《つつみ》を壊しにかかった。

「水だッ！」

「流されるなッ！」

平家軍は大騒ぎで湖の盛り土を決壊させると、大軍が火打城に襲い掛かってたちまち落としてしまった。

勢いに乗った平家軍が加賀に侵攻していった。平家軍の兵糧は充分ではなく、侵攻先で乱暴に調達しながらの行軍だった。

こういう略奪しながらの戦いは勝っている時はいいが、一度戦いに敗れると収拾困難になる危険性があった。腹を空かした兵は何をするかわからない。

火打城を脱出した反乱軍は河上城まで引いて集結、だが、平家軍は平泉寺の僧に案内されて追撃してくる。

「敵を休ませるなッ！」

「すぐ猛攻を仕掛けろッ！」

大軍が再び河上城に襲い掛かった。とても支えきれず反乱軍は城を捨てて脱出、三条野《さんじようの》から熊坂峠《くまさかとうげ》の入り口に布陣して平家軍を迎え討った。

反平家の越前軍、加賀軍は防戦するが平家軍十万の勢いはもはや止められない。

加賀軍の今城寺光平《いまきでらみつひら》と平家軍の斉藤実盛《さいとうさねもり》が名乗り合って激突、双方が馬上で組討になりそのまま落馬し、そこに実盛の郎党が殺到して今城寺光平は首を取られた。

三条野でも敗れた反乱軍は熊坂峠を越えて加賀に敗走する。それを破竹の勢いの平家軍が追撃した。

反乱軍は加賀江沼《えぬま》篠原《しのはら》宿で踏み留《とど》まり陣を敷いた。

追撃する平家軍は余裕がある。

大軍は丸岡《まるおか》の長畝《のうね》で休息を取ってから篠原宿に襲い掛かった。兵糧を得て腹の太った平家軍の勢いは凄まじく、押し寄せる勢いに反乱軍はひとたまりもなく逃げ出した。もう、いかんともしがたい。

海沿いに逃げた反乱軍は安宅関《あたかのせき》まで引いて、梯川《かけはしがわ》に架かる橋の橋板を落とし、安宅住吉《すみよし》神社に戦勝を願って平家軍を待ち受けた。

川を挟んでの矢合わせから合戦が始まる。

橋を使えない平家軍が渡河をしようとすれば、矢が集中して川の中にいる平家軍に飛んでくる。

渡河を阻止しようと対岸から何騎も川に入ってきて、奮戦するが寡兵ではいかんともしがたく、より北に退却するしかない。

いよいよ平家軍は越中まで侵攻した。

維盛は越前、加賀を制圧し、平盛俊《もりとし》に五千騎を与えて越中への先遣隊とした。

平家軍は連戦連勝で越中と越後の国境、寒原《さむはら》の険といわれる親不知《おやしらず》付近まで進軍して、義仲が越後から越中に出てくるのを、寒原の険で迎え討つのがよいだろうと維盛は作戦を計画した。

この作戦は悪くない。

親不知より東を越後という。

その頃、義仲は越後の国府《こくふ》直江津《なおえつ》にいた。

平家軍の侵攻に義仲は越中まで占領されては、これからの戦いで越後に押し込められた恰好《かっこう》になってまずいと思う。越中が源平の攻防の要《かなめ》だと読んだ。

そこで素早く動いた。

義仲軍の四天王で猛将の今井兼平《いまいかねひら》に六千騎を与えて国府から出発させる。平家軍より先に今井軍は越中に入って御服山《ごふくやま》に布陣して平家軍を待った。

五月八日に今井軍の動きを知らない平盛俊の五千騎が、倶利伽羅峠《くりからとうげ》を越えて越中に入ってきた。

盛俊軍が般若野《はんにゃの》まで来て今井軍が御服山を占拠していることを知る。

そこで盛俊は軍を止め般若野に留まった。

こういう時は倶利伽羅峠辺りまで一旦引くか、今井軍に攻撃を仕掛けるかしなければならないのに、ぼんやりと敵前に留まって様子見は危険この上ない。

案《あん》の定《じょう》、猛将兼平は夕刻になっても前進も後退もしないのを見て、敵の意表をついた夜襲を仕掛けるべきだと決断し支度を命じた。

戦に慣れている義仲軍の猛将と、京で宴会ばかりして歌を詠《よ》んでいた公達との違いだ。

夜半、今井軍は音を消して、闇に紛《まぎ》れて山を下り始める。

「静かに敵陣に接近しろ……」

「足元に気をつけろッ、転ぶなよ……」

「ゆっくりでいいぞ、夜明けまではまだずいぶんある……」

今井軍六千がジワリと盛俊の陣に接近してきた。平家軍の見張りは油断して寝とぼけている。

五月九日早暁《そうぎょう》、山の稜線《りょうせん》が白くなる気配に今井軍が現れた。

「かかれッ、かかれッ！」

「うわーッ！」

「踏み潰せッ！」

突然の鬨《とき》の声に盛俊軍は驚いて飛び起きた。平家軍はすぐ逃げ出すかと思いきや、いい加減に鎧《よろい》兜《かぶと》をつけて今井軍に向かってきた。

たちまち大混戦になった。

「引くなッ、引くなッ！」

「押し返せッ！」

壮絶な取っ組み合いの乱戦になった。押しつ押されつの一進一退で、弱いはずの平家軍がなかなかの善戦だった。

猛将兼平は一刻（約二時間）ほどの戦いで追い払えると甘く考えていたが、とんでもないことで昼になっても決着がつかない。まったく当てが外れた。

疲れるし腹は減るし、喉は渇《かわ》くしで両軍が抱き合って草むらに倒れ込みそうになる。

敵に噛《か》みついたり、のしかかって首を絞《し》めたり、それでもなかなか敵を殺せないでいると、逆に敵にのしかかられて首を取られる。

どこで何が起きているのか、大地や草むらを血に染めて、戦いは昼過ぎにようやく決着がついた。

今井軍が盛俊軍を倶利伽羅峠まで追い詰め、何んとか峠の西に追いやることに成功した。

一旦後退した平家軍は、義仲と戦う陣容を立て直す。十万の大軍はここまで破竹の勢いで攻めてきたのだから、そう易々と敗北するとは思えない。

維盛は能登《のと》の志雄山《しおやま》に平通盛と平知度《とものり》に三万騎を与えて布陣、維盛自身は加賀と越中の国境砺波山《となみやま》に平行盛《ゆきもり》と平忠度《ただのり》ら七万騎で布陣、平家軍が二手に分かれて義仲軍を迎え討つ陣を敷いた。

五月十一日になって義仲軍は三万騎にふくらんだ。

義仲は源行家と楯親忠《たてちかただ》に一万騎を与え志雄山に向かわせ、義仲軍は維盛のいる砺波山に向かった。

戦上手の義仲にとって平家軍など恐れることもない。昼の間は何んの動きも見せないで義仲軍は動かないと思わせる。

平家の大軍を見て恐れたように敵に油断させた。

義仲の狙いは兼平と同じように夜襲だった。少ない兵で大軍を倒す方法は、夜の闇の恐怖を利用することだ。人は誰でも見えないものには恐れを持つものだ。

「兼光《かねみつ》、平家軍の後ろに回り込めるか？」

「はい！」

「夜になったら、わしが平家軍を倶利伽羅峠方面に追い込む。そなたはその逃げ道を塞いでしまえ、いいな？」

「承知しました！」

樋口《ひぐち》兼光は今井兼平と巴御前《ともえごぜん》の兄で、義仲の四天王の一人である。

義仲の作戦に従い兼光は軍を率いると、密かに平家軍の後ろに迂回《うかい》していった。こういう作戦は、戦慣れしていないとなかなか使えるものではない。

平家軍が寝静まった深夜、突然、義仲軍が鬨の声など大きな音をたてながら平家軍に攻撃を仕掛けた。

二万の義仲軍が大騒ぎをしながら松明《たいまつ》を持って、大声で次々と押し寄せてくるのだから尋常ではない。

「どうした？」

「あの騒ぎは何んだ？」

「敵だッ！」

「義仲か？」

「ああ、夥《おびただ》しい数の松明が攻めてくるぞッ！」

「何んだとッ？」

「まるで山が燃えているようだ！」

「焼き討ちかッ！」

闇夜の大混乱で、たちまち浮足立った平家軍が逃げ出そうとする。

「焼かれるぞ！」

「黒焦げにされるぞッ！」

「退却だッ！」

暗い中で恐怖が増幅されると、兎《と》に角《かく》、逃げ出そうとするのが人だ。ところが、平家の逃げ道には樋口兼光が待ち構えている。

義仲軍と樋口軍に挟まれた平家軍は徐々に倶利伽羅峠の断崖に追い込まれた。われ先に逃げようとする兵たちが、暗闇の中で次々と倶利伽羅峠の断崖に転げ落ちていった。

平家軍七万騎は唯一敵のいない暗闇に逃げる。ところがそこは鹿も近づかない断崖絶壁だった。平家軍の大半が転落して軍は崩壊した。

ちなみに倶利伽羅峠で牛の角に松明を結わえ、平家軍に向かって放ったという火牛《かぎゅう》の計は、後世の創作であるといわれる。

中国の斉《せい》の武将田単《でんたん》が戦いの時に、牛の角に剣を結わえつけ、尻尾に松明を結わえて敵陣に放ったという故事をこの場面に潤色《じゅんしょく》したという。

確かに、角に松明をつけた牛が必ず敵に突進するとは限らない。万一、味方に突っ込んできたら自滅しかねない。よほどの好条件でないと火牛の計は使えないだろう。

翌十二日には平忠度軍をも打ち破り、逃げる平家軍に義仲軍が追いついて、加賀の篠原で戦いになるが、平家軍には戦闘能力が無く、惨憺《さんたん》たる状況になり敗走に敗走を重ねることになった。

維盛は富士川の時と同じように命からがら京へ逃げ帰った。

六月六日に半減した平家軍がボロボロの敗残兵になって京に続々と戻ってきた。腹を空かして道端に倒れる者が続出した。

生きて戻っただけでも大したものだ。

王城の地

平家軍十万を壊滅させた義仲は、その破竹の勢いで周辺の豪族たちを糾合《きゅうごう》しながら、京という魑魅魍魎《ちみもうりょう》たちの棲《す》み処《か》に向かって快進撃を開始した。

京を目指した多くの武将は、これまでも数多《あまた》滅び、これからも数え切れないほど滅ぶことになる不思議と恐怖の魔界、そこが都という一見華やかに見えるところなのだ。

絶頂の義仲は間もなく滅びに憑《と》りつかれてしまう。

義仲軍は六月十日には越前に入り、同十三日には近江《おうみ》に入り、六月の末には京に入る手前の難関である比叡山延暦寺との交渉に入った。延暦寺は古くから王城鎮護の山として、京の北に隠然たる力を蓄《たくわ》えている。

だが、今の義仲に怖いものはない。

「北嶺《ほくれい》延暦寺は平家に味方するのか、それとも源氏に味方するのか。もし、平家に味方するとあらば余は北嶺との合戦も辞さない。合戦となれば武門の習い通り、北嶺延暦寺を焼き払い、瞬《また》く間に滅亡させるであろう」

怒濤の進撃で京に迫ってきた義仲の、自信と覚悟に満ちた強烈な恫喝《どうかつ》である。

きりきり返答しろと義仲は短気を見せた。

さすがの比叡山延暦寺も平家軍を壊滅させた義仲に逆らう気力はない。京のことを何も知らない源氏の大将が上洛してきた。誰もが戦々恐々と見ている。

この頃、九州の反乱を鎮圧した平貞能《さだよし》が帰京した。

義仲軍の南下を知っている人々は、九州から大軍を率いて戻ってくると期待していたが、その貞能が率いてきたのは、千余騎という少なさだった。

期待の鎮西軍《ちんぜいぐん》の帰還だったが大いなる落胆で、平家軍は都に留まって義仲軍と戦う兵力も戦意も無くなった。

そんな時、義仲の上洛に合わせるように、甲斐源氏の安田義定が平家追討使として東海道を京に近づいている。義定は洛中の警備と大内裏の守護を命じられてもいた。

源行家は義仲と別れて伊賀《いが》に迂回して進攻しようとしている。

七月になって義仲軍は京に迫ってきていた。

そんな中で、平家は遂に都を捨てる覚悟を決める。

京というところは京七口《きょうななくち》といって出入り口が七ケ所あり、古くから攻めるのは簡単だが守るのは容易ではないところと言われてきた。

清盛の死後、平家の凋落《ちょうらく》は眼を覆うばかりであった。

遂に、七月二十五日になって義仲に攻撃された平家は、安徳《あんとく》天皇と異母弟の守《もり》貞親王《さだしんのう》と三種の神器を奉じて、ゾロゾロと華やかな一門全員が都落ちする。

義仲が入京する時がきた。

逆に、平家にあらずんば人にあらずと、栄華を極めた平家には滅びの時がきていた。まさしく驕れるものも久しからずである。

平家は安徳天皇だけでは物足りず、後白河法皇も伴って都落ちするつもりだったが、いち早く危機を察知した法皇は比叡山に登って身を隠した。

その法皇は京から平家がいなくなった七月二十七日に、何事もなかったように平然と京に戻ってきた。

後白河法皇とはそういう不思議な方だった。

翌二十八日に義仲と一緒に、この二十年見られなかった源氏の白旗が京に入ってきた。

京の大路小路は大騒ぎで源氏の眩《まばゆ》いばかりの白旗を迎えた。源氏の御大将は鎌倉の頼朝ではなく木曽義仲である。

この日、義仲と行家は蓮華王院《れんげおういん》に参上して、後白河法皇から平家追討の命令を受けるがその場で醜態をさらしてしまう。

二人は法皇の前に進む時、自分のほうが序列が上だと言わんばかりに並んで席を争ったのだ。

叔父《おじ》と甥《おい》の醜い姿である。

その姿に法皇はあさましさを感じ苦笑するしかない。この上洛戦の功労者は誰が見ても義仲だった。だが、行家という人は源氏の一門でありながら、他人の手柄を横取りしようという姑息《こそく》なことをする人だった。

それを言葉の端々から感じた頼朝は、この人物は傍に置くべきではないと見抜いて追い払った。行家はなんの功績もないのに叔父というだけで、無礼にも頼朝に対して所領を要求したりする人だったのである。

若い義仲に一歩も二歩もゆずるような人であればよかった。

みっともない醜態を見せたからか、二日後の七月三十日に朝廷の議定《ぎじょう》が行われ、この度の平家追討の勲功《くんこう》一位が頼朝、二位が義仲、三位が行家と決まる。

後白河法皇の頼朝に期待する思いが表れた議定であった。

その上で京の治安の取り締まりは義仲に任された。行家は大いに不満だ。だが、行家は頼朝や義仲のように大軍を擁しているわけでもない。

以仁王《もちひとおう》の令旨《りょうじ》を二人に届けた叔父というだけなのだ。

八月十日に朝廷の正式な除目《じもく》が行われ、義仲は従《じゅ》五位下左馬頭《さまのかみ》で越後守、行家は従五位下備後守《びんごのかみ》である。

数日後の十六日には義仲に朝日《あさひ》将軍の称号と伊予守が与えられ、行家には備《び》前守《ぜんのかみ》が与えられた。ここで義仲と差があると行家が不満を言う。

すると行家は山育ちで武骨な義仲と違い、都で育ち能弁で公家《くげ》との交際や院にも入り浸《いびた》って、法皇の双六《すごろく》遊びの相手をするなど取り入った。

義仲の悪口を言うに及び、都での義仲の人気が下落し、法皇や公家から義仲は不興を買うようになる。

たちまち義仲と行家の間が不和になり、行家は命の危険を感じ、平家討伐に名を借りて京を脱出、播磨《はりま》に向かって平知盛《とももり》や重衡《しげひら》軍と戦うが敗北する。

行家という男は根っからの扇動者で、煽《あお》るのが上手で、権謀術数《けんぼうじゅつすう》には長《た》けていたが戦いはからっきしで負けてばかりいた。

こういう男はいつの世でもいるもので、狡《ずる》く立ち回るのが得意だ。

朝廷では勲功一位にした頼朝の扱いで意見が割れていた。頼朝が上洛してくれば問題は無かったが鎌倉から動かない。

頼朝の京官をどうするかだ。

京官とは在京中の官職である。頼朝は鎌倉で京にはいないのだが、九条兼実《くじょうかねざね》や藤原長方《ながかた》は、鎌倉にいても構わないから、直ちに京官に任命すべきだと主張、藤原経宗《つねむね》はやはり上洛後に任命するべきだと意見が割れた。

それほど頼朝の存在感が京でも大きくなってきている。

既に、三十七歳になる頼朝という大軍を擁する源氏の嫡流《ちやくりゆう》はどんな男なのか、鎌倉から動かず、義仲の上洛にも長男の義高を人質に取っただけで動きを見せない。

朝廷はこういう得体の知れない存在に恐怖する。

頼朝の官位は平治の乱で止められた従五位下のままだ。

東国には頼朝、京には義仲、西国には衰えたとはいえまだ平家が健在なのだ。

朝廷には何んとも難しい局面になっている。

この頃、後白河法皇は平家に対して天皇と三種の神器の返還を求めていた。だが、平家はそれに応じなかった。

そこで、都に残っていた高倉上皇の惟明《これあき》、尊成《たかひら》の二人の親王のいずれかを、神器のないまま皇位に擁立しようとするが、ここで義仲が「それがしの大功は北陸宮の力であり、平家の悪政がなければ以仁王が即位していたはずである。そこで北陸宮が正統な皇統である」と朝廷に申し入れた。

あろうことか義仲が皇位継承に介入したのである。

だが、これは受け入れられなかった。こういう介入を朝廷は最も嫌う。

天皇の皇子が二人もいるのに、王の子でしかない北陸宮が天皇に即位するなど考えられないことだ。

「皇族、貴族でない者が皇位継承に介入するとは無礼である！」

この義仲の北陸宮の皇位へという介入は、信頼を著しく損《そこ》なう結果になった。

「何も知らない山猿が皇位に口出しするとは、身のほど知らずが！」

朝廷や公家は、皇位の仕組みを知らない義仲にそういう思いがあったのだろう。いくら京を支配した実力者といえども、していいことといけないことがある。

この義仲の考えを抑えるため、朝廷は何度も占いを行い、八月二十日に四の宮尊成親王が践祚《せんそ》する。後鳥羽《ごとば》天皇である。

義仲はこの一件で「無教養の粗野な人物だ」と思われ、貴族的な平家や幼少を京で育った頼朝とは違うと考えられた。

他にも義仲が不運だったのは、養和《ようわ》の大飢饉《だいききん》の影響がまだ残っていた時期で、京は極端に食糧事情が悪化していた。

そのため、京に入った義仲の大軍は都とその周辺で掠奪《りゃくだつ》を繰り返し、都の治安を任されている義仲は人心をつかめなかった。だが、遠征で疲れ切った義仲の大軍に掠奪は褒美《ほうび》のようなものなのだ。

義仲はやめろとは言えなかった。

その上、大軍が京に長期間滞在することになって腹が空いてくる。腹が減っては戦ができない。

米などの食い物だけの略奪だけではなかった。

女を見れば襲いかかって乱暴狼藉《ろうぜき》を働き、言うことを聞かなければ傷つける事件が多発する。

九月になるとその治安の悪化がいっそうひどくなっていった。

都にいる大軍は義仲軍だけでなく行家軍の残党、近江源氏、美濃《みの》源氏、摂津源氏、甲斐源氏軍などの混成で、義仲が統制できる大軍ではなかった。

日に日に京は混乱するばかりだ。

鎌倉の頼朝には三善康信から頻繁に密書が発せられた。

九月十九日になって後白河法皇が義仲を呼んで、京の急激な治安の悪化は義仲の責任だと責めた。

それに対して義仲は、すぐ都を出て平家追討に向かうと奏上する。

義仲は朝廷からの信頼回復と兵糧確保のため、取り急ぎ得意な戦で戦果を挙げる必要があると考えたのだ。

法皇は義仲の考えを受け入れ、京の治安を守るために樋口兼光を残すように命じて、義仲には剣を与えて平家のいる播磨に出陣させた。

その義仲の出陣と入れ替わりに、朝廷に頼朝からの申し状が届いた。

そこに書かれていた内容は、平家が横領した神社仏閣領の返還、平家横領の院や宮家《みやけ》領の返還、降伏した者は斬罪《ざんざい》にしないなどで、このことは頼朝と三善康信が考え朝廷や公家に配慮したものである。

案の定、朝廷や院や公家は頼朝の申し状に大よろこびであった。

ここに頼朝と義仲の違いがはっきりと明らかになった。さすがに頼朝は困窮する者に対して隅々《すみずみ》まで心が行き届いている。

やはり頼りになるのは鎌倉の頼朝だ。

姿の見えない頼朝に期待が膨らむばかりだ。

後白河法皇は大いに満足で、十月九日には頼朝を平治の乱の前の本位に復し、すべてを赦免《しやめん》すると公表した。

源氏の嫡流頼朝が流人《るにん》から正式に解放された。

それは平治の乱における父義朝など、源氏一門の罪も消えることを意味している。頼朝も満足できる法皇の沙汰《さた》であった。

朝廷は播磨の義仲に気を遣い、すぐ従五位上に上階《じょうかい》させた。朝廷はこういう官位官職の使い方が微妙で実に上手い。

その翌日、朝廷は鎌倉の頼朝に天皇の宣旨を発した。

宣旨の内容は重大であった。朝廷は鎌倉の頼朝に対して東海道と東山道《とうさんどう》、その周辺諸国の支配権を与えたのである。

それまでは、頼朝の鎌倉政権は勝手に戦いで領地を奪い、恩賞として与えたりする反乱軍と思われていたのだ。それに対して東海道でも東山道からでもいいから上洛してこいという意味の謎かけなのだ。

頼朝はその朝廷の考えを充分にわかっていた。

その頃、義仲は平家を追って摂津、播磨、備前と進軍して備中水島《びっちゅうみずしま》に布陣している。敵の平家は讃岐《さぬき》の屋島《やしま》に拠点を築き、反撃の力を蓄えようとしていた。

問題なのは平家軍の千余艘《そう》に及ぶ夥しい数の船だった。

山国育ちの義仲軍は船戦をまったく知らない。知っているのは小さな川舟だけである。それに対して平家軍は軍船同士をつなぎ合わせ、船上に板を敷いて強固な陣を作り、船上に馬を乗せて船と陸の間を馬で行き来している。

西国から九州まで海を支配してきた平家の船戦の仕方である。

義仲軍は義仲を総大将に足利義清《よしきよ》、義長《よしなが》兄弟や海野幸広《うんのゆきひろ》など七千騎で、周辺の漁村から集めた船は五百余艘だった。

「御大将、船で敵に近づき、向こうに乗り移る策がよいかと思いますが？」

「いかにも、敵の船に乗り移ればこっちのものだ！」

「なるほど、御大将、いかがでございましょう。おもしろい策かと思います」

「よし、漕《こ》ぎ手を増やして敵船に突撃するのだな？」

「はい、他に良い方法はないかと思われます！」

などと船戦を知らない者が考える作戦は単純明快だ。五百余艘の船に七千人が乗って敵陣に突進する作戦だ。

海に浮かんだ五百余艘が静かに平家軍の船陣地に近づいていった。

その船陣地の周囲には数えきれないほどの平家の軍船が静かに浮いている。

双方の兵が刀を抜いて激突する構えだ。一気に白兵戦に持ち込んで平家軍を海の藻屑《もくず》にしたい。

義仲軍が敵船に乗り移ろうとした時だった。平家の軍船から一斉に矢が放たれ、応戦する間もなく戦闘が始まった。義仲軍に無数の矢が降ってきて不意を突かれた。

平家の軍船はよく装備されていて、にわかに集められた義仲軍の漁船とはまるで戦闘能力が違う。

平家軍は海の軍団、義仲軍は山の軍団である。

般若野《はんにゃの》や倶利伽羅峠《くりからとうげ》の戦いとはまるで違うのが船戦だった。

義仲軍は海の上で見る見る劣勢になり、平家の軍船に包囲され逃げるに逃げられず、足利義清、海野幸広、足利義長、高梨高信《たかなしたかのぶ》、仁科盛家《にしなもりいえ》などの諸将が次々と討死《うちじに》、連戦連勝で上洛してきた義仲軍が海の上で壊滅した。

この日、天空では太陽の大部分が欠けてなくなる金環食《きんかんしょく》があった。

平家は公家であり、京にいる時は暦《こよみ》を制作する仕事もしていて、この日食《にっしょく》の天変を知っていてたくみに戦いに利用した。

何も知らない義仲軍は天を仰いで黒くなる太陽に恐れおののいていた。

閏《うるう》十月一日のこの水島の戦で大敗した義仲は、生き残りの兵を集めて陸に上がって陣を敷いた。

平家軍はさすがに警戒して一気には攻めてこない。

戦線が膠着《こうちゃく》する中で、義仲の耳に頼朝の弟が大将軍となり、数万の大軍を率いて上洛すると聞こえてきた。

　これに驚いた義仲が平家との戦いを切り上げて、十五日に少数の軍勢だけを率いて帰京する。この義仲との戦いに勝利した平家軍は勢いを取り戻し、再上洛を実現するため摂津の福原《ふくはら》まで戻ってきて、須磨《すま》から一ノ谷《いちのたに》方面一帯に陣を敷いた。

　息を吹き返した平家軍に続々と兵が集まってくる。

　鎌倉の頼朝が動くという噂は本当だった。

　閏十月五日に頼朝が坂東《ばんどう》武者の軍団を率いて鎌倉から出陣した。ところが、その頼朝に京の三善康信から至急の密書が届いた。そこには、京では深刻な飢饉の影響で食糧不足がひどく、大軍での上洛は兵糧が足りなくなる恐れがある。義仲軍の略奪乱暴ぶりなどを書き添えて、御大将の上洛は再考願いたいとのことであった。

　頼朝はすぐ軍を止めた。

　迂闊《うかつ》に京へ近づくのは危険だと察知した。

「時政、京の周辺には大軍に食わせるだけの兵糧がないそうだ」

「三善さまからの知らせでございますか？」

「そうだ……」

頼朝は馬上で鎌倉に戻ることを考えた。上洛の断念は無念だが危険はおかせない。軍にとって最も必要なのが兵糧だ。腹を空かした兵に戦えとは命じられないと思う。

「時政、諸将に一旦鎌倉に戻ると伝えてくれ……」

冷静に頼朝は帰還を決断した。

「代わりに義経を行かせるか……」

兵を半分にして範頼か義経を派遣してもいい。それで足りなければ援軍を差し向ける。まずは東国の米を集めることだ。その米を一度炊《た》いて天日に干して干《ほ》し飯《いい》にする。

それを入れた袋を兵が腰にぶら下げて、歩きながらでも戦いながらでも口に入れて、水を飲みながらもぐもぐと食べるのだ。

生米を食うと下痢《げり》をするから駄目だ。

頼朝は平家を崩壊させたのは飢饉だと思っている。

頼朝軍はまだ一度も平家軍と戦っていない。富士川で激突するかと思ったがその前に平家軍は逃げ去った。

頼朝は上洛をあきらめて鎌倉に戻ってきた。

「九郎、わしに代わって軍を率い、代官として京に向かえ、やることはわかっているな？」

「はい、平家の討伐かと？」

「違う。そなたのやるべきことは都から義仲を追い払うことだ。都は義仲の源氏軍のためにひどい有り様になっている。都を平穏にして朝廷や院に安心していただくことだ」

「畏まりました！」

「都の周辺には兵糧がない。大量の米を運んで行け！」

「はい！」

「九郎、先走るな。落ち着いて戦え、いいな？」

「承知いたしました！」

戦いに出る意気軒昂《いきけんこう》な義経の気持ちはわかるが、勢い余ってやり過ぎる心配があると頼朝は思った。その点では範頼の方が落ち着いている。

その頃、京に戻った義仲は頼朝の動きに神経を尖《とが》らせていた。

頼朝が上洛して来たら降伏してその配下になるか、それとも雌雄《しゆう》を決する戦いをするかである。

難しい決断だ。

そこで義仲は閏十月十九日に、味方する源氏一族を集めて会合を開いた。間違いなく上洛してくる頼朝とどうするかだ。その中で出た有力な案は、後白河法皇を奉じて関東に出陣するという考えだった。

その案が検討された。

後白河法皇の官軍として鎌倉に攻め込んでいくというのだ。実現すればなかなか大胆で良い案だといえるが、既に、義仲が朝廷や後白河法皇の信頼を失っている。

とても法皇が応じるとは思えない。

翌二十日に義仲は「恨《うら》み奉《たてまつ》ること二ケ条あり」と後白河法皇に猛抗議をする。

その二ケ条とは頼朝に上洛を促したこと、頼朝に宣旨を下したことであった。

それを「生涯の遺恨」とまで言って法皇を恨んだ。

法皇によって追い詰められたと感じた義仲は強硬になった。後白河法皇に頼朝追討の宣旨を発するよう要求する。

義仲の敵は平家から頼朝に変わった。

鎌倉を出陣した義経軍が京に向かって進軍を続けている。

その噂は義仲にも聞こえてきた。

二十六日になると、義仲と京に戻った行家など、都にいる源氏の各大将の考えが大分裂、都の源氏軍は瓦解《がかい》状態になり、義仲と行家の不和が公然となった。

義仲は後白河法皇の腹の中も読めず、折角、遠い越後から上洛してきたのに、各地から集まる源氏の大軍をまとめる力量もなかった。

十一月四日には義経軍が美濃の青野ケ原《あおのがはら》こと関ケ原の不破の関にまで達したという。京の義仲は勝算もないまま義経軍と雌雄を決する覚悟をする。

すると驚いたことに後白河法皇が動いた。

義仲を都から放逐《ほうちく》するため、延暦寺や園城寺の僧兵や石投げの浮浪貧人を集め、あちこちから摂津源氏や美濃源氏をも引き入れ、義仲軍より大人数になった。

恐ろしきは法皇という大天狗《おおてんぐ》である。

そこで法皇は義仲に最後通牒《つうちょう》を突き付ける。

「直ちに平家追討のため西下せよ。院宣《いんぜん》に背《そむ》いて頼朝軍と戦うのであれば、宣旨に寄らず義仲一人の責任で行え。都に逗留《とうりゅう》するなら謀反《むほん》と考える」

もはや弁解の余地なし。都から出て行けという厳しい内容だった。法皇と義仲の間ははっきりと敵対関係になった。

京に侵攻した大軍がこういうことになりがちなのだ。

千年の王城の地は複雑な仕組みで動いている。後世においても、安易にこの王城の地に足を踏み入れて滅亡していく者は数知れない。

王城の地はいつも華やかで魅力的だが、その裏には権力という魔性が息づいて、得体の知れない魑魅魍魎が闇の中を跋扈《ばっこ》している。何も知らない田舎武将がどうこうできるものではない。

義仲は「背くつもりはない。頼朝軍が都に入れば戦わざるを得ないが、入らなければ西国に向かう」と法皇に返答した。

不破の関に達した義経の軍勢は六百騎ほどで、強引に入京するのは無理だった。そこで義経と中原親能《なかはらちかよし》は伊勢方面に迂回する。

義経は兵糧をたっぷり持って、少数の精鋭で上洛しようとしていた。

そんな中で、いつまでも京から出て行かない義仲に攻撃を仕掛けようと、十一月十八日に後白河法皇は法皇御所に入った。

追い詰められた義仲は翌十九日に、遂に後白河法皇の御所である法住寺殿《ほうじゅうじどの》を襲撃する。

義仲軍に対して土岐光長《ときみつなが》らが応戦するが、覚悟を決めて法皇に弓を引いた義仲軍の決死の猛攻に敗れ、御所から脱出しようとした後白河法皇が捕縛される。

だが、誰も法皇に手を下すことはできない。

義仲は後白河法皇を五条東洞院《ごじょうひがしのとういん》の摂政《せっしょう》邸に幽閉した。

翌二十日には五条河原に土岐光長ら百余の首を晒《さら》し、比叡山延暦寺の天台座主《てんだいざす》明雲《みょううん》の首を「そんな者が何んだ」と義仲は賀茂川《かもがわ》に投げ捨てたという。

傍若無人《ぼうじゃくぶじん》、義仲に怖いものは無くなった。

二十二日になると、義仲は前関白藤原基房《もとふさ》の子の師家《もろいえ》を内大臣に昇らせ、摂政として傀儡《かいらい》政権を作り、その基房の美しい娘伊子《いし》を義仲は妻にしたのである。

義仲にはもう何も聞こえない。

聞こうともしない。義仲を恨む声が都に満ちあふれた。

その義仲の頭の中にあるのは頼朝との対決である。その前に義経を捻《ひね》り潰さなければならない。

十二月になると、義仲は頼朝追討のため官軍の体裁を整え始めた。

頼朝軍は賊軍だとして兵を集めたい。

義仲は水島の海戦で大敗北を喫《きっ》し多くの兵を海で失っていた。その上、義仲を見限って京から退散する武将もいる。

そんな中で、勢力を盛り返そうとするには、官軍であるというのが最も手っ取り早く、多くの兵を集める切り札だった。

鎌倉からどれほどの大軍が上洛してくるかわからない。集める兵は多ければ多いほどいいが、一度失った信頼はそう易々と取り戻せない。ましてや、後白河法皇を捕らえて幽閉したのだから、どんな言い訳も通るはずがなかった。

遅々《ちち》として兵は集まらない。

その頃、鎌倉でも事件が起きた。

上総広常《かずさひろつね》が鎌倉の政権は、東国で自立した政権であればいいと主張、政権の在り方で頼朝と対立した。

これは重要な問題で鎌倉のあり方にかかわることだ。

頼朝は当然、九州から奥州までを手にする鎌倉政権を考えている。上総広常の考えとは相容れない。

「景時《かげとき》、広常の考えを聞いたか?」

「はッ、漏れ聞きましてございます」

「どう思う？」

「御大将の鎌倉に、あのような考えは危険かと……」

「うむ、そうだな。殺せ……」

「はッ！」

梶原景時に命じる頼朝は冷徹だ。

他にも頼朝は広常には不快なことがあった。

源氏の大将である頼朝に下馬の礼を取らなかったり、他の御家人に対して横暴な態度をとったり、岡崎義実《おかざきよしざね》と水干《すいかん》のことで殴り合いの喧嘩をしたり、力を鼻にかけて勝手わがままな振る舞いが多かった。

頼朝は腹に据えかねていた。

義仲や平家を滅ぼさなくていいというような、危うい考えを言うようでは放置できないと思う。ましてや、上総広常は有力御家人である。

獅子身中《しししんちゅう》の虫になりかねない。

頼朝の命令で梶原景時と天野遠景《とおかげ》は、双六《すごろく》遊びに興じている上総広常を誅殺《ちゅうさつ》した。嫡男能常《よしつね》は自害、所領は没収されて千葉家や三浦家に分配された。

誅殺の大義名分は謀反を企てたということだが、広常の鎧《よろい》から文書が見つかり、その内容が頼朝の武運を祈る願文であったことから、頼朝は誅殺を後悔して即座に広常の一族を赦免した。

人というのはよく見ないと見間違うことが少なくない。

一《いち》ノ谷《たに》の戦い

年が明けた寿永三年（一一八四）正月二日に義仲が従四位下に上階《じょうかい》し昇殿を許された。

武家にとって四位はなかなかのものである。三位からは公卿《くぎょう》と呼ばれるのだから四位は大昇進であった。

「兼光、逃げた叔父を討ち取ってまいれ！」

「はッ！」

義仲にとって叔父の行家は許しがたい男だ。

樋口兼光は義仲の命令を受けて、源行家を討つべく五百騎で河内石川《いしかわ》に出陣する。

早くも一月六日には鎌倉の大軍が墨俣《すのまた》を越えて、美濃に入ったと聞こえてきて義仲は怖れた。

頼朝の代官として義仲追討の大将軍となり、範頼が鎌倉から援軍として大軍を率いて義経と合流するべく急いでいた。

義仲は範頼と義経の鎌倉軍との激突が避けられなくなっている。

そこで十五日に義仲は自らを征東《せいとう》大将軍に任命させた。鎌倉軍との戦いに不安な義仲は鎧の上に、四位の官位やら征東大将軍の称号やらを着込んだ。

そんなことで戦いに勝てるものではない。

追い詰められた義仲は平家との和睦や、後白河法皇を伴って北国に下向しようなどと考える。

苦し紛《まぎ》れの奇策だ。時すでに遅い。

都での義仲の振る舞いで人望はなく、防御する兵力すらも集まらない。

義仲は今井兼平に五百騎を与え瀬田《せた》の唐橋《からはし》へ、根井行親《ねのいゆきちか》らに三百騎を与えて宇治に向かわせた。

義仲はわずか百騎で院の御所の守りについた。

義仲は明らかに引き時を間違えた。北陸宮を皇位につけられないとわかった時、潔く北陸方面に引き上げて、飢饉《ききん》から大切な兵を守り、力を温存させて頼朝と交渉し、生きる道を模索するべきだった。

平家と同じように頼朝を過小評価していたのだ。

遂に、一月二十日になって鎌倉軍の大手軍の範頼軍三万が、瀬田の今井兼平軍五百騎に攻撃を仕掛けた。

搦手《からめて》軍の義経軍二万五千が、宇治で根井行親軍三百騎を攻撃する。

二万五千騎対三百騎では戦いにならない。

義経軍は三百騎を踏み潰し宇治川を突破すると、雪崩を打って京へ突入する。

それを義仲軍百騎が六条河原で迎え討った。

「踏み潰せッ！」

突撃してくる先頭に太刀を振り上げた若き義経がいる。

「押し潰せッ！」

六条河原で輪乗りをしながら義仲が義経を見ていた。戦いになると義仲の興奮は冷めていった。周囲に鎌倉軍があふれる。

大軍と寡兵では、結果は見えている。

義仲は後白河法皇を伴って北国に行こうとするが、義経は数騎を率いて義仲を追撃、御所の門前で追いついて義仲を追い払った。

義仲は今井兼平と合流すべく瀬田に向かう。

瀬田での戦いに敗れた今井兼平と合流、わずかの家臣と落ち延びるが、近江の粟津《あわづ》で、信濃の支配で争ってきた甲斐源氏の一条忠頼《いちじょうただより》軍と遭遇、義仲軍はもはや軍とも戦力といえなかった。

この時、義仲は五騎だった。

戦いにならずたちまち義仲、今井兼平とその妹の巴御前の三人になり、巴を逃がすと義仲は兼平と自害の場所を探した。

粟津の松原《まつばら》にその場所を見つけようとするが、義仲の馬が深田に足を取られ動けなくなった。

その時、矢が飛んできて義仲の顔面に突き刺さった。

そのまま義仲は深田に落馬した。即死だった。享年三十一歳である。

「御大将ッ！」

一騎だけになった今井兼平は馬から飛び下りると、鎧の草摺《くさず》りから太刀を入れてその場で自害した。

義仲を射殺した矢を誰が放ったのか、石田為久《いしだためひさ》とか伊勢義盛《いせよしもり》というが不明である。

粟津の戦いで父義仲が死ぬと、三男義基《よしもと》は義仲の家臣たちの高梨、町田《まちだ》、小野沢、萩原《はぎわら》、串渕《くしぶち》、諸田《もろた》などに匿《かくま》われ、上野《こうずけ》北《きた》橘《たちばな》村《むら》に落ち延びて信濃《しなの》安曇《あずみ》の仁科重義に臣従し、やがて、木曽谷《きそだに》の領主となり木曽源氏の家祖となった。

その義基は巴御前の産んだ義仲の子である。

義仲と共に戦う女武者として描かれる今井兼平の妹巴御前は後世の創作だという。物語としてはおもしろいが巴はそんな女ではなかったようだ。

義仲の上洛には巴御前と山吹《やまぶき》御前が従っていたと伝わる。

巴は義仲の死後しばらくして、頼朝から鎌倉に召され和田義盛の妻になり、朝《あさ》比奈《ひな》義秀《よしひで》を産み九十一歳まで生きたという。

和田合戦で和田家が滅んだ後は越中に移って住んだとのことである。

歴史というのは後世の人たちが好き勝手に創作してしまうから、より一層おもしろいとも言える。

その頃、行家討伐に向かった樋口兼光は紀伊《きい》の名草《なぐさ》に行家を追っていた。

ところが京で大きな戦が始まったと聞いて、行家討伐をあきらめて引き返すと、大渡《おおわたり》の橋で弟今井兼平の放った小者と出会った。

「どうした？」

「樋口さま……」

小者が道端に泣き崩れた。

「泣いていてはわからぬ。しっかりせいッ、御大将は無事か？」

「お亡くなりに……」

両手で顔を覆って小者が泣いた。

「今井さまもお亡くなりにございます」

「兼平が？」

「はい……」

「巴は？」

「御大将が逃げろと……」

「そうか、御大将はもうおられないのか……」

兼光の眼から大粒の涙がこぼれ落ちた。

「方々、御大将は黄泉《よみ》へと旅立たれた。主君を思う者はここからいずこへなりと落ち延びていき、いかような仏道修行をもして主君の菩提《ぼだい》を弔ってもらいたい。わしはこれから都に上り討死し、冥途《めいど》にて御大将にお目にかかりたい。弟の今井の顔ももう一度見たいと思うからだ！」

五百騎にそう命じ、死に場所を求めて樋口兼光は京に向かった。

鳥羽《とば》離宮《りきゅう》の南門を過ぎる時、兼光に従う手勢はわずか二十数騎に激減していた。そこに武蔵から京に来ている児玉党《こだまとう》の一団が現れた。

児玉党というのは藤原北家《ほっけ》流藤原伊周《これちか》の家司《けいし》有道惟能《ありみちこれよし》を祖とする。

藤原伊周が叔父の藤原道長《みちなが》との権力闘争に敗れて失脚すると、有道惟能は京を離れ武蔵に下向して勢力を築いた。

今や児玉党に属する家は牧野《まきの》家、秩父《ちちぶ》家、本庄《ほんじょう》家、奥平《おくだいら》家、岡崎《おかざき》家、豊島《としま》家、矢島《やじま》家、高山《たかやま》家、今井《いまい》家、山田《やまだ》家、内藤《ないとう》家、吉田《よしだ》家など二百家ほどの大集団で、武蔵における一大勢力になっている。

武蔵七党《しちとう》の中で最強ともいう。

児玉党の中には兼光の知り合いも少なくない。かなり親しく兼光が付き合っている人々もいる。

「義仲殿の四天王、樋口兼光殿とお見受けいたすが？」

「いかにも樋口でござる」

「それがしは武蔵の児玉党、白倉小太郎《しらくらこたろう》と申す！」

「同じく岩田清経《いわたきよつね》！」

「同じく阿佐美基頼《あさみもとより》でござる」

三人は五百騎ほどを率いている。兼光は児玉党とは戦えないと思った。

「戦は既に終わっており申す。ここで争うことはないと存ずるが、いかに？」

「それがしは児玉党の方々に弓矢を向けるつもりはござらぬが……」

「討死覚悟とお見受けいたす！」

「願わくば主君の後を追う覚悟にござる！」

児玉党の三人は口にはしないが、兼光の命ばかりは助けたいと思っている。

「戦は終わったことでもあり降伏願いたい！」

「北国一の荒武者であれば、ここは穏便に太刀を収めてもらいたい！」

「承知！」

兼光は助かりたいとは思っていない。

ただ、児玉党とは戦えないと思い熱心な説得に応じた。その児玉党は自分たちの勲功の代わりに助命を願い出た。

樋口兼光の降伏はすぐ源氏の本陣に知らされ、範頼と義経が話し合って後白河法皇にお伺いを立てる。

すると院にいた公卿や女房、女童《めのわらわ》までが「木曽義仲が法住寺殿を焼き滅ぼし、いたましくも数多《あまた》の高僧が亡くなられた。その所業は今井と樋口によるものであり、これを助けるのは口惜しい限りだ」と、露骨に助命を拒否したため、児玉党の願いもむなしく兼光の死罪が決まった。

既に、死を覚悟している兼光は静かな気持ちで死罪を受け入れる。

「つきましては死に際してお願いの儀がございます」

「何か、叶《かな》うことであれば……」

「有り難く存ずる。願いの儀は、斬首の際、主君の隣《となり》にわが首を置いていただきたい。もう一つは主君の首が大路を渡る際、それがしが御首の護衛を仕《つかまつ》りたい。この儀、お許し賜《たまわ》りたく願いあげまする」

「うむ、主君への忠誠、まさに武士の鑑《かがみ》である。相談の上、善処するであろう」

すぐ兼光の最後の願いは叶えられ、義仲と五人の首が都大路を引き回される時、藍摺《あいず》りの直垂《ひたたれ》に立烏帽子《たてえぼし》の正装姿で樋口兼光が義仲の首に従った。

弟兼平の首もある。

罵《ののし》る声に交じって小石が飛んできて兼光に当たったが、気にする風もなく大路をゆっくりと歩いて行った。その額からは血が流れている。

翌日、樋口兼光は嫋々《じょうじょう》と吹く春風の中で斬首されて亡くなった。

その頃、平家は勢いを盛り返し福原に拠点を築いている。兵力も回復して十万ほどに膨《ふく》れ上がっていた。

何んといっても平家の基盤は西国にある。

その平家軍は都を源氏から奪還しようという考えだ。

頼朝はそれを許すわけにはいかない。

平家追討の宣旨を受け、範頼と義経が福原を目指して出陣することになった。

主力の範頼軍五万六千余騎は西国《さいごく》街道を西へ、義経軍一万騎は丹波《たんば》路を進んだ。

源氏と平家の大規模な初めての激突が近い。

二月四日に義経は搦手軍を率いて播磨に向かう。翌五日には播磨三草山《みくさやま》で、義経軍の西進を止めようとする平資盛《すけもり》、平有盛《ありもり》、平忠房《ただふさ》、平師盛《もろもり》軍が陣を敷き、まず最初に激突することになった。

両軍は一里（約四キロ）ほどの間で対峙《たいじ》する。

義経軍の一万騎に対して資盛軍は三千騎と少なかった。兵の数は源氏だが、地の利は平家軍がこの辺りをよく知っていて有利だ。

「土肥殿……」

義経が土肥実平を呼んだ。

「少々訊《たず》ねたいが？」

「はい、どのようなことでございましょうか？」

「他でもない。あの平家軍に対する攻撃のことで少し聞きたい」

戦に自信のある義経にしては、配下に戦いのことで訊ねるのは珍しいことだ。

「なんなりと……」

「うむ、あれを攻めるのに今晩の夜討ちがいいか、それとも明日の合戦にするべきかを聞きたい」

「今夜か明日か？」

「そうだ……」

すると田代信綱《たしろのぶつな》が「しばらく……」と言って進み出た。

「何んだ。信綱？」

実平が咎《とが》めるように信綱をにらんだ。

「進言の儀、これあり！」

「進言？」

「はッ！」

「言ってみろ！」

叱《しか》らずに実平が信綱を促した。

「有り難い。御大将に申し上げます。明日の合戦となれば、平家の軍勢は数が増えるに違いありません。数の上で有利な今こそ、夜討ちを仕掛けるべきかと考えまする！」

「そうか、こっちの数を見られたか？」

「はッ、明け方までには数を増やすに違いありません！」

「土肥殿？」

腕を組んだ義経が実平を見た。

「九郎さま、信綱の言うことにも理がございます。大軍が揃《そろ》ってからでは厄介《やっかい》にて、決着をつけるのは早い方がよいと思われます」

「よし、やろう。これから夜討ちを仕掛ける！」

「畏まりました！」

義経は信綱の進言を入れて夜討ちを決行すると決めた。

「夜の兵糧をしっかりとれ、寝ぼけるんじゃないぞッ！」

土肥実平が夜討ちの支度を見て回る。

「いいか、そなたらは駆け回って百姓家にことごとく火をかけろ！」

「承知しました！」

「敵陣には大声で突っ込んでいけ、わかったかッ！」

「わかりました！」

義経はいつものように先頭の馬上にいる。奥州の荒野を駆け廻《まわ》ってきた戦の仕方だ。大将が、いの一番に敵軍に突進していく戦法だ。

後続の武将たちは大将に遅れるわけにいかない。

前へ前へと突き進む戦い方だ。

「火を放てッ！」

「御大将に遅れるなッ！」

「押し潰せッ！」

義経軍は濛々《もうもう》たる煙の中から夜討ちを仕掛けて進撃する。まさかの夜討ちで、予想もしていなかった平家軍は、敵が大軍だとわかっているから早々に逃げ始める。

夜の酒には強いが夜討ちには滅法《めっぽう》弱い平家軍が、脱いだ武具を着る間も無くあたふたと敗走する。

あっけなく源氏の大勝利となった。

平家は五百騎ばかりを失い、平資盛、有盛、忠房は浜辺に逃げて、高砂《たかさご》から船で屋島に渡り、師盛は海岸沿いに逃げて福原の平家軍の本陣に戻った。

平家軍は福原に陣を敷き、海岸に東の生田口《いくたぐち》、西の一ノ谷、山の手の夢野口に防御陣を築いて源氏軍を待ち構えている。

初戦の勝利で、義経軍は敗走する平家軍を追撃、この忙しいのに翌六日に平家軍は清盛の法要を行っていた。平家らしい優雅さである。

そこに後白河法皇の使者が来て和平を勧告して、源平は戦わないように命じた。

これを信用した平家軍は警戒を緩める。

その頃、義経は軍を安田義定、多田行綱《ただゆきつな》らに預けて、夢野口を守備する平家軍一万騎に向かわせ、義経自身は七十騎のみを率いて山中に入り鵯越《ひよどりごえ》に向かった。

奇襲戦法は奥州の山野を駆け巡ってきた義経の得意とするところだ。鵯越という難所の崖《がけ》の話を聞いた時、奥州で鹿の通る道なら馬も通れると老人に聞いたのを思い出した。

「その崖は間違いなく鹿が通るのだな？」

「はい、鹿はすいすいと……」

「よし、敵の後ろに出るためだ。行こう！」

奥州の野山で育った野生児の義経は、馬の扱いが実に巧みで、手足の如く操る馬術を身につけている。

その上、小柄な義経は動きが機敏だった。

山に入ると義経の郎党武蔵坊《むさしぼう》が道案内の猟師を見つけてきた。

「老人、鵯越は鹿が通うそうだな？」

「はい、餌場《えさば》になっているようでございます」

「うむ、案内してくれぬか？」

「御大将、わしは歳《とし》を取り過ぎて鵯越は無理だ。代わりに息子を差し上げますです」

「かたじけない」

義経はその老人の息子を気に入り、鷲尾三郎義久《わしおさぶろうよしひさ》という名を与えて、郎党として召し抱えることにした。

二月七日払暁《ふつぎょう》になって義経軍七十騎が鵯越の上に現れた。

断崖絶壁は義経が想像したよりも急だったが、猟師の老人が鹿の餌場と言った意味がわかった。

崖のあちこちに段差ができて雑草が生えるようになっている。

その草を目当てに鹿が崖を上り下りしているのだ。

眼下には平家軍の陣屋が崖を背に海に向かってずらりと並んでいる。

「あれが一ノ谷の陣だな？」

「はい、海に浮かんでいる軍船もすべて平家軍にございます」

鷲尾三郎が毎日のように見てきた海の景色だ。

既に、生田口には範頼軍五万が殺到して戦《すさ》いが始まっている。梶原景時や畠山重忠が奮戦していたが、守る平家の抵抗も凄まじく、押しつ押されつの一進一退だ。

夢野口では鵯越に向かう義経と別れ、その義経軍を預かる安田義定と多田行綱が猛攻を仕掛けていた。ここでも凄まじい白兵戦になっている。

負けられない平家軍も大軍で守りを固め、土塁《どるい》や堀に柵《さく》や逆茂木《さかもぎ》を立て、源氏軍の猛攻撃を食い止めている。

「御大将、それがしは塩屋口《しおやぐち》に迂回します」

「うむ、すぐ攻撃を仕掛けて攪乱《かくらん》しろ！」

「畏まって候！」

熊谷直実《くまがいなおざね》、直家《なおいえ》親子に平山季重《ひらやますえしげ》ら五騎が義経と別れて、なお西の塩屋口の西城戸に向かった。そこは平忠度《ただのり》が守備している。

熊谷直実は本来は平家だったが、頼朝が敗北した石橋山の戦いを契機にして頼朝に臣従した御家人である。

「出会え、出会えそうらえッ、われこそは武蔵の住人、熊谷次郎《じろう》直実なりッ、われと思わん者は出会えそうらえッ！」

馬上から大音声《だいおんじよう》で名乗り、塩屋口の西城戸に突進していった。これが一ノ谷方面の戦いの始まりになった。

平家軍の一ノ谷陣の裏山の鵯越を、二町（約二一八メートル）ばかり義経たちが駆け抜ける。問題はその先の屏風《びようぶ》のように切り立った断崖であった。

既に、生野口、夢野口、塩屋口と戦いが始まっている。

突撃するなら今しかない。

絶壁を前にさすがの坂東武者も震え上がった。

「馬を二頭、その崖から追い落としてみろ！」

義経が替え馬二頭を試しに崖へ追いやって落とした。一頭は足を痛めたが一頭は無事だった。

「御大将、三浦《みうら》では常日頃から、ここより険しい場所を駆け落ちております！」

三浦一族の佐原義連《さわらよしつら》が駆け下りるではなく駆け落ちると、おもしろいことを言って真っ先に絶壁を下り始めた。

「十郎《じゅうろう》に続けッ、遅れるなッ！」

そう叫んで義経が崖に突進する。

「続けや続けッ！」

義経の率いる七十余騎が一斉《いっせい》に逆《さか》落としに突っ込んだ。

「敵だッ！」

「後ろの山からだッ！」

「何ッ！」

これにはさすがの平家軍もまったく無警戒で不意を食らって驚いた。

だが、多勢に無勢で七十余騎でいかんともしがたく、敵陣を引《ひ》っ掻《か》き回すのが精いっぱいである。そのうち、馬も武者も疲れてくる。危なく討ち取られそうになった。

そこに塩屋口の西城戸を破って、熊谷直実の五騎を支援した土肥実平の率いる七千余騎が、一ノ谷の平家軍に「ワーッ！」と突進してきてたちまち激戦になった。

「御大将ッ！」

「おう、土肥殿！」

「平家軍との決戦にございます！」

「うむ、その平家の陣屋を燃やしてしまえッ！」

「畏まって候！」

義経の命令で並んでいる平家の陣屋が次々と燃え上がった。立ちのぼった黒煙、白煙が鵯越の絶壁を隠すように山に這《は》いのぼっていった。

戦いは形勢が一気に源氏有利に傾いた。

第二章　平家の滅亡

大姫《おおひめ》哀れ

こういう戦いは恐怖との戦いでもある。

怯《おび》えた誰かが逃げるとその恐怖が、たちまち全軍に波及して逃げるのを止められない。怯えた平家軍が逃げまどい、海に浮かぶ船に殺到し波にさらわれて次々と溺死《できし》した。

一ノ谷の陣屋が燃え上がると、範頼《のりより》は総攻撃を命じ平家軍は総崩れになった。

その様子を平家軍の総大将平宗盛《むねもり》は、沖に浮かぶ御座船《ござぶね》から黙って見ている。

その傍には安徳《あんとく》天皇やその母の建礼門院《けんれいもんいん》、清盛の妻二位尼《にいのあま》などが華やかに居並んでいる。

宗盛は最早《もはや》勝機はないと判断すると、御座船と船団を四国の屋島《やしま》に向かわせた。一座から声がない。

平家が負けていることは一目瞭然だった。

その頃、一番乗りの功名を手にした熊谷直実《くまがいなおざね》は、浜辺の戦場を駆け巡りながら敵将を探していた。

　すると沖の船に逃げようとする美しく立派な鎧兜《よろいかぶと》の騎馬武者がいた。豪華な馬飾りの馬体の大きな馬に跨《また》がって、渚《なぎさ》から海に入ろうとして波の加減を見ている。

「敵将とお見受けいたす。背を向けるのは卑怯《ひきよう》でござろう。戻りなされッ！」

　熊谷直実が渚の騎馬武者に呼び掛けた。恥を知る武将なら逃げないはずだ。すると騎馬武者が陸に引き返してきた。

　名を惜しむ武士は決して恥じる振る舞いはしない。

　直実と騎馬武者の一騎打ちの戦いになった。

　砂浜の戦いは勇者直実が強かった。二人が組討ちになると直実は騎馬武者にのしかかっていった。強い。直実と騎馬武者は馬から転げ落ち、直実が騎馬武者を組み敷いた。

　その敵の顔を見て直実は驚いた。薄化粧をした少女のような美少年だった。

「それがしは武蔵の住人熊谷次郎直実でござる。名を名乗られよ！」

　馬乗りになった直実が問う。戦場の礼儀である。

「平敦盛《あつもり》でござる！」

「敦盛殿はお幾つでござるか？」

「十六でござる！」

「十六……」

直実は敦盛の首を上げるのを躊躇《ちゆうちよ》した。

息子直家《なおいえ》がこの敦盛と同じ十六歳だったのだ。直実は沖の船を見て敦盛を逃がそうと考えた。だが、振り向くと源氏の騎馬武者が追いかけてきている。

最早、この戦場から逃げきれるものではない。

「ご免ッ、許されよ！」

直実は泣く泣く敦盛の首を討ち取った。

この後、直実は人の世の無情を悟り高野山《こうやさん》に登って出家し敦盛を供養する。その後、法然《ほうねん》上人に仕えたと伝わる。

後の世に能や幸若舞《こうわかまい》の敦盛として残った悲劇である。

この戦いで敦盛の二人の兄、経正《つねまさ》と経俊《つねとし》が討死《うちじに》していた。歌人平忠度《ただのり》もこの戦いで討死した。

源氏の勝因は鎌倉の頼朝と連携して、後白河《ごしらかわ》法皇が平家に和睦を促した謀略である。戦いの後、総大将宗盛は「休戦命令を信じてそのつもりでいたら、源氏軍がいきなり攻撃を仕掛けてきた。これは平家を陥《おとしい》れる奇策ではないか」と後白河法皇に抗議している。

その後白河法皇は「和漢の間、比類少ない暗主」と、評されるほど謀略や奇策が好きな方だった。

法皇はどんな手段を使ってでもいいから、平家が持ち去った三種の神器《じんぎ》を取り戻したいのである。三種の神器こそ国の宝であった。

何《な》んとしても神器に京へお戻りいただかないと、後世、後白河法皇は神器を失ったと非難されるに違いない。それだけは困る。

さすがの大天狗もそれを考えると頭がズキズキと痛んだ。

一方、これまで世に名の知られていなかった源九郎義経《よしつね》が、この鵯越《ひよどりごえ》の逆《さか》落としで華々しく歴史の舞台に登場した。

一ノ谷の戦いに勝利した鎌倉軍は京に戻り、範頼が大軍を率いて鎌倉に帰還し、義経が都に残って治安維持に当たった。

そんな時、行家《ゆきいえ》が後白河法皇に召されて都に入ってきた。

この男に近づくとまず良いことがない。さすがに義経も評判の悪さは知っていて近づく気はない。

すると京に残った義経に行家の方から接近し、頼朝のいる鎌倉に行こうとはしないのだ。

後白河法皇に召されたことをいいことに、以後、頼朝から独立した形を取りながら、河内《かわち》源氏の本拠地である河内や和泉《いずみ》を支配下に置くようになる。

この男が義経に近づくのは、義経のためにならないのだが、義経は頼朝のようにきっぱりと追い払えない。

近頃、鎌倉軍が上洛《じょうらく》して何かと忙しかった三善康信《みよしやすのぶ》に、頼朝から呼び出しがあった。

出家の身だから気軽に鎌倉に向かう。

範頼と義経の兄弟が勢力を盛り返しつつあった平家を、再び四国の屋島方面に押しやったことは大きな手柄だが、後白河法皇だけでなく、鎌倉の頼朝も三種の神器を奪還できなかったことは痛恨なのだ。

三善康信も神器が戻るまで戦いは続くと考えていた。

頼朝に呼ばれ鎌倉入りした三善康信は、四月十四日に鶴岡八幡宮《つるがおかはちまんぐう》の廻廊《かいろう》で頼朝と対面した。

「これは入道殿！」

「鎌倉殿！」

「遠路、ご苦労でした」

「お会いしとうございました」

頼朝が十三歳で清盛に蛭ケ小島《ひるがこじま》に流されてから、三十八歳になる今日までただ一人の友であり、兄であり、平家打倒の盟友であった。

この二十五年の間に何通の密書をもらったことか、三善康信がいなければ頼朝の今はなかったかもしれない。

目頭が熱くなるのを頼朝は感じた。康信はまさに清和源氏の御大将に育った頼朝に感無量だ。

頼朝はこの人とは源氏の氏神《うじがみ》の前で会おうと思ったのだ。

「都はいかがでござる？」

「飢饉《ききん》の影響もだいぶ和《やわ》らぎました。平家が去り、義仲《よしなか》さまがあのようなことになりましたので、都は平穏にございます。法皇さまも喜んでおられるとお聞きいたしました」

「ところで三種の神器のことだが……」

「はい、話し合いでは平家も手放さないようですから、いずれ鎌倉殿にご相談があるかと思われますが？」

「この度の戦で取り戻せればよかったのだが……」

「平家は四国の屋島だそうですから難しかったかと思います」

「深追いをすればまずいことに……」

「はい、安徳さまと一緒に損なうことがあるかと？」

「それだけはできないことだ」

「そうです。神器を厳島《いつくしま》神社にでも置いていただければよいのですが……」

「平家の氏神だからな」

二人が最も気にしているのが三種の神器の行方だった。

「都には九郎がおるのだが……」

「大軍は京には置けませんので、実は先頃、行家さまが法皇さまに召されたと聞きましてございます」

「叔父上が？」

「はい、なかなか懲《こ》りないお方のようでございます」

康信からそれを聞いて、頼朝は殺さないと駄目だと直感した。何も知らない義経が利用されると思った。

義仲をあのようにしたのも行家ではないかと考える。

法皇と行家はともに謀略好きだからくっつきやすい。油断のならない二人だ。頼朝は康信の話を聞いて京の様子を粗方《あらかた》感じ取った。京はいつも危険なところだ。そんなところにいる義経が少し心配だった。

若さに任せて軽はずみなことをしなければいいがと思う。

「ところで入道殿、鎌倉も忙しくなってあれこれ問題も少なくない。訴えなどを扱うところを作りたいのだが……」

「はい、公平な裁きは何よりも大切にございます。人は小さなことにあれこれとこだわりますから……」

そう言って入道頭の康信がニッと微笑《ほほえ》んだ。

「手助けをしてもらえないだろうか？」

これがわざわざ京から三善康信を鎌倉に呼んだ頼朝の用向きだった。

坂東《ばんどう》武者は気が荒く裁きに向いていない。

「畏まりました。このような風光明媚《ふうこうめいび》なところで暮らせば、きっと長生きするのではないかと思います」

三善康信は頼朝の政務を手伝うことを快諾した。

実はもう一人、頼朝が京から呼んでいる下級公家《くげ》がいた。その男の名は中原広《なかはらひろ》元《もと》というが、晩年には大江《おおえ》広元と名乗るようになる。この広元は兄の中原親能《ちかよし》が早くから京を離れて、頼朝に従っていたことからその縁で鎌倉に呼ばれた。

頼朝には鎌倉を仕切れる信頼できる官吏《かんり》が必要になっていた。

それは鎌倉政権というよりは、まだ頼朝の源家の家政を扱うようなものだった。それでも小さな政権の体をなしている。

寿永《じゅえい》三年四月十六日が改元され元暦《げんりやく》元年（一一八四）四月十六日となった。

この改元は常の改元とは少々違っていて複雑だった。事の起こりは平家の都落ちの時から始まる。

平家一門は都を去るにあたって、安徳天皇と三種の神器を奉じて京から出た。

これが問題で戦いの時に、不利な方が天皇や上皇などを奉じて逃げようとすることは少なくない。

言葉を改めるなら皇族を人質に取って、それを楯《たて》にして相手から容易に攻められないようにする。まことにもって卑怯な方法だが、最強の自己防衛の方法である。

その最強が、天皇と三種の神器である神鏡《しんきよう》剣璽《けんじ》を奉じることだ。平家はその両方を手に都落ちした。

当然、戦いに勝って都に復帰したいからである。

だが、後白河法皇は平家も安徳天皇もあきらめていた。そのため、平家に神器の神鏡剣璽を返還するよう命じたのだが、宗盛とその母時子《ときこ》こと二位尼は返還を拒否した。

天皇と神鏡剣璽不在の朝廷は、政務が停滞する事態に陥《おちい》った。

それを放置できないため、後白河法皇は安徳天皇に代わる新天皇の践祚《せんそ》と即位を浮上させる。

神器の神鏡剣璽がないままでの新帝の即位は難しい。

そこで法皇は神器なき新帝践祚と、なお安徳天皇に期待するのかを卜占《ぼくせん》に託した。

その結果は後者であった。だが、法皇は既に前者で腹を固めている。そこで再度の卜占を行った。

法皇は強引に吉凶半分の結果を得て、それを右大臣の九条兼実《かねざね》に勅問する。

九条兼実という人はおもしろい人で右大臣の要職にありながら、朝廷にはほとんど出仕しないばかりか、後白河法皇の問いには明確な返答を避《さ》ける。

内心の不満などは日記に書き留《とど》めるだけにして決して公言しない。

後白河法皇や平家とは正面切って対峙《たいじ》したことがない。そういう点では信のおける人物ではなかった。

法皇の勅問にも、どうして自分で決断しないのか、こっちに尻を持ってこられても困ると不満を示した。それでも天皇不在では困るので新帝践祚に賛同する。

兼実はなかなかの知識人で、弟が天台宗《てんだいしゅう》の慈円《じえん》で愚管抄《ぐかんしょう》を表わした人物でもある。そんなことから法然などとも親交があり、法然は慈円の弟子でもあった綽《しゃく》空《くう》こと、後の親鸞《しんらん》と兼実の娘玉日《たまひ》を結婚させている。

その兼実は法皇に継体《けいたい》天皇が即位以前に天皇と称し、後に神鏡剣璽を受けた先例があると博学を披露した。実際にそんなことがあったかは不明である。

法皇は他にも左大臣や内大臣にも勘文《かんもん》を求めた。

そういう色々なことがあって、法皇は新帝践祚を先に決めて、それが成就するように先に改元をしてしまった。

実際の践祚や即位は秋になってからである。

そんな新元号を通達されても平家は納得できず、以後も改元を無視して寿永の元号を使い続けた。

そんな中で後白河法皇はひしひしと迫りくる貴族社会の終焉《しゅうえん》を感じている。

武器を携帯した十万の軍団には、天皇家の権威といえども突き刺さる時と、になべもなく跳ね返される時があることを見てきた。

平家はまだ半分公家で半分武家という存在だったが、いつまでも姿を現さない鎌倉の頼朝からは、平家とはまったく違う匂いがしてくる。

どんな男なのか法皇は会いたいが上洛命令は出さない。まだ、平家の討伐命令でとどめている。

そんな鎌倉では、人質にとっていた義仲の嫡男義高《よしたか》を、殺すべきだという声が出てきていた。

義仲は頼朝と戦って死んだと同じだから、敵将の子どもを殺すのは当然といえば当然である。

四月二十一日に事件が起きた。

頼朝が義高を誅殺《ちゆうさつ》しようとしていることを知った頼朝の娘の大姫《おおひめ》が、愛する義高を秘かに逃がそうとした。

この時、大姫はまだ七歳だったが義高と婚約していた。もう義高の妻だと信じ互いに愛し合っていたのだ。

義高は十二歳だった。

親はまだ子どもだと思うが本人たちは真剣だ。

こうなると事態はこんがらがり深刻になることが少なくない。大姫は義高に逃げるよう伝えると、義高の側近で同い年の海野《うんの》幸氏《ゆきうじ》を身代わりにして、手ごろな着物を集めて義高を女房姿に変装させた。

「義高さま、ご一緒に？」

「姫、それは無理だ。姫を連れて遠くまでは逃げられない！」

「またお会いできますか？」

「うん！」

「お約束を？」

「必ず、姫はこの義高の妻だ！」

「はい！」

義高が大姫を抱きしめた。

「姫さま、急ぎませんと……」

侍女たちが二人の別れを急《せ》かした。

「姫、さらばだ！」

「義高さまッ！」

女房に変装した義高は大姫の侍女たちに囲まれ、屋敷を抜け出すと大姫が手配した馬に乗って鎌倉から脱出した。

夜になって義高の逃亡が露見すると、激怒した頼朝が身代わりの海野幸氏を捕らえ、堀親家《ほりちかいえ》らに軍勢を出して義高を討ち取るように命じた。

義高が逃げるとすれば身寄りのある信濃《しなの》か上野《こうずけ》であろう。

鎌倉からあちこちの道に追手が放たれた。万一、逃げられるようなことがあれば先々に禍根《かこん》が残る。

頼朝には放置できない問題だ。

「母上さま、義高さまを許してください。父上さまにお願いして、お願い！」

「姫……」

こういうことには政子《まさこ》でも口出しはできない。

「義高さまは何も悪いことはしておりません。この大姫が結婚したお方です。母上さま、助けて、お願いですから！」

大姫が政子にすがりついて義高の助命を願った。七歳の幼い心が張り裂けそうなのだ。だが、いくら政子でもできることとできないことがある。

この時、政子は幼い大姫が義高を慕《した》う恋心を見誤った。

義高は上野を目指して必死に逃げた。

だが、不慣れな道に時々迷ってしまうこともあった。

その義高は四月二十六日に武蔵《むさし》の入間《いるま》で追手に見つかってしまう。鎌倉を脱出して六日で入間ではそう遠くには逃げていない。

逃げ切れなかったのだ。

捕らえられた義高は入間河原で首を討たれて死んだ。まだ十二歳の源氏の若者が入間川でその命を散らした。

この義高の死を侍女から漏《も》れ聞いた大姫は、気が狂ったように泣き叫ぶとバタッと倒れ、そのまま病の床に伏してしまった。食も取らず、恋しい義高を思い出しては泣くばかりであった。

もう、誰とも口を利かない。

このままでは死んでしまうと政子が激怒する。

その政子が義高を討ったために大姫が病になったと、怒りを頼朝にぶつけ義高を討った郎党《ろうとう》の不始末だと迫った。

「このままでは大姫が死んでしまいます。誰です。義高の首を討ったのはッ？」

「政子、落ち着け！」

「佐殿《すけどの》ッ、誰ですッ？」

怒り狂って青鬼になった政子には義時でも近づかない。

さすがの頼朝も読みが甘かった。

いきなり義高の首を討ってしまってはこういうことになる。

一旦、鎌倉に連れてきて罪人として引き回し、房総安房《あわ》とか伊豆《いず》大島とか大姫が諦《あきら》めきれないが、諦めるしかない微妙なところに、流罪にするなどの配慮が必要だった。

殺すことはいつでもできる。

政子は執拗《しつよう》に頼朝に迫り、何んとか大姫を助けようとした。

病床の大姫は泣いてばかりいて日に日に容態が悪くなるばかりで、呼ばれたお医師も原因はわかっているが、義高を生き返らせることが無理なのだから打つ手がない。

政子まで病になりそうで頼朝と口を利かなくなった。

この夫婦は端からややっこしいのだ。

困り果てた頼朝は非常の手を打つしかない。あろうことか二ケ月後の六月二十七日になって、義高の首を討った藤内光澄《とうないみつずみ》の首を刎《は》ねて晒《さら》し首にさせた。

やっていることが滅茶苦茶である。

義高を討てという命令でそうしたら褒美《ほうび》をもらうべきところ、逆に首を刎ねられて晒されたのだから死にきれない。化けて出たい気持ちだったろう。

それでも大姫の容態は回復しない。

遂に、大姫は心を病んで病床に伏す日が多くなり、美しい姫なのにいつもぼんやりとしたまま、生気が抜けてしまった。

「義高さま……」

そう小さくつぶやいては泣き崩れる。

その姿は哀れで侍女たちも泣いてしまうのだった。

深く傷ついた大姫はどこからの縁談をも拒み続けるようになる。頼朝と政子は義高の供養をしたり、病魔退散の祈禱《きとう》も行わせたが効果は表れなかった。

人の心はもろく壊れやすいのだ。

那須与一《なすのよいち》

京の朝廷で除目《じもく》が行われた。

頼朝の推挙により範頼たち三人が国司に任じられた。

三月に墨俣《すのまた》で騒ぎを起こし頼朝に叱られ、謹慎させられた範頼は三河守《みかわのかみ》、源広綱《ひろつな》を駿河守《するがのかみ》、平賀義信《ひらがよしのぶ》を武蔵守としたが、義経は何んの官職にも任じられなかった。

この時、頼朝は義経が一ノ谷の合戦で挙げた武功より、頼朝の名代として自分が武功を挙げることより、義経など配下の武将たちを指揮して、武功を挙げさせる役割を果たした範頼を高く評価したのだ。

その義経は、海上が穏やかになる時期を見計らって平家を追う準備を始める。平家を追い詰めた一ノ谷で神器を取り返せなかったため、後白河法皇が苦労していることを義経は気にしていた。

都におればそういう噂《うわさ》はすぐ聞こえてくる。

そんな義経を後白河法皇は気に入っていた。戦上手なところも気に入ったが、法皇が最も気に入っているところは、義経には鎌倉の頼朝の影がないことだった。

大天狗の後白河法皇の得意な謀略は分断である。敵であれ味方であれ、法皇は分断して相手の力を半減させる。

場合によっては半減以下だったり、自壊して滅びることもありえる。義仲と行家などは実に単純で、官位官職の上下で分断され、自ら滅んだようなものだ。

一方に討てと命じ、もう一方にも討てと命じることさえある。

滅びゆくものに法皇は冷酷である。手を差し伸べたりはしない。

その法皇は七月になって三種の神器を取り返せないまま、仕方なく平家が連れていった安徳天皇を廃帝にして、弟の尊成親王《たかひらしんのう》を即位させ後鳥羽《ごとば》天皇とした。法皇の孫である。これにより朝廷と平家は完全に決裂した。

すると平家の都落ちの時に西国に行かず、伊賀《いが》や伊勢《いせ》に潜伏していた平家の残党が大規模に蜂起した。

清盛の六波羅流《ろくはらりゅう》平家は本来、伊勢平家の一門でありその本拠は伊勢にあった。

その伊勢方面で蜂起したのは伊勢山田《やまだ》を本拠にする平家継《いえつぐ》で、七月七日辰《たつ》の刻（午前七時〜九時）頃に平信兼《のぶかね》、藤原忠清《ただきよ》らを糾合《きゅうごう》して立ち上がった。

三月に任命されたばかりの伊賀守護の大内惟義《おおうちこれよし》を慌てさせた。この平家の蜂起を聞いた法皇は、伊勢や伊賀が都に近いためひどく動揺したという。

大内惟義は武蔵守になった平賀義信の長男で、新羅三郎義光《しんらさぶろうよしみつ》の曽孫《ひまご》にあたる。

この伊勢、伊賀方面は平家が盤踞《ばんきょ》していることは、鎌倉でもわかっていて大内惟義を守護にしたり、鎌倉から大井実春《おおいさねはる》を派遣したり警戒していたところだった。

大規模な蜂起で七月十九日には近江《おうみ》の大原《おおはら》で、源氏軍と平家の残党が合戦になった。

激しい戦闘の末、平家継が討死し梟首《きょうしゅ》され、富田家助《とだいえすけ》、家能、家清らが討ち取られた。平信兼と藤原忠清は逃亡して姿を晦《くら》ました。

反乱はほぼ鎮圧されたが、源氏も佐々木秀義《ささきひでよし》が討死し数百騎が討ち取られるなど損害が少なくなかった。

頼朝は事態を重く見て八月三日に都の義経に信兼の探索を命じる。

そのため義経は西国への出陣ができなかった。十日に義経は信兼の息子兼衡、信衡、兼時の三人を都の義経邸に呼び出して斬殺、二日後には平信兼討伐に出陣した。伊勢の滝野城《たきのじょう》を攻撃して激戦の末、信兼軍百騎ほどを討ち取った。

この平信兼討伐の最中、八月六日に義経は後白河法皇から左衛門少尉《さえもんのしょうじょう》兼検非違使《けびいし》の判官《はんがん》に任じられている。

これが後に頼朝に無断で官位官職を受けたと大問題になる。

後白河法皇はこういうことをしながら、知らぬ間に分断の傷口を広げていくのが得意な人だった。都の仕組みを何も知らない義経は、義仲とまったく同じように法皇の罠《わな》に転げ落ちてしまう。

法皇の分断作戦は怖い。

八月八日には頼朝が範頼を総指揮官に、鎌倉から東国の武家の惣領《そうりょう》たちを揃《そろ》えた主力部隊を上洛させる。

この中に北条義時《よしとき》がいた。

鎌倉を出陣する前、武将たちは頼朝の酒宴に招かれてそれぞれが馬を拝領した。

これからの戦いがいかに重要であるかを将たちは知った。

頼朝が命じたこの九州遠征の目的は、平家討伐ではなく、平家を支援する西国の豪族たちを鎮圧して、平家軍を瀬戸《せと》方面に孤立させることにあった。

その軍団は北条義時、足利義兼《あしかがよしかね》、千葉常胤《ちばつねたね》、三浦義澄《みうらよしずみ》、八田知家《はったともいえ》、葛西清重《かさいきよしげ》、小山朝光《おやまともみつ》、比企能員《ひきよしかず》、和田義盛《わだよしもり》、工藤祐経《くどうすけつね》、天野遠景《あまのとおかげ》など鎌倉の主力である。

鎌倉軍が続々と京に集結する。

秋口の九月一日に範頼が率いる大軍が京から西国に向かって出陣した。

この時、後白河法皇は藤原忠清ら平家の残党の襲撃を恐れていた。そのため、義経の西国出陣を許さなかった。

義経は範頼と平家討伐に行きたかった。

その義経は頼朝の許しもなく、官位官職を受けるなど頼朝の信頼を失いつつあった。

鎌倉に武家社会を築きつつある頼朝は、京の貴族社会とは一線を画すことを考えている。武家社会の絶対権力は武家の棟梁である頼朝が握っている。その頼朝の許可なく京の公家社会に近づくことは厳禁なのだ。

ましてや、頼朝の許可なく貴族社会の官位官職を受けるなど言語道断である。

平家のように貴族社会に取り込まれて骨抜きにされるだろう。

鎌倉政権はそれを嫌う。

後白河法皇から検非違使の判官に任じられるなど、義経は法皇の危険な罠にからめとられつつあった。

頼朝は義経の危険性をますます感じていた。

だが頼朝の考え方や、自分の立場の危険さに義経は気づいていない。それが肉親の弟だから困る。

勘《かん》の鋭い法皇は一ノ谷の戦いを見て、頼朝と義経は分断しておくべきだと直感したのである。法皇は兄弟だからこそ、そこが頼朝の弱点になるとも考えた。

法皇の動きは早い。

頼朝が義経の武功を評価しなかった代わりに、その義経をグッと身近に引きつけておくため、法皇は従五位下左衛門少尉兼検非違使判官という官位官職で評価した。

こういう技をサラッとできるのが法皇である。

人のいい義経は大天狗の法皇の罠に全く気づいていない。法皇は清盛に代わって若い頼朝の力が急激に強まることを警戒していた。

そのためには源家の内部を分断しておく必要があった。清盛を中心に一枚岩の平家にはずいぶん手古摺《てこず》り苦労した法皇なのだ。

法皇は義経を手もとにおいて手なずけて育てておきたい。そうすればいつでも頼朝の対抗馬として使える。

遂に、義経は昇殿を許され法皇との結びつきがかなり強まった。

そんな法皇の高等戦略に義経は気づいていないが、頼朝は冷静に見抜いていた。

十月になって九州に向かった範頼軍は安芸《あき》まで進軍するが、平行盛《ゆきもり》軍二千艘《そう》に兵站《へいたん》を絶たれて窮乏する。

やはり海では兵船の数も多く平家が強かった。

遠征軍で最も怖いのは兵站を絶たれ兵糧に窮《きゅう》することだ。

ことに大軍の兵糧は莫大《ばくだい》で、兵糧を順調に調達できなければ、腹を空かした兵が略奪、乱暴狼藉《ろうぜき》に走ることは目に見えている。

大量の米は船で運ぶのがいいが、その海は平家軍に押さえられている。鎌倉の主力軍が遠い西国で飢える可能性が出てきた。

そんな中で、十月二十日には頼朝が貴族の家政事務をつかさどる役所の名を取って、公文所《くもんじょ》という役所を鎌倉に新築させた。

この役所は後に政所《まんどころ》と改名される。

中原広元こと大江広元をその長官とし、三善康信を問注所《もんちゅうじょ》の初代長官に置き、訴訟の裁判を行う責任者とした。これまでにない武家社会を模索する頼朝は、着々と鎌倉に政権の形を作り始めている。

そんな頼朝の大きな構想に気づかない義経は、武功を挙げて兄頼朝に喜んでもらいたいだけなのだ。頼朝に相談もなく官位官職を受けるなど、後白河法皇に近づいて勝手な振る舞いをし、頼朝の目指す、朝廷から距離を置いた武家社会構想に水を差しかねない。

頼朝は義経を功名心ばかりが強く何もわかっていないと思う。

この食い違いが今はまだ小さな溝に過ぎないが、やがて二人を引き裂く越えがたい溝に広がってしまう。

その危険が始まっていた。

十一月の中頃になると遠征軍の兵糧がいよいよ厳しくなってきた。

範頼が兵糧の窮乏による兵の著しい士気の低下を、鎌倉の頼朝に訴える書状を次々と発した。

それに対して頼朝は速やかに船と兵糧を送ること、兵糧のことなどで九州の武士たちに、くれぐれも恨みを買わないようにと再三注意の返書を書いた。

そんな苦しい状況の遠征軍に、平行盛軍がしきりに挑発を仕掛けてくる。

藤戸《ふじと》の海峡付近の海には小さな島が点在していた。

平行盛軍は五百余騎を率いて備前児島《びぜんこじま》の篝地蔵《かがりじぞう》に城を構えて、九州を目指す範頼軍の動きを封じようと挑発する。

そこで佐々木盛綱が城を落とすべく藤戸の海峡に向かう。だが、船もなく波も荒いため海峡を渡るのは難しい。盛綱は浜辺の渚に馬を止めて様子を見ていた。

そこを平行盛軍がしきりに挑発する。

その挑発に奮い立った盛綱が、六騎だけを率いて藤戸の海に入ると、強引に三町（約三二七メートル）余りを押し渡って対岸に辿《たど》り着き、平行盛軍に猛然と襲い掛かって追い落とした。

浦の男に案内させた浅瀬だったともいうが、鎌倉御家人の戦いに対する凄まじい執念である。

平行盛軍はそれを恐れて敗走すると、讃岐《さぬき》の屋島へ逃げていった。

水軍を持たない範頼軍が十二月七日の冬の藤戸海峡の戦いに勝った。だが、兵糧の乏しい範頼軍はまだ苦戦が続くことになる。

元暦二年（一一八五）の年が明けても九州に向かう範頼軍は苦しかった。

三万騎の遠征軍は兵の兵糧だけでなく、馬に食わせる飼葉《かいば》も必要なのだ。いざとなればその牛馬も食わなければならなくなる。

鎌倉の頼朝は遠い西国にいる遠征軍の心配で頭がいっぱいだ。

三万騎が九州に辿り着いても、軍が崩壊して鎌倉に帰還できないかもしれない。援軍や大量の兵糧を届けるのは至難なのだ。

一月六日に西海の範頼から兵糧と船の不足、関東への帰還を望む関東武士たちの不和など、その窮状ぶりを訴える書状が鎌倉に届いた。

遠征軍は万事休す状況だと思われる。

範頼は三万騎の断末魔のような悲鳴を上げながらも粘り強かった。一月十二日に範頼軍は西国の西端、長門《なが と》赤間関《あかまがせき》に到着し九州に渡海しようとした。

範頼は苦しい中で考えている。

このまま鎌倉に引き返せば平家軍に追撃されて全滅しかねない。京までも辿り着けないだろうと思う。それならこの苦境を突破して九州に渡り、味方を増やせば兵糧の支援を受けられる可能性が高い。

九州は目前だ。海峡を渡ればいい。

範頼は必死で踏ん張った。だが、海峡の彦島《ひこしま》にいる平知盛《とももり》軍に阻《はば》まれ、渡海も平家追討もままならなかった。

渡海ができず逗留《とうりゆう》が長引くと厭戦《えんせん》気分が広がり兵は腐ってしまう。侍所《さむらいどころ》の別当《べつとう》ともあろう和田義盛が秘かに鎌倉に帰ろうとする始末だ。

粘りに粘ってきた範頼だが、遂に、ここが死地かと諦めた。

鎧の草摺《くさずり》から太刀を突っ込んで自害するしかない。だが、天はまだ範頼を見放していなかった。

その時、九州の豊後《ぶんご》から緒方惟栄《おがたこれよし》と臼杵惟隆《うすきこれたか》兄弟が、兵船八十二艘を率いて現れ献上した。

また、後方の周防《すおう》から兵糧米が献上されることになった。

範頼軍は息を吹き返し崩壊をまぬがれ、範頼は長門から周防に軍を戻し、兵糧で腹いっぱいにして態勢を立て直すと、一月二十六日に豊後に向かって堂々と船出した。

鎌倉の頼朝も遠征軍はもう駄目かと諦めかけていたのだ。

ところが範頼の我慢が実を結んだ。

船には鎌倉の主力、北条義時、中原親能、千葉常胤、三浦義澄、八田知家、葛西清重、渋谷《しぶや》重国《しげくに》、比企朝宗《ともむね》、和田義盛、工藤祐経、天野遠景などが乗り込んでいる。

死地から蘇《よみがえ》った遠征軍は意気軒高だ。

いち早く九州に上陸したのは北条義時、下河辺《しもこうべ》行平《ゆきひら》、渋谷重国、品河清実《しながわきよざね》たちだった。それを迎え討ったのが筑前葦屋浦《ちくぜんあしやうら》の原田種直《はらだたねなお》と子の賀摩種益だった。

二月一日には原田種直の攻撃を受けてたちまち合戦になる。

行平、重国らが駆け巡り矢を放って応戦、重国が敵将原田種直を見事に射貫いた。

範頼軍は平家の地盤である長門や九州の豊前《ぶぜん》、筑前などを制圧し、海峡の中の彦島を孤立させた。

その頃、義経は京にいた。

頼朝から平家討伐の出陣の命令が出ない。義経は頼朝の信頼を失いかけていた。頼朝から見ると、日に日に後白河法皇に取り込まれていると見えた。

義経は九州の遠征軍がうまくいっていないのではと思う。苦戦の噂が都に流れることもあった。

それでも鎌倉の頼朝から援軍の命令が出ないのはおかしいと思う。

二月十日になって義経は範頼軍が大苦戦し、兵糧も欠乏していると知り、遂に、引き止める後白河法皇たちを振り切って、平家の本陣である屋島に向けて出陣することにした。

そこに鎌倉の頼朝から後白河法皇に、義経を平家討伐に向かわせたい旨の奏請《そうせい》が届き、新たに軍が編成され義経が指揮を執《と》ることになった。

平家は讃岐の屋島に安徳天皇の内裏《だいり》を置いて本拠とし、平知盛が長門の彦島を拠点に平家の軍船を動かして制海権を握っている。

物語では苦戦中の範頼軍が、遊女と戯《たわむ》れ遊んでいたようにいわれるが、それは判官贔屓《びいき》が義経の活躍をよりいっそう引き立たせるために、後に脚色されたもので範頼はそんな男ではなかった。

むしろ、平知盛軍を彦島に釘《くぎ》付けにして、動けなくしたからこそ義経の屋島攻撃も壇《だん》ノ浦《うら》の戦いも成功したといえる。

苦戦しながらも、範頼軍が平家の海の連携網を断ち切っていた。

義経は四国に渡海するため、摂津《せっつ》の渡辺《わたなべ》水軍、熊野別当湛増《くまのべっとうたんぞう》の熊野水軍、伊予《いよ》の河野《こうの》水軍を味方に引き入れ、摂津の渡辺津《わたなべのつ》に軍船や兵を集結させた。

出航前の二月十六日に後白河法皇の使いで、高階泰経《たかしなやすつね》が渡辺津に来て「大将が先陣となることはない」と言い、京へ戻るように法皇の意を伝えた。

「それがしには存念がございます。先陣となって討死する覚悟でおります」

義経がそう返答した。

兄頼朝と疎遠になりつつあることを感じていたのだ。

もちろん、京の治安維持に義経の存在が必要だと、後白河法皇は頼りにも思い、鎌倉との先々のことまで考えている。

何んといっても姿の見えない頼朝がどんな男か気持ちが悪い。

まだ対面がないまま法皇と頼朝の虚々実々の駆け引きが既に始まっていた。そんな中で義経の立場は微妙なのだ。

この頃、範頼軍が兵糧不足に陥り、九州から引き上げるようだとの噂が広がって、平家軍が勢いを取り戻しつつあった。

四国への渡海を前に渡辺津で軍議が開かれた。

その軍議の席で義経と梶原景時《かじわらかげとき》が喧嘩《けんか》したという。物語で有名な逆櫓《さかろ》論争だ。

「船戦においては船の進退を自由にするため逆櫓をつけるべきだ」

景時がそう進言した。

「そのようなものをつければ、兵はすぐ退きたがり、戦いが不利になる」

義経が反対した。

「進むことのみを知って、退くことを知らぬは猪《いのしし》武者である」

景時が言い返したという。

「初めから逃げ支度をして勝てるものか、わしは猪武者で結構である」

何んとも軍議には相応《ふさわ》しくない子どもじみた喧嘩だ。この喧嘩に景時が恨みをもって頼朝に讒言《ざんげん》したので、それが義経の没落につながったとよくできた物語だ。

これも判官贔屓が悲運の義経を演出するための逸話で、まったくの虚構であり後世の創作である。

この軍議に梶原景時が出ているはずがないのだ。この時、景時は範頼軍と九州にいて生きるか死ぬかの苦労をしていたのである。

義経に関する物語は、判官贔屓の虚構があまりにも多いため、ちょっとおもしろ過ぎるきらいがある。

二月十八日深夜丑《うし》の刻《こく》（午前一時〜三時）、その夜は風雨が荒れ狂い、武将たちも船頭も出航は無理だと拒んだ。

「やれッ！」

義経は強引だった。義経の郎党が弓で船頭を脅して船を出すよう強要する。

「船を出さないならここで射殺《いころ》す！」

「返答しろ！」

「こんな暴風雨の中に船を出すのは無理でございますよ……」

「黙れッ、無理かどうかを聞いているのではないッ、船を出せと命令しているのだ！」

「そんな無茶な……」

「出さなければ殺す。いいのだな？」

「船がひっくり返っても知りませんから……」

「構わん！」

「おい、仕方ねえな、みんな死ぬ気で行くか？」

「ああ……」

滅茶苦茶な話で船頭たちも命がけの仕事になった。暴風雨の中に船を出すのは誰が考えても危険に決まっている。

だが、そんな時だからこそ敵は油断しているというのが義経の考えだ。

野生児の独特の勘だ。

何んとも無謀な話だが、大将がやるというのだからどうにも仕方がない。すぐ船の支度が始まって二刻（約四時間）ほどで支度が整い、夜が明けた卯《う》の刻（午前五時〜七時）、怖がる船頭を脅しながらわずか五艘の船に百五十騎が分乗して、船団が暴風雨の中に漕《こ》ぎ出していった。

無謀、命知らず、大馬鹿者など言うべき言葉がない。

ところが北からの暴風に船が南に流され、木の葉のように波にもまれながら猛然と四国へ突進して行った。

乗っている武将も船頭も生きた心地がしない。

ひっくり返りそうになる船の中で馬をなだめながら死なばもろともだ。

常なら三日はかかる船路を二刻で突っ切って、四国の阿波勝浦《あわかつうら》に到着したというから奇跡、天祐《てんゆう》は義経にありというべきだろう。

後世、二刻ではなく、一日と二刻だろうと研究される。現代の船でも三時間半はかかるからだ。思い切って暴風雨の中に木造船を出して試してみてはどうか。一日と二刻では人は何んとかなっても、馬が持たないのではないかと思われる。

やはり二刻なのではないかと思う。

勝浦に上陸した義経は在地の豪族、近藤親家《こんどうちかいえ》を味方にして屋島の平家の様子を聞いた。

「屋島は手薄にございます。田口成良《たぐちしげよし》が三千騎ばかりを率いて、伊予の河野通信《みちのぶ》を討伐に向かいました。屋島には千騎ほどしか残っておらず、それも阿波と讃岐の津に百騎、五十騎と配置され、屋島には数百騎も残っていないと思います」

親家は攻めるのに絶好の時だと進言、案内すると申し出た。

「相分かった。それで屋島にはどうすれば渡れるのか？」

「はい、潮の引いた干潮《かんちょう》の時であれば、騎馬で渡ることができます」

「そうか！」

騎馬で海を渡れると聞いて義経がよろこんだ。

義経軍は後方から追われないように、平家方の桜庭良遠《さくらばよしとお》の屋敷を襲撃してこれを討ち破り、その勢いで百五十騎は徹夜で讃岐に入り、翌十九日に屋島の対岸に義経が現れた。

屋島への強襲を考えた義経は、寡兵であることを悟られまいと、広くあちこちの百姓家に火を放って大軍のように見せかけ、潮が引いたのを見計らって一気に屋島の内裏に攻め込んでいった。

海上からの攻撃ばかりに備えて、陸からの攻撃に無防備な平家軍は、大いに狼狽《ろうばい》して内裏を捨てると海上の御座船《ござぶね》に逃げていった。

この時に三種の神器を取り返す機会があったが、義経はそのことに集中していなかったのである。単騎でも海を渡って神器を取り戻すべきだった。最早《もはや》、安徳天皇は廃帝になったのだから遠慮する必要はなかった。

神器をわたくしすれば朝敵である。

この失敗を義経はわかっていない。兄の頼朝がなぜ自分を平家討伐に向かわせたのか、それはひとえに三種の神器を取り戻すためなのだ。三種の神器さえ取り戻せば、平家を追う必要など全くない。

西海の海の上で平家は自壊するしかないのだ。

三種の神器を持っているから、平家は安徳天皇だと言っていられるのであって、三種の神器を失えば反乱軍に過ぎない。

そういうことを義経はわかっているのかいないのか、ただの戦上手や戦好きの武将では困るのだ。

勢いに乗る義経軍は内裏を燃やしてしまう。

案の定、慌てふためいて海上に逃げた平家軍は、義経軍が思いの外少ないことに気づくと、船を屋島や庵治《あじ》の浜に寄せてきて一斉に矢合戦を仕掛けてきた。

雨のように降ってくる矢に義経軍はたじたじになった。義経の身さえ危うくなると郎党の佐藤継信《さとうつぐのぶ》が楯《たて》になる。

そこに矢が飛んで来て平家一の豪勇で知られる平教経《のりつね》が強弓で継信を射殺した。

すると継信の弟忠信《ただのぶ》が矢を射返して、教経の童の菊王丸《きくおうまる》を射殺したという。だが、これも怪しい話で教経は一ノ谷の戦いで討死にしていたともいう。

激戦も夕刻になると、どちらからともなく休戦状態になった。すると、海上の平家軍から美女を乗せた小船が現れた。

その小船は竿《さお》の先の扇《おうぎ》を射落とせるか挑発する。

海の上の小船は絶えず揺れていた。

その船に乗っている人を射るのも難しいのに、的《まと》の扇を射落とせというのは何んとも厄介だ。

失敗すれば平家軍に笑われて義経が大恥をかくことになる。

弓自慢の武将は多いが、船上で揺れる小さな扇を射落とすとなると話は別だ。

よほどの手練《てだ》れでも五分五分以下で、しくじる方が圧倒的に多いだろうと思う。

「重忠《しげただ》、あれを射落とせるか？」

義経が畠山《はたけやま》重忠に聞いた。

「あのように揺れる扇を射落とせるとは思えません。それがしではなく那須十郎《なすのじゅうろう》にお命じくださるよう……」

評判の良い優将畠山重忠でもやりましょうとは言えず那須十郎を推挙した。

「十郎、やれるか？」

義経も見るからに難しいことを命じられない。

「御大将、それがしは怪我をしておりまして未だ癒《い》えず、この仕事は無理かと存じます。代わりに弟の与一《よいち》にお命じ下さるよう……」

那須十郎も辞退して弟の那須与一を推薦した。

「与一！」

「はッ、御前に……」

「十郎の推挙だ。あの扇を見事射落としてみよ！」

義経は与一の他に人がいないと感じた。

「承知仕《つかまつ》りました」

与一はいたって冷静だ。

壇《だん》ノ浦《うら》

那須与一は百五十騎が見守る中、馬に乗ると渚から海に馬を乗り入れた。

鏑矢《かぶらや》を抜き取るとゆっくり弓につがえて目をつぶる。

「南無《なむ》八幡大菩薩《はちまんだいぼさつ》、ご加護のあらんことを……」

神仏に祈り、もし射損じたら腹を切ると覚悟を決めて、眼を開けると船の揺れが止まり扇の的がはっきりと見えた。

た。この神の矢は当たると確信した。

「南無八幡……」

鏑矢が弦《つる》を放れ、ヒューッと音を鳴らして真っ直ぐ扇に向かっていった。

与一は馬上で弓を放った残心のまま鏑矢の音を聞いた。馬が波に押されて揺れ

「あッ！」

味方から驚きの声が上がった。

「当たったッ！」

与一の鏑矢は扇の要《かなめ》を見事に射貫いていた。鏑矢が海に落ち、射貫かれた扇が夕日の赤い空に舞い上がった。その扇は海の春風にもまれながら落ちてくると、日輪の扇が波間をいつまでも漂っていた。

船の美女がパッと扇を開いて与一に振った。

「ワーッ！」

一斉に敵味方から歓声が上がった。平家の船では船べりを叩《たた》いて感嘆、味方の騎馬は箙《えびら》を叩いてどよめき立った。

すると扇の竿の傍にいた黒革おどしの鎧《よろい》を着た平家の老将が、白柄の長刀を握って立ち上がると舞を舞い始めた。

すると義経は、その祝いの舞を舞う老将を射殺せと与一に命じたのである。

驚いたが与一は命令では仕方なく、矢をつがえるとそれを放って老将を船底に射倒した。

「ああ……」

「なんと心無いことを……」

味方が再びどよめき、平家の船は息を呑《の》んで静まり返った。

「風雅のわからぬ田舎《いなか》武者が！」

「山猿ごときが！」

怒った平家軍が海から攻めかかってきた。野生児の義経に平家の雅《みやび》などわかろうはずがなかった。ただ、平家を討伐したいだけだ。

滅びゆく者への慈悲や、滅びゆく最後の美しさなど義経には関係がない。

平家の船が渚近くまで押し寄せてきて激戦になった。

義経は海に入って応戦した。

その戦いの最中に義経は握っていた弓を落とす。その波にもまれる弓を義経は馬上から拾おうとする。

そんなところを敵の弓に狙われたらひとたまりもない。

郎党が弓などいらないと言っても聞かずに拾って帰った。その義経の言い分がおもしろいので弓流《ゆみなが》しという物語になった。

「こんな弱い弓を敵に拾われて、これが源氏の大将の弓だと、大いに笑われるのは末代までの恥である」

そのために危険でも拾って帰ったと言う。

確かに、義経は小柄で強弓などを引く力はなかった。細く華奢《きやしや》な弓を使っていた。それは弓だけでなく、義経の太刀も短く反《そ》りの強い太刀であった。

義経が鞍馬寺《くらまでら》に入れられた時、烏天狗《からすてんぐ》に学んだという鞍馬流の太刀は、小太刀の流れをくむもので長い太刀は使わない。それが小柄な義経にはちょうどよかったのである。

そんな義経は真面目な田舎者で憎めないおもしろい男だった。

その頃、鎌倉の頼朝は範頼の遠征軍を心配している。

兵糧不足などで九州の戦線維持が無理なら、四国の平家を攻めてもよいと命令を変更している。

確かに、遠征軍は慢性的な兵糧不足で、範頼は冷静に考え一旦周防に撤退していた。

何んとしても生きて鎌倉に三万騎を連れて帰ることだ。

二月二十一日に平家軍は一旦、志度浦《しどうら》の志度寺《しどじ》に籠《こも》ってそこから反撃を試みるが、義経は八十騎でその平家軍に襲い掛かって撃退する。

兎《と》に角《かく》、鎌倉の坂東武者は強い。

平家軍は屋島を放棄し彦島に向かうしかない。三種の神器を乗せた御座船と一緒に逃げていった。それを義経と梶原景時が合流して、大軍を率いて逃げる平家軍を追い駆《か》けることになった。

義経は御座船を追うため、多くの船を調達して新たに水軍を用意する。それに何日も手間取ってしまう。

その御座船が向かう西の九州や長門、周防は範頼の大軍が完全に押さえている。東から義経が追い駆ければ、海上の平家は東西から挟《はさ》み討ちになる。

もう逃げるところはない。

数人ずつ陸に上がって安芸や周防、四国や九州の山奥にでも逃げ込んで、人知れず隠れ住むしかなかった。

まだ、戦う力が残っているうちは戦う覚悟だが、戦うたびに敗れる宗盛の平家軍は余りにも弱い。フラフラと海上を漂いながら彦島に向かっていた。

残存兵力を彦島に集結させて決戦するしかない。

平家はいよいよ追い詰められた。

その頃、ずいぶん遅れてしまった支援だが、頼朝が集めた米が三月十二日には兵糧米となって、積み込んだ船がようやく伊豆から出発、西国にいる遠征軍はこれで兵糧の欠乏が解消されるはずだ。

その兵糧米を追うように三月十四日には、頼朝から範頼に平家追討は慎重に行うよう、三種の神器を無事に取り返すことが大切であると書状が送られた。

頼朝は戦いの最中に不用意な事故によって、その三種の神器が失われることを気にしていた。

もし万一、海にでも沈んでしまっては、取り返しのつかないことになる。

慎重にも慎重を要する合戦になる。

範頼軍が平家軍の背後を遮断、義経は水軍を編成して追撃する。遂に、平家軍は彦島周辺に追い詰められた。

双方が充分な支度を整えて、雌雄《しゆう》を決する合戦の時が刻々と迫ってきた。

その日は三月二十四日だった。

平家軍は長門赤間関壇《だん》ノ浦《うら》と門司崎《もじさき》田《た》ノ浦《うら》の間の海に、五百艘の兵船を浮かべて三町ほどの間合いで源氏の水軍と対峙した。

義経の水軍は摂津の渡辺水軍、伊予の河野水軍、紀伊の熊野水軍など八百四十艘ほどだった。

干珠島《かんじゅしま》と満珠島《まんじゅ》の間から義経の水軍が合戦の海域に入っていった。

ところが、戦いの前の軍議で、先陣を望む梶原景時と大将の義経が、先陣を争ってまたしても喧嘩になり、刀を抜く寸前の言い争いになった。

この二人は天敵で、肌が合わないなどという生易しいものではない。

穏やかに話し合うことができず、端《はな》から殺気立って意地を張るから喧嘩になる。

「大将が先陣などと聞いたことがない。九郎《ぐろう》殿は大将の器ではない！」

激怒してそこまで言って景時は義経を愚弄した。

二人は何かにつけて考えが合わずに口論になることが多かった。

源氏はそんな意思不統一の中で合戦に突入するしかなかった。範頼軍三万騎は門司崎と田ノ浦の間にいて、源氏の白旗と平家の赤旗が海上で激突するのを見ている。

平家軍が近づくと遠矢を放って義経軍を支援した。

和田義盛などは浜から海に馬を乗り入れて、三町もの遠矢を放って平家軍の退路を塞《ふさ》いだ。

合戦は朝の潮流が赤間関と門司崎の狭い瀬を東に流れていたため、その流れに乗って矢を放ちながら、西から平家軍が三町の間合いを一気に詰めてきた。

「ワーッ！」

午《うま》の刻（午前一一時〜午後一時）頃に両軍が激突した。

五百艘の平家の軍船が三手に分かれて、左右から源氏の八百四十艘を挟もうとする。

最左翼の平家の船団が瀬の流れに乗って、源氏の水軍の後ろに回り込もうとするが、源氏の船はより後ろに下がって回り込ませないように防御する。

包囲されては合戦にならない。

雨のように降る矢合戦の中で、八百四十艘は塊《かたまり》のまま押し流された。流れが速く船がなかなか自由に動かない。

「離れるなッ！」

「一艘になるとやられるぞッ！」

海上は味方と敵の軍船で押し合いへし合いの大混乱だ。源氏の船の間に平家の軍船が乗り入れて、源氏の船を孤立させて皆殺しにする。

瀬戸の流れは瀬と呼ばれる。源氏の船は瀬の流れに押されて、みな後ろ向きに流されていった。逃げながら戦っているようなものだ。

瀬の流れに逆らう源氏軍が圧倒的に不利だ。いつもこの海峡を使っている平家軍は瀬の流れを熟知していた。

合戦で平家が勝つには、この瀬の流れを利用するしかない。

そう考えて知盛は早期決着の作戦を立て実行した。

ところが、摂津渡辺水軍、伊予河野水軍、紀伊熊野水軍で編成された義経の水軍はしぶとくて、いくら源氏の船に平家の船がのしかかっていっても後ろ向きのまま反撃する。

「後ろに回られるぞッ！」

義経軍は早い瀬の流れに逆らえず、干珠島と満珠島の間の海域まで押し流された。

東への潮の流れに乗って圧倒的に平家有利で合戦が始まった。このままどこまで後ろ向きに流されるかわからない。

平家の軍船は義経を狙って寄せてくる。ガツンと船べりにぶつけて船ごと沈ませようとする。

義経の船がグッ、グッと押される。

その間に源氏の船が無理やり突っ込んできたが、平家の大きな軍船に押されて沈みそうになる。

それでも坂東武者は強い。必死で平家武者と戦う。

軍船の船べりが血に染まり、敵味方がもつれ合って海に転落、重い鎧兜のままもがきながら海底に沈んでいった。

戦いがあまりにも不利で、義経が苦し紛れに敵船の水手《かこ》や舵取《かじとり》を射殺するよう命じたといわれるが、それは大いなる誤解でそのような命令はしていない。

義経がいくら田舎武者でも、戦の作法として非戦闘員の水手や舵取を射殺すことが、どれほど作法に反し恥なことかぐらいは知っていた。

作法通り抵抗しない者を殺すことはない。

このまま押し流されたら、源氏の船団が海上でバラバラになると思われたときである。潮の流れがゆるんで、四半刻（約三〇分）もしないでゆっくりと流れが止まった。

瀬の流れが変わる予兆だ。

「潮の流れが逆になるぞッ！」

「ここが正念場だッ！」

「踏ん張れッ！」

「矢を放てッ！」

不思議なほど潮がピタッと止まって、波一つない鏡のような凪《なぎ》の海になった。満珠島の海域に源氏軍八百四十艘、平家軍五百艘の軍船がそれぞれ白旗や赤旗を立てて漂っている。

双方が気の抜けたような一瞬の静寂に包まれる。

だが、合戦の最中だと気づき、両軍から「ワーッ！」と声が上がって矢が飛び交った。

平家軍は、御座船にいる宗盛に代わって弟の平知盛が指揮を執っている。その目の前でゆっくりと瀬の流れが変わり、東から西の狭い海峡に向かって流れ始めた。

平家の考えた早期決着の切り札が向きを変えた。

「御大将、瀬の流れが変わります！」

「そうだな。平家の船が流れてくる。その逃げ道を遠矢で塞いでしまえ……」

「承知いたしました！」

範頼の命令で門司崎の範頼軍が動き出した。

浜に出て渚に入り、矢をつがえて遠矢で平家軍を射る構えに入った。三万の軍勢が平家軍を狙っている。

東西から挟まれた平家の悲劇が始まろうとしていた。

流れが変わると、義経の水軍が平家軍に猛攻撃を開始した。朝とは逆で、平家の船団が後ろ向きに海峡に向かって流される。

それを追撃しながら源氏の船から雨あられと矢が射込まれた。

平家の船団は船が自由を失って壊乱《かいらん》状態になる。そこに源氏の船がぶつかってきて乗り移ると、恐怖のあまり辺《あた》りかまわず手当たり次第に射殺した。

その中に水手や舵取が含まれていた。

後ろ向きに流されながら平家の船団は大混乱で、どう考えても勝利の見込みが全く無くなった。

源氏に捕縛されれば辱《はずかし》めを受ける。

「宗盛、ここまでだな？」

「はい、お父上に申し訳がなく、言葉もありません……」

「よい、みなよく戦った。誰もがみな恥をさらさぬように！」

清盛の妻時子こと二位尼は潔《いさぎよ》く死ぬようにと命じた。御座船には建礼門院を始め、女官や女房、侍女など多くの女たちが乗っている。

二位尼は死を命じると腰に宝剣を吊《つ》るす。神璽《しんじ》は玉体《ぎょくたい》にありその安徳天皇を抱き寄せた。

先帝と申し上げるべきだろうか。

「どこへ連れてゆくのか？」

まだ幼い八歳の安徳天皇が二位尼を見て聞いた。

「弥陀《みだ》の浄土《じょうど》にまいりましょう。波の下にも都がございます……」

そのように申し上げたという。

二位尼は安徳天皇を按察使局伊勢《あぜちのつぼねいせ》に預け、腰に宝剣を吊るして入水《じゅすい》、按察使局が安徳天皇をお抱きになって入水された。

すると平家の女船から次々と女たちが海に身を投げた。

「見苦しきものを取り清めよ！」

そう命じると、宗盛は女船を自ら掃除《そうじ》をする。

入水しない女官たちには「これから珍しい東男《あずまおとこ》を見られますぞ」と、暗に坂東武者に乱暴狼藉をされるだろうと言い、入水を勧《すす》め自らも海に飛び込んだ。

だが、総大将の宗盛は泳ぎが上手いために、死にきれず浮かび上がったところを捕縛された。

この時、神璽は回収されたが、二位尼の腰にあった宝剣は行方不明になったというが、その宝剣は宮中儀礼用で、本物の宝剣は熱田神宮《あつたじんぐう》にあった。

三種の神器の正体は神鏡の八咫鏡《やたのかがみ》、宝剣の草薙剣《くさなぎのつるぎ》、神璽の八尺瓊勾玉《やさかにのまがたま》をいう。

神鏡と宝剣は十代崇神《すじん》天皇の御世《みよ》に宮中儀礼用として鋳造され、正体は神鏡が皇大《こうたい》神宮に祀《まつ》られ、宝剣は熱田神宮に祀られている。

宮中の神鏡は幾度もの火災に遭われたが、灰燼《かいじん》の中でいつも輝いておられた。宮中の宝剣は二位尼の振る舞いで海底に失われたが、その正体は熱田神宮にあり万代においてかわることはない。

神璽は海底から浮かび上がり光り輝いたと伝わる。八尺瓊勾玉は神代から代々の天皇の玉体から離れることはない。神皇正統記《じんのうしょうとうき》はそのように語っている。

平家軍の作戦を立て、それを実行した知盛は、戦いの中で壮絶な平家一門の滅亡する光景を全て見届けると、鎧の上にもう一領の鎧を着て体を重くし、乳兄弟の平家長と一緒に壇ノ浦の海に入水した。

申《さる》の刻（午後三時～五時）の頃だった。

この戦いで捕縛された宗盛は京に護送され、すぐ鎌倉に送られて頼朝の前に引き出されたが、平宗盛であることを確認されると京に戻され、その途中の六月二十一日に近江篠原《しのはら》宿で斬首される。

平家討伐に勝利した義経は、建礼門院や守貞《もりさだ》親王などを連れて帰京、範頼は九州に残って戦後の後始末をした。

都に凱旋《がいせん》した義経に後白河法皇は上機嫌で、義経配下の御家人を次々と任官させた。これを聞いた頼朝が、義経の勝手な振る舞いに激怒する。

御家人は義経の家来ではない。

大天狗の法皇が義経を平家や義仲のように傍に置き、鎌倉と事を構えようとしているのが義経にはわからないのか。頼朝には後白河法皇の策略が手に取るようにわかる。

四月十五日になると、頼朝は勝手に朝廷から任官を受けた関東武士は、京に留まらせ、東国への帰還を禁止した。それほど頼朝は怒っていた。

すると四月二十一日には平家追討で義経の補佐を務め、九州の範頼軍に残った梶原景時から、義経を糾弾《きゆうだん》する書状が鎌倉に届いた。

ここで義経が平時忠《ときただ》の娘蕨姫《わらびひめ》を娶《めと》っていたことが伝えられ、そんな義経の危険な振る舞いが表沙汰になり頼朝は怒り心頭なのだ。弟ながら、あの男はいったい何を考えているのだということだ。

頼朝は鎌倉に、朝廷から離れ武家中心の政権を作ろうと考えていた。藤原家中心の貴族社会の中で、武力を持ちながらも源家は結構つらい思いをしてきたのである。

どうも義経はそこがわかっていない。わかろうともしていないようなのだ。朝廷こそがすべてだと考えていたようで、後白河法皇の言いなりに使われてしまっている。

その危険性にも気づいていない。

やがて頼朝と決裂し、義経は頼朝の考えがわからぬまま、兄は自分ばかりに冷たいと反抗し追い詰められることになる。

義経は戦だけは上手だが、残念ながら事の本質を見抜く力がなかった。

よくあることだが、義経の存在はそれでは許されないのだ。

鎌倉で武家政権を目指すには、官位官職を頼朝の許しを受けずに任官してはならなかったのである。

なぜなら、朝廷の権威というのは官位官職の授与によって保たれている。朝廷の官位官職を欲しがり、有り難く受けるから朝廷の権威が保たれているともいえるのだ。

頼朝はそれに気づいている。

貴族社会の根幹には官位官職があるから成立していると頼朝は思う。では、頼朝が目指す武家社会とは何が根幹なのか、それは土地と武力だ。

広大な領地に裏付けられた強力な武力だ。官位官職などという眼に見えないものではない。この目ではっきりと確認できる土地と武力こそ武家の根幹だ。

どんな権威や権力でも数百万石の領地を持ち、数十万騎の兵力を擁《よう》すれば、まず歯が立たないだろう。

事実、頼朝は東国の武将たちを糾合して、数百万石の領地と数十万騎の武力を動員できる力を持っている。

官位官職を望んだことはない。未だに佐殿《すけどの》なのだ。だから、法皇は頼朝を恐れている。

義経は最後までこの頼朝の考えを理解できなかった。

鎌倉の頼朝と京の義経を分断しようという後白河法皇の謀略に、ものの見事に義経は利用されて滅びてしまう。

幼い頃から奥州平泉《おうしゅうひらいずみ》で育ち、野生児の義経は純朴すぎて、後白河法皇や頼朝のような謀略家とはまるで違っていた。

義経は京のような計略の渦巻《うずま》くところにいる人ではなかった。

平家との戦いが終わったら官位官職などを求めず、奥州平泉に戻るべきだったのかもしれない。

だが、官位官職からは花の蜜《みつ》のような甘美な匂いがする。

腰越状《こしごえじょう》

五月七日になると義経は、頼朝の東国に帰還することを禁ずるという命令を無視、捕らえてある平家の総大将宗盛親子を連れて鎌倉に凱旋しようとする。

兄弟でも一度入った亀裂は修復できるものではない。

ことに後白河法皇のような大天狗が頼朝の力を弱めたいと、兄弟を離反させようとしているのだから厄介だ。

梶原景時のような天敵もいる。

鎌倉に帰還しようとする義経の振る舞いに、反省もなければ罪も感じていないと不信を持った頼朝は、迎えの兵を出すと義経の鎌倉入りを認めず、罪人の宗盛親子だけを鎌倉に入れた。

「入道、これでいいのだな？」

「はい、つらいことですが、泣いて馬謖《ばしょく》を斬るの例えもございますれば、九郎さまは戦に負けたわけではございませんが、その振る舞いがいささか……」

「うむ、わかっている。広元は？」

「それがしもよろしいかと思っております。九郎さまは朝廷の怖さ、法皇さまの怖さ、位打《くらいう》ちの怖さをわかっておられません。残念にございます」

「殺すことになるか？」

「鎌倉の考えがわからなければ、いずれは……」

広元は頼朝より厳しく考えていた。義経が自分ばかりでなく御家人にまで、勝手に朝廷の官位官職を受けさせたことは、その怖さを知る広元や入道康信には考えられないことなのである。

朝廷は言いなりにならない者や、この男だけは押さえておきたいと考えると、躊躇することなくビシッと位打ちをしてくる。義経は後白河法皇に足元を見られ位打ちされた。

田舎武者の山猿が花の都の検非違使の判官だという。

判官は長官の次に高い位である。

「あのように奔放《ほんぽう》に振る舞うお方は獅子身中《しししんちゅう》の虫になりかねません。権威に近づき武家政権の内部から腐らせる虫は取り除くしかないかと思います」

広元のきつい言葉に頼朝が小さく頷《うなず》いた。

「覚悟しなければならぬか？」

「恐れながら、九郎さまは話しておわかりいただけるお方ではないと思われます。梶原殿とあのように喧嘩をなさるようでは大将としても……」

頼朝が困った顔で入道頭の三善康信を見る。

「ここはお会いにならず、京へ戻されてはいかがでしょう。少しは振る舞いが改まるかもしれませんので……」

入道もつらい顔だ。

「そうか……」

「難しいとは思いますが……」

鎌倉の三人が見ているのは、後白河法皇と義経の関係と、義経が何を考えているかなのだが、その義経は頼朝にただ褒《ほ》められたいだけで何も考えていないように思う。

それで軽率な振る舞いをされては困るのだ。

少しは考えてもらいたい。

頼朝も弟だからと言って甘くはできない。頼朝に従う鎌倉の御家人たちはすべて頼朝を見ている。兄弟だからこそ厳しく対処しないと、頼朝に御家人たちが不信を持ってしまい鎌倉の結束が壊れてしまう。

それだけはあってはならない。

義経とその郎党は鎌倉郊外の腰越《こしごえ》の満福寺《まんぷくじ》に留め置かれた。

これに対して、三人の考えなど理解していない義経は、兄上に叛意《はんい》などはないと書いて頼朝の側近大江広元に差し出した。これを腰越状《こしごえじょう》という。

確かに、義経に叛意のないことはわかる。

だが、問題はそこではないのだ。

義経は頼朝の怒りの原因が、家臣でもない東国武士団に官位官職を受けさせるなど、鎌倉にとって危険すぎる勝手な振る舞いをしたことだと気づいていない。

官位を受けて御家人たちが喜んだからいいというものではないのだ。

鎌倉の御家人が官位官職欲しさに、頼朝を無視して朝廷に走ったらどうなるか、頼朝が苦労して築いてきた武家社会という鎌倉の秩序がたちまち崩壊する。

義経は平家を滅ぼした武功で、官位ぐらいは許されると考えたのかもしれないが、頼朝の鎌倉政権にとってその東国武士団こそ命で、御家人たちを朝廷に近づける義経にどんな武功があっても許せない。

この時、頼朝は勝手に官位を受けた御家人たちの名前とその容姿をいい、一人一人を激しく罵《ののし》ったという。頼朝らしくない取り乱しようだった。

それほど頼朝は怒り、悔しかったのだろうと思われる。

そんな朝廷に近づいた有力御家人にある日突然、頼朝討伐の宣旨《せんじ》が出ないとも限らないのだ。

後白河法皇というお方は、そういうことをする人だと鎌倉の三人は見ている。

そんなことになれば鎌倉は戦場になりかねない。

義経は頼朝が築こうとしている鎌倉政権の実態をわかっていなかった。

それに梶原景時だけでなく御家人たちが、勝手な振る舞いをする義経に反感を持ち始めていた。

広元などはこれを放置すれば、産声《うぶごえ》を上げたばかりの鎌倉政権が潰れかねないと深刻に考えている。何んといっても義経は御大将頼朝の弟なのだ。

誰よりも考えて欲しかった。

「ここで手を緩めれば、鎌倉に武家社会を実現する策は吹き飛んでしまいます」

広元は今が大切だと考えている。

「九郎さまはその危うさを鎌倉に持ち込んできます。検非違使の判官などを鎌倉に入れることはできません」

確かに、京の治安を預かる検非違使の判官が鎌倉に入って何をする。もし、何もなくても認めることはできない。入れた途端に、頼朝が義経の官位官職を認めたことになってしまうのだ。

広元はそれだけは断固できないと言う。

確かに、頼朝もいざとなれば義経より、国の形を変える鎌倉の武家政権が大切だ。今が最も大切なその時かもしれないと思う。

ここで頼朝が義経を認めれば鎌倉政権を壊されかねない。

謀反《むほん》の考えはないと言われても、義経は平家と同じことを都でしようとしているように見える。

それを広元や入道康信が強く警戒していた。

鎌倉の考えは義経がしていることの真逆なのだ。できるだけ朝廷には近づかない。

五月十六日に頼朝は宗盛と面会した。

この日、京では法皇が恐れていた平家の侍大将藤原忠清が、志摩《しま》の麻生浦《おうのうら》で加《か》藤光員《とうみつかず》に捕らえられ六条河原《ろくじようがわら》で処刑された。

結局、頼朝は義経とは会うことなく、六月九日に宗盛親子と平重衡《しげひら》らを連れて京に帰るよう命じた。

すると案の定、義経は頼朝を恨んで叛意を口にする。

「関東において恨みを持つ者は、この義経についてこい！」

決して口に出してはならないことを、義経は悔《くや》し紛《まぎ》れに御家人の前でそう言い放ったのである。

「頼朝に不満のある者は、義経の旗のもとに集まれ！」

そう言っていることで明らかに謀反だ。

この義経の言葉が鎌倉の三人に聞こえてきた。穏やかではない。

三人は義経の扱いをどうするべきか苦慮する。叛意のある者を黙って放置することはできない。

「やはり、九郎さまは叛意をお持ちでした。これを一番恐れておりましたのです」

広元は苦しそうに言う。

「だが、早く発覚したことはよいことにございます。大きな力を持ってからでは厄介なことになるところでした……」

「九郎は何もわかっていなかったということだ」

頼朝も痛恨だ。

「戦上手にはありがちなことで、目の前のことには素早く対処しますが、先々への考えや構想などを持てないことがあります」

入道康信が無念そうに言う。

「九郎はそれだな？」

「残念ながら……」

「広元、処分はいかに？」

「領地召し上げというところが妥当かと……」

「討伐は？」

「まだそこまでは。むしろ、先に討伐するべきは行家さまの方かと思います。河内方面に勢力を築きつつあると聞いております。大軍を擁するようになりますと潰すのが厄介になります」

「うむ、義経と行家が手を結ぶことは？」

「あり得るかもしれません」

この時、頼朝は戦上手の義経が行家と合流することを恐れた。二人とも鎌倉の武家社会の構想など知る由もない。二人とも朝廷の官位官職が大切なのだ。行家は低い官位官職が不満で義仲と喧嘩したのだ。

頼朝は流罪《るざい》前の従五位下に復位してから、昨年の三月二十七日に欲しいともいわないのに正四位下に上階した。だが、上洛はしない。

すると今年の四月二十七日には三位《さんみ》公卿《くぎょう》を飛び越して、いきなり従二位へ上ったと通達された。それでも頼朝は京へは行かなかった。

欲しくもない官位だ。上洛すれば従二位相当の大臣を押し付けられ、京に留まり官位官職に縛られて鎌倉に戻れなくなる。

それが見えていた。

朝廷の奥の手の位打ちだ。

「よし、九郎の領地をすべて没収してよい！」

頼朝の断が下った。

ここに黄瀬川《きせがわ》の対面以来五年で兄弟は決裂することになった。

義経は兄頼朝の考えを理解できないまま悲しい運命へと落ちていき、頼朝の源家一族も悲劇に見舞われ滅亡することになる。

その序の舞が始まった。

そんな時、ひょっこりと文覚《もんがく》が頼朝の前に現れた。

二人とも伊豆に流されて親しくなった。

文覚は頼朝が平家討伐の旗を揚《あ》げたことがうれしくて、頼朝が鎌倉に本拠地を置くとちょくちょく顔を出した。

義仲が都に入って略奪狼藉を働いた時には、鎌倉に来て頼朝の使者を買って出て、義仲に会いに行き都の治安を維持し乱暴狼藉はやめるようにと、頼朝の考えを義仲に伝えたりしている。

「文覚上人、今度は何かな？」

頼朝は寂《さび》しい流人《るにん》の時、兄とも父とも思った文覚だ。大切にしている。

同じ源氏で、文覚は頼朝に平家討伐を熱心に勧めた風変わりな坊主だった。

二人の交際は文覚が伊豆の流刑地から逃げて、姿を晦《くら》ました時に数年ほど途絶えただけで長く続いている。

養和《ようわ》元年（一一八一）には頼朝の祈願所として、文覚が南向山帰命《なんこうさんきみよう》院補陀洛《いんふだらく》寺《じ》を開山し、寿永《じゆえい》元年（一一八二）には、頼朝の命令で江《え》の島《しま》の岩屋に弁財天《べんざいてん》を勧請《かんじょう》した。

江の島は陸からは見えない南側に、広く平らな岩礁地帯があって、南からの荒波に洗われていてその巨大な岸壁には、波が穿《うが》った大きな洞窟が古くからあった。

欽明《きんめい》天皇十三年（五五二）に勅命により、その洞窟に宮を建てたのが始まりという。その後、金亀山与願寺《きんきざんよがんじ》と称する寺が島に建立《こんりゆう》された。

その江の島は文覚が勧請した弁財天が、後世に篤い信仰を集めるようになり、風光明媚な海岸もあって江戸期には大変な人出の景勝地になる。

文覚は頼朝の前に座って頭を下げた。

「この六月に入って、東大寺《とうだいじ》大仏さまの修復が完了しました」

「それはよかった」

「開眼供養はこの八月になるとのことです」

「法皇さまもよろこばれておられることだろう。結構なことだ」

文覚が言う東大寺大仏の修復とは五年前の治承《じしょう》四年（一一八〇）に、平清盛が平重衡に命じた南都《なんと》焼討で大きな被害を受けた大仏のことである。

平家に反抗し続けた南都に、清盛が怒りを爆発させて北は般若寺《はんにゃじ》、南は新薬師寺《しんやくしじ》、東は東大寺、興福寺《こうふくじ》、西は佐保村《さほむら》まで奈良の寺院を広範囲に焼き払った。

その時の東大寺の被害は甚大で、離れている法華堂《ほっけどう》、二月堂《にがつどう》、正倉院《しょうそういん》などは無事だったが、他の堂塔は焼き払われてほぼ壊滅した。

東大寺大仏の盧舎那仏《るしゃなぶつ》は国家鎮護の仏である。

その大仏は体の一部だけを残して溶けてしまった。仏罰を恐れぬ何んとも罰当たりな清盛である。

すぐ東大寺と大仏の復興が行われることになり、後白河法皇は僧重源《ちょうげん》を召されて大勧進《だいかんじん》を命じられ、東大寺再建を託されたのである。

重源は大飢饉の中、一握りの米を、一握りの豆を大仏修復のためにと畿内《きない》を勧進して歩いた。その仕事を文覚は手伝った。

大仏の修復は叶《かな》ったが、大仏殿がないため盧舎那仏は夜露に濡《ぬ》れ、雨風に晒されていたのである。

「次は大仏殿の建立にございます」

「そうだな。大仏さまが露座《ろざ》では困る」

「速やかに仕事にかかります」

「相分かった」

文覚は頼朝に大仏殿を始め堂塔伽藍《がらん》の再興に寄進してもらいたい。

その盧舎那仏は巨大で森羅万象を象徴する仏だ。従ってその大仏殿も途轍《とてつ》もない大きな建物になる。

それを完成させられるのは頼朝しかいないと文覚は思っていた。

「ところで文覚上人、いつも忙しくしておられるが、鎌倉に来た時には帰命院におられるそうだが?」

「そうですが……」

「どうであろう、ご坊に屋敷を進上したいが?」

「拙僧に?」

「鎌倉に来たときぐらいは屋敷でゆっくりされてはどうか?」

「有り難いが尻が重くなりそうです」

「そう言わずに……」

頼朝は自分の住まいの南、田楽辻子《でんがくずし》の道《みち》といわれる滑川《なめりかわ》の岸に、その文覚の住まいを用意する。

滑川という川はおもしろい川で、川の長さは一里半余り（約六キロ）と短いのに、実に支流が多くあちこちから水を集めて海に至るのだが、川の名が六回も変わる奇妙な川でもある。

初め胡桃川《くるみがわ》、次が滑川、座禅川《ざぜんがわ》、夷堂川《えびすどうがわ》、炭売川《すみうりがわ》、そして由比《ゆい》ガ浜《はま》の海に入る時は閻魔川《えんまがわ》という。

その川の傍に文覚は屋敷を与えられた。

七月になって間もない九日の午《うま》の刻頃、京を中心に近江、大和《やまと》などが揺れ大地震に見舞われた。

御所や東寺《とうじ》、京の寺社をはじめ、宇治橋《うじばし》が落下、民家の倒壊、唐招提寺《とうしょうだいじ》、比叡山延暦寺《ひえいざんえんりゃくじ》、三井寺《みいでら》など広く被害が出た。美濃や三河、伯耆《ほうき》などでも強く感じ、余震が長く続いたというから大きな地震だった。

そのため朝廷は八月十四日に改元を行い、元暦《げんりゃく》二年八月十四日が文治《ぶんじ》元年八月十四日になった。

そんな中で後白河法皇は、重源の勧めもあって正倉院《しょうそういん》から天平開眼《てんぴょうかいげん》の筆を取り出すと、自ら柱に登られ自らの手で大仏開眼を行われた。

国家鎮護のため、古《いにしえ》に聖武《しょうむ》天皇が行われたことを再現したのだ。

その頃、鎌倉の頼朝は、和泉と河内に強い勢力を張っている、叔父の行家討伐を計画していた。

八月に入ってすぐ頼朝は佐々木定綱《ささきさだつな》に行家の討伐を命じる。

その計画を知ると行家が動いた。

頼朝と不仲になったという噂を頼りに義経に接近する。

鎌倉の広元たちが警戒していた反頼朝勢力を結集する動きだった。

そこで頼朝は九月に入ると、京の六条堀川《ろくじょうほりかわ》の義経の屋敷に梶原景時の嫡男景季《かげすえ》を派遣、義経の様子を探らせると同時に、頼朝の命令として義仲を裏切り、姿を晦ました行家を追討するように伝達した。

それに対して義経が自分は病であると言い、叔父の行家は源氏であるから追討はできないと断った。梶原景季はすぐ鎌倉に戻って、義経の言葉をありのまま頼朝に復命する。

そのことを聞いた頼朝は義経が仮病であり、既に、行家と手を結び同心していると見破った。

しづやしづ

頼朝は義経を討伐すると決心する。

その時期は早い方がいい。充分に支度されてからでは難儀になる。すぐ土佐坊《とさのぼう》昌俊《しょうしゅん》が呼ばれ、六十余騎と共に京に派遣された。

十月十三日には義経の屋敷に行家が入ったと確認される。二人の謀反が露顕《ろけん》した。

その二人は頼朝討伐の宣旨《せんじ》が欲しくて後白河法皇に働きかけていた。それはまさに法皇の策略通り、思う壺《つぼ》である。

土佐坊昌俊は京に着くと六十余騎を率いて、六条堀川の義経の屋敷まで行くといきなり襲撃、たちまち戦いが始まった。

義経は太刀を握り自ら討って出ると郎党たちと応戦する。

「押し返せッ！」

「屋敷に入れるな！」

戦いが大路小路に広がり六条堀川の辻が野次馬で大騒ぎになった。

奥州から連れてきた義経の郎党は強い。

そこに行家も加わって源氏同士の壮絶な殺し合いになった。急襲されたが戦いは義経たちが有利で勢いがあった。襲撃した土佐坊たちが敗北、土佐坊昌俊が捕縛される。

「誰の命令だッ!」

義経の郎党が怒りをあらわに激昂《げきこう》する。

「鎌倉の命令だろう……」

「そうなのか?」

武蔵坊《むさしぼう》が土佐坊に聞いた。

義経は土佐坊から頼朝の命令による襲撃であることを聞き、昌俊を梟首《きょうしゅ》して行家と頼朝打倒の旗を立てる。義経と行家が再び朝廷の宣旨を求めると、翌十八日に後白河法皇が義経に頼朝追討の宣旨を下した。

ここに義経か頼朝か兄弟のどちらかが滅ぶことになった。義経に宣旨が出たことはすぐ鎌倉にも届いた。だが、その頼朝追討の宣旨が曲者《くせもの》だった。

宣旨を賜《たまわ》った義経は都やその周辺の武家に、鎌倉の頼朝追討の挙兵を促したが、どうしたことかその呼びかけに応じる者が実に少ない。

逆に義経に敵対する者が出てきた。

頼朝追討の宣旨が出れば、すぐ兵が集まると思っていた、義経と行家の考えが大外れになった。

それを見て後白河法皇は義経に見切りをつける。

法皇は実に変わり身が速い。義経はそんな後白河法皇の正体を見破れなかった。

朝廷は生き延びるために、いつの世も強い者に味方する。その鉄則を知らずに朝廷の権威に義経は頼ろうとした。

結局、後白河法皇は頼朝と義経を戦わせて、自分だけが有利な立場に立とうというだけである。

誰が正しいかは関係がない。誰が強いかだ。

法皇は頼朝の鎌倉勢力が大きくなることを嫌った。そこに義経という戦上手が現れる。この男は戦上手だが政治的には何もできない男だった。

これほど後白河法皇の利用しやすい男はいない。傍《そば》に置いていざという時に切り札として使おうと考えた。ところが、いざ頼朝と戦う挙兵という段になって、兵が集まらないという決定的弱点を露呈したのだ。

これには法皇も頭が痛い。

義経は思いのほか鎌倉の御家人や豪族、地方の武将たちにまで人望がなかった。

梶原景時との喧嘩の一件で、武将たちは義経が自分を大切にしてくれる御大将なのか、それとも、手柄を立てて自分の武功ばかりを重んじる御大将なのかを見ている。

御大将なら自分の武功を、配下に譲るぐらいの度量がないと、傘下に入る武将たちはどうすればいいか躊躇《ちゆうちよ》してしまう。

この義経のように戦は強いが人望がないという武将は少なくない。

ところが一方の鎌倉でもおかしなことが起きた。

十月二十四日に頼朝は源氏一門や御家人を集め、父義朝の菩提寺《ぼだいじ》として建立した勝長寿院《しようちようじゆいん》の落慶法要《らつけいほうよう》を行った。

その夜、頼朝は朝廷の頼朝追討の宣旨に対抗するべく、鎌倉にいる御家人たちに上洛の命令を出した。その時、鎌倉にいた御家人は二千九十八人だったが、頼朝の命令に応じたのはわずかに五十八人であった。

義経も兵を集められなかったが、頼朝にもなぜか兵が集まらないのだ。

その理由は色々考えられるが、御家人たちは兄弟喧嘩《げんか》では戦っても恩賞などのうまみがないと見たのだろう。

また、朝廷から宣旨が出ていて、意気が上がらず戦いづらいことなどが考えられた。

そんな中でも頼朝はいたって強気で、十月二十九日には義経と行家を討つため鎌倉から出陣する。

十一月一日には黄瀬川に着陣、兵を止めた。

頼朝が奥州から駆けつけた義経と対面した場所だ。その頼朝が義経を討つ戦いに出てきたのだから心境は複雑だ。

その頃、京の義経は兵が集まらず都落ちを考えていた。そのため、後白河法皇に四国と九州の支配権を認めさせ地頭《じとう》になる。

東国には逃げられないが、四国と九州なら義経を匿《かくま》う武将がいると思われた。

そこで兵を集め再起することも考えられる。

義経の動きはいつも素早い。十一月三日に行家や郎党と一緒に、頼朝軍と戦うことなく三百騎を率いて都落ちした。義経は九州の緒方《おがた》家を頼ろうとしている。

途中で摂津源氏の多田行綱《ただゆきつな》の襲撃を受けるが撃退した。

六日には摂津の大物浦《だいもつうら》（後の尼崎《あまがさき》）から船団を組んで船出したが、湊《みなと》を出てほどなく暴風のために船団が難破、義経主従は散りぢりになって摂津に押し戻されてきた。

最早、九州に向かうこともできなくなり、ここにきて義経の天祐《てんゆう》は消えてしまったようだった。

行家も義経に見切りをつけ、和泉の日根《ひね》に逃亡して潜伏する。

翌十一月七日には義経の官位官職である検非違使判官、伊予守従五位下兼行左衛門少尉が解任となった。後白河法皇は非情である。

鎌倉から来るだろう頼朝が怖い。

何《な》んといっても頼朝追討の宣旨を出してしまったのだ。義経に強要されたと言い訳するしかない苦しい状況に追い込まれた。

その頼朝は都に使者を送り出すと、八日には黄瀬川の陣を払って鎌倉に戻った。

今は上洛する時ではないとの判断だ。

頼朝はよほどのことがない限り、いつも冷静に物事を考える人だった。それは二十年近い流人生活の中で身につけたものだ。

十一月二十四日の夜、頼朝と北条時政、広元、入道康信など数人が集まった話し合いの場で、広元がこの国の形を決定的に変えてしまう重大な発言をする。

「義経さまを追討するため、全国津々浦々にまで、鎌倉が任命する守護《しゅご》と地頭を設置するべきと進言いたします」

一瞬、座が静まり返った。

そこにいた頼朝以下が、広元の口にしたことの意味を考え慄然《りつぜん》となったのだ。

鎌倉がすべての国々に義経追討の名目で守護、地頭を置いて、その国を全て支配して鎌倉に従わせるという天下統一の劇薬なのだ。

成功すれば天下は鎌倉のものだが、失敗すれば全国の豪族に反発されて、鎌倉政権そのものが瓦解しかねない危険性をはらんでいる。

「義経さまを追討するためということであれば反対はできないか？」

「そうです。その後に鎌倉の威令をじわりじわりと……」

「全国津々浦々まで鎌倉が支配する」

「いかにも……」

頼朝は黙って話を聞いている。

それが短期間に実現すれば一気に鎌倉の力が強まる。鎌倉に反感を持つ豪族でも義経を捕らえるためとなれば反対できない。もし、反対し拒否すれば義経に味方する謀反とされ、鎌倉の討伐の対象にされる。

広元は恐ろしい策士なのだ。

この進言を頼朝は受け入れた。ただ、極めて慎重にやらなければならない。鎌倉の真意を悟られないように、できるだけ早く速やかに行う必要がある。こういうことはもたもたするといらぬ騒ぎが起きかねない。

鎌倉でそんな重要な密談が行われた翌日、頼朝の命令で北条時政が千騎を率いて上洛、頼朝の怒りを後白河院に伝えることになった。

それを知るや知らずや翌二十五日、京の後白河法皇も酷いお方で義経が駄目だと思うと、今度はいきなり義経追討の院宣を出したものだから義経は四面楚歌《しめんそか》になった。

後白河法皇は頼朝が怖いのだ。

そんなところに頼朝の代わりに上洛した北条時政が、後白河法皇の院に姿を現し、鎌倉の頼朝がいかに怒っているか法皇に恨みを持ったかを話す。法皇には震え上がるほど恐ろしい話だ。

すぐにでも鎌倉から十万騎でも二十万騎でも、軍団を派遣してもいいと時政は法皇に言う。

頼朝が怒っているのは、頼朝追討の宣旨を出したこともそうだが、義経を四国と九州の地頭に任じたことだった。それを時政が強調する。

なかなかの交渉上手だ。散々脅しておいて、義経を追捕《ついぶ》するために全国に守護、地頭を置きたいと法皇に迫った。

頼朝の怒りに狼狽《ろうばい》している法皇は時政の要求を認める。

これは鎌倉が全国を支配していいという、天下の大権を手にしたことに等しいことだ。

この決定を文治《ぶんじ》の勅許《ちょっきょ》という。

後白河法皇の弱点を射抜いた見事な交渉で、鎌倉は貴族社会を終わらせ、領地と武力を持つ武士が国を支配する武家社会実現の権利を持った。

北条時政は老獪《ろうかい》だ。

十二月になると、頼朝追討にかかわった者たちを詮議、詔書を書いた親義経派の公家《くげ》まですべてを解任する。容赦しない。

そんな中で後白河法皇は九条兼実に内覧《ないらん》宣下をする。

内覧とは大きな権限で天皇に提出される書類や書状などを、天皇より先に見ることができる権利だった。

九条兼実は朝廷や院と距離を置いているちょっと変わった人で、法皇とうまくいっているとは言えなかったが、鎌倉の頼朝のことを考えるとそういう人物が朝廷には必要だった。

後に法皇は気に入りの摂政近衛《このえ》基通《もとみち》を辞任させ、変わって九条兼実を摂政にするなど鎌倉の頼朝の機嫌を取るのに躍起だ。

その頼朝の動きは素早かった。

鎌倉政権の全国支配に向けて、各地に守護と地頭を設置し始める。

その守護、地頭によって匿う豪族もなくなり、義経の身の置き所がなくなることも眼に見えていた。

時政は京の治安維持や平家の残党狩り、義経の追捕や朝廷との政治交渉のため京都守護として残る。

その頃、義経はわずかな郎党と愛妾《あいしょう》の白拍子《しらびょうし》静御前《しずかごぜん》を連れて、摂津から奈良吉野《よしの》に入って身を隠した。だが、頼朝の義経追討は厳しく、静御前と母親の磯禅尼《いそのぜんに》が、義経一行とはぐれてしまうと間もなく捕らえられる。

吉野を逃れた義経は頼朝に反発する公家や寺社を頼って、京の周辺に現れあちこちに潜伏する。

鎌倉に武家政権ができることに反発する公家は多い。誰でも自分たちの時代が終わるのを容認できない。ましてや華やかな貴族社会は千年の栄華を築いてきた。その終焉《しゅうえん》には耐えられない。そういう公家たちは追われている義経を積極的に匿った。

文治元年ももうすぐ終わる暮れに、北条時政の厳しい捜索によって大覚寺に隠れていた平高清《たかきよ》十三歳が捕縛された。

池禅尼と一緒に頼朝の助命を願ってくれた、平重盛《しげもり》の嫡男である平維盛《これもり》の子で、高清は清盛の曽孫《ひまご》になる。

当然、鎌倉に送られて斬首されるところだが、いち早く文覚の助命嘆願があって高清の身柄は文覚に預けられた。頼朝は文覚の助命を聞き入れたのだ。

また、高清の母は維盛の死後、公卿の吉田経房《よしだつねふさ》と再婚していたことも助命の助けになった。高清は別に六代《ろくだい》ともいう。

その六代はやがて文覚の弟子になり妙覚《みょうかく》と号するようになる。

文治二年（一一八六）の年が明けると、鎌倉に西行《さいぎょう》法師が現れた。

ところが、この西行法師と文覚上人の仲が悪いのだ。どうしてそんなことになったのか誰にも経緯はわからない。

この時、西行法師は六十九歳になっていた。

西行は藤原北家《ほっけ》魚《うお》名流《なりゅう》佐藤《さとう》義清《のりきよ》という。美しい歌をものにする歌人であり僧侶、僧名は円位といい号を西行という。

鳥羽院の下北面武士《ほくめんのぶし》だったが二十三歳の時に、麗《うるわ》しき美福門院《びふくもんいん》藤原得子《とくし》二十二歳に叶《かな》わぬ恋をして破れ、出家して西行と号す。弘法大師空海を慕い高野山に入る。

文覚と同じように重源の東大寺再建の手伝いをしていた。

勧進のため二度目になるが、奥州平泉の藤原秀衡《ひでひら》に面会するため東国に下ってきた。

その途次、鎌倉に立ち寄って頼朝と面会して歌道や武道の話をした。奥州藤原氏の話もする。

頼朝は奥州の雄である藤原秀衡に興味を持っていた。この頃すでに、秀衡の評判は東国から都まで非常に高かった。

西行がその秀衡の人柄を語る。

「鎌倉殿は奥州に興味をお持ちか？」

「奥州平泉の藤原三代には大いに関心があります」

「なるほど……」

「秀衡殿とはどんな人物か？」

「一口に申しますと、冷静沈着にして豪胆であり英邁《えいまい》と申し上げておきましょう」

「ほう、なかなかの人物と聞いてはいたが、ご坊がそのように仰せられるとあらばまことに以て……」

「鎌倉殿には毒にも薬にもなるかと……」

西行は藤原秀衡を高く評価していた。頼朝の出方によってどのようにも対応する人物だという意味だ。

義経を追捕する頼朝と西行は義経の話はしない。遠慮した。既に、義経の愛妾静御前は吉野で捕らえられて鎌倉に送られてきていた。

「奥州では多くの砂金が取れると聞いたが？」

「はい、宇治平等院鳳凰堂《うじびょうどういんほうおうどう》を凌《しの》ぐ無量光院《むりょうこういん》というものが建てられており、秀衡殿の祖父、清衡《きよひら》さまが建立された中尊寺金色堂《ちゅうそんじこんじきどう》は後の世まで残すべきでしょう」

「それは黄金のお堂ですな？」

「そうです。この世に極楽浄土を表わしたものです」

「なるほど、極楽浄土ですか？」

「遥かに北ですが、もう一つの都があるようです」

西行は頼朝にそう話した。

頼朝は今その都を鎌倉に造ろうとしている。それは貴族たちの煌《きら》びやかな都ではなく、武家の都らしく質実剛健な都が良いと思う。

西行法師は四年後の文治六年二月十六日に七十三歳で入寂する。

「願わくは花の下にて春死なむそのきさらぎの望月のころ」

そう美しい歌を詠《よ》んだ。その歌の願いの通りに花の春きさらぎの頃に、河内の弘川寺《ひろかわでら》の庵《いおり》にて亡くなる。数多《あまた》の歌を残して。

その西行法師が鎌倉から去った。

頼朝はこの西行法師の話を忘れなかった。

秀衡が生きているうちは奥州平泉には手を出さない。朝廷を通じて義経追討を要請しただけである。

あとは秀衡を牽制《けんせい》するために「奥州から都に献上する馬と砂金は鎌倉が仲介しましょう」と書面を送っただけだった。

西行の言葉から頼朝は秀衡の人柄を理解したのだ。

「冷静沈着にして豪胆であり英邁である」

最上級の西行の褒め言葉だ。これは恐ろしい。その上、有り余る黄金と強靭《きょうじん》な奥州馬の数十万騎の軍団がある。

砂塵《さじん》を巻き上げ怒濤《どとう》の如く鎌倉に攻め込まれたら応戦のしようがない。

頼朝の頭に浮かんだのはその軍団の先頭に義経がいる光景だ。それだけはあってはならない。

義経を奥州に戻らせてはならない。

だが、どこにも行き場がなくなれば、義経は北に向かうに違いないのである。

義経が奥州に入れば頼朝が危険になるだろう。

その前に何が何んでも捕縛しなければならない。だが、そう簡単に捕まるような義経ではないように思われる。

このところ、頼朝が気になって仕方のない事があった。

それは頼朝の住まいである大倉《おおくら》御所にいた侍女を、頼朝が寵愛《ちょうあい》し密かに懐妊させてしまったのである。昨年のことだ。

それを政子に気づかれたため、その怒りを恐れた頼朝は素早く家臣の長門景遠に預けて遠ざけた。

その娘は鎌倉の御家人常陸入道念西《ひたちにゅうどうねんさい》の娘で大進局《だいしんのつぼね》と呼ばれていた。

何んとも可愛らしい娘で、亀の前《かめのまえ》のことがあり危険だとわかっていたが、大倉御所の中で逢瀬《おうせ》を重ねたのだ。当然の如く一年もしないで大進局は懐妊した。

父親の入道念西は三年後の文治五年（一一八九）ごろから伊達《だて》を名乗り、伊達家の初代伊達朝宗《ともむね》だといわれる人だ。

長門家に匿われている大進局は臨月に入っていた。

知らせを受けて頼朝は落ち着かない。というのは、この時、政子も懐妊して腹が膨れてきていた。

政子が悋気《りんき》を起こしたら何をするかわからない。

それは亀の前の時の事件で充分にわかっていることだ。事実上、天下を手にしているといえる頼朝だが、こういうことになると政子が怖い。

二人が一緒に懐妊するとはどういうことだと思うが、腹の大きな政子が動けないのでかえって良かったのではないかと思う。

二月二十六日に大進局は長門景遠の屋敷で男子を出産した。

「男児誕生にございます……」

「そうか……」

「母子ともにご無事にございます……」

「うむ……」

景遠の使いが頼朝に伝える。

「いいか、出産の儀式などはしなくてよいぞ……」

「はい、畏まりました……」

二人はこそこそと喋《しゃべ》り、めでたい話が台無しだ。頼朝も情けない。

こういうことは隠せば隠すほど発覚するもので、数日後には政子の耳に入って大騒ぎになったが、腹の大きな政子は動くのが厄介だ。

だが、その悋気は凄まじく、怒りは頼朝へは向かずに、大進局を匿った景遠に向かってくるのだから大迷惑だ。亀の前の時とそっくりだった。

政子はいい男の頼朝に惚《ほ》れ抜いている。

困った話で、長門景遠は子どもを連れて逃げると、深沢《ふかさわ》の鎌倉山に隠れて政子の怒りが一族に及ばぬよう隠居してしまう。

その深沢周辺は梶原景時の領地だった。

こういうのを傍《はた》迷惑という。

ところが政子の手が回って、赤子の乳母《めのと》のなり手が無く、なかなか見つからなくなった。乳がなければ赤子は死んでしまう。

景遠は人目をはばかり、苦労しながら育てることになった。

この子は建久《けんきゅう》三年（一一九二）五月十九日に七歳で京の仁和寺《にんなじ》の隆暁《りゅうぎょう》の弟子になり出家する。

上洛する夜、頼朝は秘かに訪れて我が子に太刀を授けたという。

仁和寺の勝宝院《しょうほういん》に入り法名を能寛といい、修行の後に貞暁《じょうぎょう》と改めて高野山に登り、俗界から遠ざかった。

源氏一族が悲運に見舞われ次々と命を落としていくが、貞暁は高野山で修行を積んで人々の尊崇を集める僧になる。

貞暁の弟実朝《さねとも》を暗殺してしまう公暁《くぎょう》は貞暁の弟子だった。

やがて政子も貞暁に帰依《きえ》し、源氏一族の菩提を弔《とむら》うように願う。貞暁は高野山の経智坊に丈六堂を建立し、そこに安置した阿弥陀《あみだ》如来の胎内に、父頼朝の遺髪を納めて供養したという。

その貞暁は寛喜《かんぎ》三年（一二三一）に高野山で死去する。四十六歳だった。自害したともいう。その理由はわからないが、貞暁の死によって頼朝の男系の子孫が断絶する。

源氏の終焉である。

その貞暁が生まれて間もなく政子が女の子を出産した。その名は三幡《さんまん》といい乙姫ともいう。大姫《おおひめ》の妹である。

三月になった一日に時政が総追捕使《そうついぶし》の地位を保持すると院に奏上、月末には一族から北条時定《ときさだ》など三十五人を京の警備に残して鎌倉に戻る。

母親の磯禅尼と一緒に鎌倉に送られた静御前は厳しく尋問された。だが、静は吉野ではぐれてからは義経の行方を知らなかった。

四月八日に頼朝から鶴岡八幡宮で白拍子の舞を命じられる。静の舞を所望したのは政子だった。

嫌がる静を頼朝は鶴岡八幡宮の廻廊《かいろう》に召し出した。

再三辞退を願い出たが許されなかった。

仕方なく静は舞う。

「しづやしづしづのおだまきくり返し昔を今になすよしもがな」

即興で謡《うた》いながら舞う。

その美しい白拍子の舞は、後の世まで社壇《しゃだん》の壮観と評された。

「吉野山峰の白雪ふみわけて入りにし人の跡ぞ恋しき」

切々と静の義経を恋い慕う悲しくも荘厳な唄が、鶴岡の森に流れていく。廻廊で舞う静の姿はこの世のものとは思えない美しさだった。

白拍子とは鳥羽院の頃というからそう古いものではなかった。巫女舞《みこまい》から始まったもので、白い水干《すいかん》に立烏帽子《たてえぼし》、白鞘巻《しらさやまき》の太刀を佩《は》いて朱の長袴《ながばかま》をつけた男装の静が舞った。

鎌倉の神々も涙したであろう。

義経の母常盤御前《ときわごぜん》に似て、稀《まれ》にしか見られない美女の舞に、鎌倉の御家人たちは感嘆し絶賛した。

だが、義経を慕う歌を頼朝の前で歌い舞うというのは無礼千万である。

頼朝は激怒するが傍にいた政子が「わらわが静の立場であっても、あのように謡うでしょう」と取り成して静の命を助けた。

この時、静は義経の子を懐妊していた。それに対して頼朝は静に厳しく言い放つ。「女なら助けるが、男なら殺す」と。

敵将の子は仕方がないことだ。

それを頼朝のように助けると、男だった場合は立派な武将に育ったりする。その危険を取り除くのだ。

四月になると京の周辺に義経が出没していると風聞が立った。

鎌倉の頼朝は院や公家たちが義経を操っているのではと疑っている。だが、義経の動きは素早く京やその周辺にはもういなかった。

五月には和泉の国に潜伏していた行家が密告され、京に残っていた北条時定に見つかり、捕らえられて山城《やましろ》の赤井河原《あかいがわら》にて、長男光家《みついえ》、次男行頼らと一緒に斬首された。

衣川館《ころもがわのたち》

頼朝の義経追討網は機能している。

六月には義経に味方した者や、義経の郎党たちが次々と発見され殺害された。

義経に娘の郷《さと》を嫁がせた河越重頼《かわごえしげより》は、頼朝の命令で所領没収のうえ誅殺《ちゆうさつ》される。連座して娘婿の下河辺政義《しもこうべまさよし》も所領を没収された。

頼朝の義経追討は徹底していた。朝廷に働きかけて義経の名を義行《よしゆき》と改名させ、さらに義顕《よしあき》と改名させた。この朝廷の命令を義経がどのように聞いたかは不明である。頼朝は後白河法皇や公家たちが義経を逃がしていると疑っていた。

六月十六日に頼朝と政子が比企尼《ひきのあま》の屋敷で納涼の宴を開いた。この時、頼朝は四十歳で政子は三十歳になっていた。

政子は乙姫を産んでから少し太っている。

この夫婦は仲がいいのだが、頼朝が時々よそ見をしたくなるものだから、政子の悋気がいきなり大爆発する。すると周囲を巻き込んで大騒動になり犠牲者が出るのだ。

まったくの迷惑だ。

閏《うるう》七月二十九日に静は男の子を産んだ。

頼朝の命令通りその子は殺さなければならない。それが条件で静は生かされてきたのである。

安達清常《あだちきよつね》が生まれたばかりの赤子を受け取ろうとすると、静は泣き叫んで赤子を離さなかった。磯禅尼が黙って静から赤子を受け取ると、清常に渡して無言で頭を下げた。

その子は名をつけられることもなく由比ガ浜の海に沈められた。

産後の養生をして九月十六日に静御前と磯禅尼母子が鎌倉を離れる時、政子と大姫は二人のあまりにも哀れな姿に心を痛め、色々と多くの重宝《じゅうほう》を持たせて京に戻らせた。

帰洛後の静御前の消息はなく不明になった。出家して我が子の菩提を弔ったのかもしれない。

静を始め多くの人々が諸行無常の中に生きていた。

春の夜の夢の如しである。

頼朝はいつまでも捕まらない義経の捜索を厳しくし、義経を匿った寺院勢力に圧力をかけてその行動を制限する。

法皇の近臣と義経が通じていた証拠を示して法皇を非難もした。頼朝は義経が見つからないことに少し焦っていた。

怒りをあらわにした頼朝は十一月に入ると、義経を捕らえられない原因は朝廷にあると言い出した。これは当たらずといえども遠からずだった。

朝廷や院の中に義経を匿ったり、同心する者がいるからだと強硬に申し入れた。すると頼朝の怒りを恐れる法皇は重ねて義経追討の院宣を出した。

頼朝の怒りは激しく、朝廷や院、京の公家たちが義経に味方するなら、鎌倉から大軍を送ると恫喝《どうかつ》した。

これによって義経は京やその周辺に居られなくなる。全国に鎌倉の守護、地頭が置かれて、義経が隠れる場所がなくなり追い詰められた。

ただ一ケ所、義経をよろこんで受け入れるところがある。

それは奥州平泉の藤原秀衡だ。

頼朝に負けない武力と財力を持ちながら、六十五歳と高齢の秀衡には藤原三代の栄華を継承できる後継者がいない。

息子が六人もいながら秀衡が信頼できる子がいなかった。

秀衡の死後に鎌倉の頼朝が攻めてきた時どうするかが重大な問題だった。そこで秀衡の頭に浮かぶのが名門源氏の義経だ。

戦上手は頼朝より上ではないかと思われる。

文治三年（一一八七）の年が明けた正月、頼朝と政子は六歳になった長男頼家《よりいえ》を連れて鶴岡八幡宮を参拝した。

頼朝が三十六歳の時に生まれた長男で、安産祈願のために頼朝は自ら出て、鶴岡八幡宮の若宮《わかみや》大路を整備する力の入れようだった。

その頼家が六歳になった。万寿丸《まんじゆまる》と呼ばれている。源家の嫡流だ。

寒い正月で雪が降った。

日々忙しい頼朝には静かな正月だった。

頼朝は全国津々浦々に守護と地頭を置いた。地頭職は在地の御家人から選んだ。荘園や公領において武力を持ち軍事、治安、裁判、徴税の権利を任された実力者で、土地とそこの百姓を自分のものとした。

大名や領主の原型である。

江戸期に入っても領主は地頭と呼ばれることがあった。

まさに土地の頭で武家社会を支える基盤となる。その地頭の所領支配を幕府が保証することを本領安堵《ほんりようあんど》というようになる。

地頭の任命書には頼朝の名と花押《かおう》が書かれた。頼朝の力の源泉がこの地頭の配置にあった。

やがて「泣く子と地頭には勝てぬ」という言葉が生まれるほど強力な力を持つようになる。

義経の逃げ場は日に日に狭まっていた。

二月になると義経は追捕の網をかいくぐって、京から伊勢、美濃辺りに姿を現した。逃避行の道は限られていてどこでも通れるわけではない。

既に、義経一行は郎党たちが山伏、小柄な義経は稚児《ちご》姿に身をやつして奥州に向かっていた。

東海道や東山道《とうさんどう》は危険で通れない。

北陸路を北へ北へと一行は逃げていくが、安宅《あたか》の関という難所で関守に正体を見破られ、武蔵坊弁慶《べんけい》が偽の東大寺再建の勧進帳《かんじんちょう》を読み上げ、泣く泣く義経を山伏の金剛杖《こんごうづえ》で打擲《ちょうちゃく》するというのは歌舞伎十八番の名場面である。

だが、実際の話はちょっと場面が違っていて、越中《えっちゅう》の小矢部川《おやべがわ》河口の如意《にょい》の渡しで起きた事件である。

義経が渡守に正体を見破られ、武蔵坊が扇で義経を打ち据え、何んとか舟に乗ることができたという。追われる身にはどこで何があるかわからないということだ。

越中、越後、出羽《でわ》と北の海沿いを逃げた義経一行は、判官贔屓《はんがんびいき》によってあちこちに伝説を残しながら、二月十日には無事に奥州平泉に到着する。

藤原秀衡は頼朝との関係が悪化することを覚悟の上で義経を受け入れた。

世の中の動きを北国から見ている秀衡は、貴族社会を終わらせ武家社会の構築を目指す頼朝が力をつけてくれば、奥州平泉を放置してはおかないだろうと思う。

鎌倉の頼朝軍が北上してきた時、その大軍と戦えるのは義経しかいないというのが秀衡の見立てなのだ。

この秀衡の考えは正しかった。

事実、多くの駿馬《しゅんめ》と莫大《ばくだい》な黄金を産出する奥州を頼朝は狙っていた。

だが、西行の言う秀衡と戦いたくはないというのも頼朝の本音である。

戦って勝てる見込みが立たない。

そんな戦いをする頼朝ではない。

後白河法皇は気に入りの摂政近衛基通を辞任させ、変わってちょっと厄介な九条兼実を摂政にする。

法皇も鎌倉の頼朝には気を遣う。

四月になって鎌倉では義経の行方を占う祈禱《きとう》が行われた。

頼朝はあまりにも義経が見つからないので、既に、奥州平泉に入ってしまったのではないかと感じていた。

「広元、こう見つからないということは、やはり奥州に入ったと見るべきではないのか？」

頼朝、時政、広元、入道康信に梶原景時も加わっていた。

「確かに、こう足跡が見つからないのは不思議にございます」

「まだ、京に潜伏しているとは考えられませんか？」

景時が口を挟んだ。

「考えられないことはないが、二度までも院宣が出たのだから、京やその周辺に匿うのは少々危険だと思われますが……」

入道康信はもう京にはいないと考えている。

「平泉に向かうとすれば北陸道？」

時政がつぶやいた。

「奥州平泉に探りを入れてみられてはいかがかと……」

「密偵か？」

「はい、密偵は捕まる危険がございますので、朝廷を通して秀衡殿に要請を出してみるというのはどうでしょうか？」

「まずは穏便に……」

時政が言うと広元がうなずいた。それに頼朝も同意してどのような要請にするか話し合われた。

頼朝も秀衡といきなり喧嘩腰にはしたくない。

そこで鎌倉の考えが、朝廷を通じて秀衡に対する三ケ条の要請となった。

一つは鹿ケ谷《ししがたに》の陰謀で清盛によって奥州に流された院の近臣中原基兼《なかはらのもとかね》が、無理に平泉に引き留められ嘆いていると聞いたので、速やかに京へ帰してもらいたい。

一つは奥州から朝廷への貢金《こうきん》が年々減っており、奈良東大寺再建の鍍金《ときん》が不足しているので三万両を納めて欲しい。

一つは謀反人の追討のことをくれぐれも考えてもらいたい。

この三ケ条である。

これに対する秀衡の返答は、基兼のことは帰さないのではなく、本人が帰りたがらないのであり、その意思を尊重しているだけで拘束などはしていない。

なお貢金のことは先例に定められているのは千両である。近年、その砂金を求めて商人が多く領内に入り、砂金を売買して掘り尽くしているようなので三万両の貢金はとても無理である。

謀反人追討については触れていなかった。

義経が奥州にいるともいないとも返答しない。沈黙は義経が奥州平泉にいると認めているに等しい。秀衡の戦略である。

「九郎さまは既に平泉におられるということです」

「そうだな……」

「少々、厄介なことにございます」

広元も入道康信も奥州入りの前に捕縛したいと考えていた。

だが、逃げられた。

頼朝はこの返答に対して、秀衡が院宣を重んじることもなく恐れる気配もないと知る。

他の要請にも応じないのは奇怪である。朝廷から再度の要請をしてもらいたいと言う。

平泉には手出しができないのだから頼朝もつらいところだ。

九月四日になると義経が秀衡のもとにいることを確信したと言って、頼朝は「秀衡入道が前の伊予守《いよのかみ》（義経）に扶持を与え、反逆の支度をしている」と朝廷へ訴えた。

するとすぐ、院からそれを正す文が出された。

それに対しても秀衡は冷静に異心などはないと弁明してきた。頼朝の足元を見ているような言い方だ。

攻めてくるなら受けて立つと挑発しているともとれる。

鎌倉の頼朝と平泉の秀衡の虚々実々の駆け引きであった。どちらも手は出しづらい。

この頃、頼朝は密偵の雑色《ぞうしき》を奥州に放っていた。その密偵からは「既に、義経は平泉にいて謀反の用意をしているようだ」と知らせが入ってきた。

秋になって九月九日に頼朝と政子が比企尼の屋敷で観菊の宴を開いた。

頼朝は鎌倉殿《かまくらどの》、政子は御台《みだい》さまと呼ばれる。

鎌倉殿というのは頼朝の祖父為義《ためよし》と父義朝《よしとも》の頃から、清和源氏の棟梁《とうりよう》を鎌倉家、鎌倉殿、鎌倉流などと呼んだことから始まる。

幕府という言葉は江戸の中頃から使われたもので、鎌倉の御家人は鎌倉幕府を鎌倉殿と呼んでいた。従って室町《むろまち》幕府も将軍を鎌倉殿とか鎌倉将軍と呼んだ。

三代将軍足利義満《あしかがよしみつ》も鎌倉将軍と呼ばれたが、京の室町に御所を置くようになると室町殿《むろまちどの》と呼ばれた。

源氏にとって鎌倉という名は特別なものであり、ところでもある。

頼朝が征夷大将軍になったこととは関係がない。実朝の死後は政子が六年間も鎌倉殿だったことがある。

鎌倉殿の地位を保証しているのは将軍職ではなく、惣追捕使こと後の守護の任免権を持つこと、そして地頭の任免権を持つことなのだ。

つまり征夷大将軍でなくても鎌倉殿と呼ばれる。

武家社会において守護と地頭はそれほど重要だった。それを築いたのが鎌倉殿の頼朝である。

その鎌倉殿が比企の屋敷で菊を愛《め》でている頃、奥州平泉で重大な動きが起きようとしていた。それは義経が奥州入りして九ケ月後に、優将秀衡が倒れ亡くなるのである。

ここから義経に最後の悲劇が襲いかかることになった。

この頃、平泉の藤原家は一枚岩ではなかったのだ。

それで秀衡は苦慮していた。

それは秀衡の身から出たことで、側室腹の長男国衡《くにひら》と正室腹の次男泰衡《やすひら》が犬猿の仲で、藤原家は二つに分裂していた。

だが、秀衡が健在でいるうちは、二人の表立った争いは抑えられていた。

このように長男と次男の身分がねじれているのは、悲劇のもとになる。貴族社会でも正室の子が優先されるのが常であった。そこに義経という名門源氏が絡んでいる。

死の床に秀衡は三人を呼んで、それぞれ異心がないようにと起請文を書かせ、いずれ鎌倉の頼朝が大軍で攻めてくるから、義経を主君として三人の結束で頼朝軍を追い払えと遺言する。

優将の息子が優将になるとは限らない。

秀衡は自分の二人の息子の力量をわかっていて、頼朝には勝てないと考え義経の指図に従えと戒《いまし》めたのだ。

そのおかげで二人の兄弟の衝突は回避された。

頼朝軍が攻めてきた時、大将となって奥州軍を動かせる戦上手は、源氏の一門である義経しかいない。

どう考えても三人で結束するしかなかった。

だが、鎌倉の頼朝は甘くない。秀衡の死を知ると頼朝はその藤原家に容赦なく手を突っ込んでくる。

十月二十九日に北斗の巨星が落ちた。

奥州平泉の栄華を支えてきた藤原秀衡が死去した。六十六歳だった。

頼朝の密偵の雑色が大急ぎで平泉から鎌倉に向かった。これ以上重大な知らせはない。奥州の激震が鎌倉を通り越して都まで揺るがす事件だ。

この秀衡の死を知った頼朝はすぐ動き出した。

奥州藤原家を相続した秀衡の息子泰衡に義経を捕縛するよう、朝廷を通して強力に圧力をかけることだ。

頼朝が怖いのは義経と泰衡が手を組むことだった。

それは阻止しなければならない。

戦上手の義経が奥州平泉の大軍の指揮を執るのは恐怖だ。北国の騎馬軍団が、怒濤のように鎌倉に雪崩《なだ》れ込んでくると思うだけで、身の毛が逆立つ恐ろしさだ。

それが秀衡の遺言だとわかった。

それでは困る頼朝が、義経と泰衡を分断するため、朝廷を使って泰衡に義経を討たせようと謀略を仕掛ける。

同時に頼朝は奥州平泉の弱体化も図ろうとした。

鎌倉の頼朝にとって広大な土地と、強力な武力を持つ奥州藤原家も叩き潰すべき邪魔者なのだ。

文治四年（一一八八）が明けるとすぐ頼朝は朝廷に働きかけて、義経を追討せよという宣旨を、泰衡と奥州藤原家の政治顧問をしていた陸奥守《むつのかみ》藤原基成《もとなり》に出させた。

藤原基成の娘が泰衡の母であり、国衡にも娘を嫁がせていて、奥州藤原家に大きな力をもっていた。

まず、朝廷を通して鎌倉の頼朝が打ち込んだのは、義経と泰衡を分断して戦わせようとする強烈な楔《くさび》である。

強敵に対する時、その内部を真っ二つに分裂させ、弱体化させせようというありふれた謀略だ。頼朝は要《かなめ》の秀衡を失った奥州藤原家は動揺していると見た。

義経中心の一枚岩になる前に砕いてしまおうという。

北国の雪が消え始めるとその義経が動き始める。

奥州平泉から山を越えた出羽方面に出てきて、鎌倉方の豪族をしきりに攻撃した。相変わらず得意の奇襲攻撃で強い。

その知らせは鎌倉の頼朝に伝えられた。

この頃の義経は都に未練があり、復帰することを考えていた。それは奥州藤原家の内部に問題があったからだ。

秀衡には六人の息子がいる。

その兄弟は長男と次男の立場がねじれていることもあってか、うまくいっているとは言えなかった。

その大きな原因は泰衡にあった。

兄弟たちをまとめる力がなく、そのために秀衡が義経を奥州軍の総大将にしたのだ。

弱腰の泰衡は鎌倉の頼朝が怖くて仕方がない。それなら、秀衡の遺言通り、三人で結束すればいいのだがそうできない。

頼朝からの圧力にびくびくして、いつ義経を裏切るかわからない。そんな状況で義経と泰衡の間は分断されつつあった。義経は危険で平泉にいるのさえ危ないと考えられた。

義経はそんなこともあって郎党たちとしきりに出羽方面に現れている。

そんな中で義経に理解があるのは三男忠衡《ただひら》、五男通衡《みちひら》、六男頼衡《よりひら》だった。この三人は父秀衡の遺言通り義経を主君として、兄弟が結束するべきだと考えている。

だが、肝心の泰衡の腰が定まらない。

夏になると鎌倉では頼朝の嫡男頼家の甲冑《かっちゅう》初めの儀が行われた。

将来の鎌倉殿で源氏の御大将である。健やかに八歳になり大いにめでたい限りである。頼朝は頼家のことになると眼を細めて上機嫌だった。

その頼朝は十月になると、再び朝廷に働きかけて奥州平泉の藤原泰衡に、謀反人義経を討伐せよという宣旨を出させた。

何んとしても義経を処分しないことには、鎌倉の頼朝は枕を高くしては寝られない。その義経亡き後に奥州藤原家を叩き潰す、それが頼朝の描いている絵図なのだ。

義経と激突するのは危険すぎる。

さすがの頼朝も秀衡が見込んだ義経を警戒していた。

文治五年（一一八九）の年が明けた正月、奥州平泉から比叡山延暦寺に向かう僧が捕縛された。

その天台僧は義経の書状を持っていて、そこには義経が都に戻って再起したいという考えが書かれていた。

その計画が露見したことで、頼朝は義経が都に復帰する野心を持っていることと、さらに、泰衡たちと齟齬《そご》ができて、うまくいっていないのではないかと感じた。

それは、鎌倉からの義経追討の圧力が効いてきたからだと思う。

奥州藤原家は内部から割れる。

頼朝はそう確信した。

この正月に頼朝は正二位に上階した。

上洛もしていないのに官位だけは次々に上がる。正二位の上は従一位しかない。その上の正一位は神の位でお稲荷《いなり》さまの位だ。

二月九日になって藤原基成と泰衡から「義経の行方が不明である、所在が判明し次第すぐ知らせる」との返書が鎌倉に届いたが、頼朝はこれを無視して取り合わず、圧力が効いてきたと判断する。

この後、頼朝は二月、三月、四月と執拗《しつよう》に、奥州討伐の宣旨を朝廷に要請するようになる。

最早、自らが出馬する時だと思う。

「時政、動員令を出してどれほどの軍が集結する?」

「正確なところはわかりませんが、十万騎から十五万騎ほどかと……」

「十五万か、広元、奥州軍はどれほどか?」

「難しいことで答えづらいのですが、秀衡殿であれば三十万騎、泰衡殿ではその半分と見るのが妥当かと思われます」

「兵力は互角か？」

「鎌倉に集まる兵力は十五万騎よりは多いと思われます」

　時政が言い直した。

「いずれにしても兵力の違いは数万騎ということだ。なんとか三十万騎を集められないか？」

「三十万……」

「そのような大軍は……」

　頼朝は強気だが時政はいきなり三十万騎と言われて仰天する。

「三十万という大軍は……」

「いや、全国津々浦々の守護と地頭に大動員を命じれば、三十万が五十万でも可能になると思われます。それぐらいの動員ができずに鎌倉に武家の都などとはとても……」

　入道康信が一世一代の大口をたたいた。

　それを聞いて頼朝と時政がニヤリと笑った。京から来た公家に強烈な一発を尻に食らわせせられたと思う。

「入道殿にそう言われては、われら坂東武者の立つ瀬がない。いいでしょう、五十万騎、この鎌倉に馬首を並べて見せましょう！」

怒ったように時政が言う。

入道康信の一言で一気に勢いがついた。

「時政、無理をするな」

頼朝が上機嫌で言う。

二月十五日には遂に奥州藤原家の分裂が始まった。

六人兄弟の末弟頼衡が弱腰の兄泰衡を痛烈に批判したのだ。

「父上の遺言通りに、義経さまを主君に結束しない限り、鎌倉軍には絶対に勝てない。そうできない兄上はあまりにも弱腰すぎます！」

「黙れッ、お前に何がわかるッ！」

泰衡が烈火のごとく怒った。十六歳の末弟に痛いところを思いっきり突かれた。

他の兄弟たちは遠慮して言わないが、正義感の塊である頼衡は藤原基成と泰衡を、父秀衡の遺言に違背《いはい》していると激しく批判した。

基成と泰衡の逆鱗《げきりん》に触れた頼衡が、無惨にも殺害される事件が十五日に起こった。

藤原基成と泰衡は巨大な奥州軍を率いて戦えるような人物ではない。ただ鎌倉の頼朝が怖い、死ぬのが怖いというだけの小心者の愚者でしかなかった。

そのために黄金の都はたちまち灰になり、栄華を誇った奥州藤原家はまともに戦わずたちまち滅亡する。

鎌倉の頼朝が派遣している密偵の雑色たちが次々と奥州街道を南下する。

風雲急を告げていた。

二月二十二日になって頼朝は、藤原泰衡が義経の謀反に同心しているのは疑いないから、鎌倉軍が直接これを征伐するので、奥州征伐の宣旨を出してもらいたいと朝廷に強硬に申し入れた。

義経追討から奥州征伐に頼朝の目的が切り替わった。

だが、朝廷や院にとって奥州征伐となると話が違う。義経追討であれば鎌倉だけの問題だが、奥州征伐となると朝廷にとっては大問題だ。

早い話が、奥州藤原家からの莫大な貢物が無くなるという話である。平時でも毎年ごとに砂金千両と奥州馬や米などが献上されてきた。

なにか災害があれば莫大な砂金や米が京に運ばれてくる。その実入りは朝廷にとって小さなものではない。

　朝廷も頼朝の要請になかなか反応しない。

　頼朝が奥州藤原家に代わって砂金や馬や米を献上するのか、そんな話はどこからも聞こえてこない。

　朝廷もしぶとく頼朝の要請を無視した。

　すると頼朝は二月に続いて三月にも奥州征伐の宣旨を要求してきた。

　四月にも鎌倉から奥州征伐の宣旨を出すようにと強く申し入れてくる。遂に、後白河法皇の院が奥州平泉の藤原泰衡征伐を頼朝に許すか検討が始まった。

　そんな鎌倉と都の動きが奥州平泉にも伝わってきた。

　基成と泰衡にとっては恐怖だ。

　人は恐怖におびえると、身を守るために何をするかわからない。

　冷静さをまったく失い、考えられないような暴挙に出ることはよくある話だが、そんな平泉の状況を知っていたはずなのに義経も油断したのだろうか。

　いつもはどこにいるかわからない神出鬼没の義経が、出羽遠征から戻って衣《ころも》川館《がわのたち》に郎党十数騎だけでとどまっていた。

　この時既に、義経は死を覚悟していたのかもしれない。

兄頼朝とは戦いたくないと思っていたのかもしれず、そのことは義経の胸の中だけにあることで誰も知らない。

義経の最期を考えると、義経ともあろう戦上手が油断したとも思えない。

その時の情勢をすべてわかっていてここで終わりにする。衣川館で波乱の生涯を終わりにすると決めたように思う。


祇園精舎《ぎおんしょうじゃ》の鐘の聲《こえ》、諸行無常《しょぎょうむじょう》の響きあり。

沙羅双樹《さらそうじゅ》の花の色、盛者必衰《じょうしゃひっすい》の理《ことわり》をあらわす。

驕《おご》れる人も久しからず、唯《ただ》春の夜の夢の如し。

猛《たけ》き者もついには滅びぬ、偏《ひとえ》に風の前の塵《ちり》に同じ。


平家を西海に沈め滅亡させた英雄、義経の最後の日はこうして始まった。

鎌倉の頼朝の恐怖におびえる泰衡は遂に、父秀衡の遺言である義経の指図を仰げという言葉に違背する。

文治五年閏四月三十日払暁《ふつぎょう》、川から沸き上がった朝霧の中、藤原泰衡は手勢五百騎を率いて義経の衣川館に向かった。

この時、義経主従は十数人だけだと泰衡はわかっていた。

五百騎対十数騎ではいかんともしがたい。

泰衡軍五百騎は衣川館に一斉に矢を放ち突撃していった。

「放てッ、放てッ！」

「一人も生かすなッ！」

「討ち取れッ！」

押し寄せてくる泰衡軍の猛攻に義経の郎党たちは防戦する。

この時、義経は逃げようとすれば逃げられたが、逃げずに妻の郷御前《さとごぜん》と四歳の娘を連れて持仏堂《じぶつどう》に入った。

泰衡軍の猛攻を一騎当千の義経の郎党が押し返す。

「押し返せッ！」

「敵は十人だぞッ、もたもたするなッ！」

小高い丘の衣川館に押してくる敵に、武蔵坊弁慶や鈴木重家《すずきしげいえ》、亀井重清《かめいしげきよ》や鷲尾義久《わしおよしひさ》や片岡常春《かたおかつねはる》らが奮戦する。だが、味方が一人倒れ二人倒れして数を減らす。

義経は戦うことなく持仏堂に籠り、経を唱えながら死の支度を始めた。波乱万丈の生涯だったと思う。

「郷、武運つたなくこのような仕儀に相なった。許せ、そなたは娘と先に行って三途《さんず》の川にて待て……」

「はい……」

義経は正室の郷御前と四歳の娘を殺害する。

「御大将ッ！」

「武蔵坊か？」

「はッ、最早、拙僧一人にございまする……」

「そうか、先に行くぞ」

「御大将ッ！」

この時、武蔵坊弁慶は義経のいる持仏堂の前で立往生したという。長刀《なぎなた》を立て、持仏堂の柱を握り、眼光鋭く立ったまま全身に数十本の矢を受けながら倒れず、義経の死の刻を稼いだのである。

持仏堂の中で義経が自害して果てた。三十一歳だった。

その持仏堂を守るように武蔵坊は、いつまでも立ったまま敵をにらんで息絶えた。

義経の首は黒漆塗りの櫃《ひつ》に入れられ、酒に浸して鎌倉に送られた。

その首を鎌倉に運んできたのは秀衡の息子の四男高衡《たかひら》だった。

義経亡き後、鎌倉の頼朝の真の狙いは奥州平泉の藤原家を殲滅《せんめつ》することに変わっている。

これまで義経を匿った罪は反逆以上だと、朝廷に泰衡追討の宣旨を求め、それと同時に全国に大動員令を発令した。

義経のいない奥州軍を頼朝はもう恐れていなかった。

五十万の鎌倉軍で押し潰してやる。

何がなんでも朝廷に奥州征伐の宣旨を出させるつもりだ。義経さえいなければ恐れるものなどない。

その義経の首が六月十三日に鎌倉に到着した。

頼朝の命令で義経の首は腰越《こしごえ》の浜に運ばれ、和田義盛と梶原景時が首実検をしてその首は海に捨てられた。

潮に運ばれその首は境川《さかいがわ》を遡《さかのぼ》り、里人が拾い井戸水で洗い清めた上で葬ったという。

この首実検の時に高衡は梶原景時と縁ができた。

鎌倉の強硬姿勢に狼狽《うろた》える奥州藤原家内部で紛争が起こり、六月二十六日に義経に味方したとして、泰衡は弟の三男忠衡と五男通衡を殺害し鎌倉に恭順の意を表した。

基成と泰衡の臆病にはあきれ返るしかなかった。

そんなことぐらいで頼朝は二人を許す気などさらさらない。

戦いにもっていく言いがかりは何んとでも言えるもので、頼朝は逆に家人の義経を無許可で討伐したと、怒って自らの出陣を決めたのである。

何んとも無茶苦茶な話で義経を殺せというから殺したら、今度は無許可で殺すとはなにごとだと言う。

その頼朝の本心を秀衡は見破っていたが、基成と泰衡は義経を殺せば生き残れると考えた。

所詮《しょせん》、基成と泰衡は臆病な小心者でしかなかった。

優将藤原秀衡の遺言通り、義経を大将に奥州の大軍団が結束していたら、歴史は大きく変わったかもしれない。

それが逆に鎌倉の巨大軍団に攻め込まれることになる。

歴史にもしもはない。

厳粛な事実が歴史である。

英雄源義経が死に、奥州軍をまとめられる旗印がなくなった。臆病で愚かな泰衡では、奥州の大軍団はまとめられない。

兄弟を三人までも殺すとは、頼朝の恐怖に基成と泰衡の頭が、おかしくなったとしか思えない蛮行である。泰衡は諌《いさ》める祖母まで殺したともいう。

恐怖が狂気を呼び寄せたのかもしれない。

もう、名門奥州藤原家を救う手立てはなかった。

滅びに憑《と》りつかれると、あの平家がたちまち滅んだように、人知の及ぶところではないのだ。

頼朝の大動員令で鎌倉に続々と兵が集まってきた。

時政が悔し紛れに豪語した五十万騎は無理だったが、二十八万騎という巨大軍団が鎌倉を埋め尽くす。

由比ガ浜から鶴岡八幡宮まで人と馬が犇《ひし》めいて埋め尽くした。

全国津々浦々に守護と地頭を配置している鎌倉政権の実力だ。京の後白河法皇もこの大軍団を見れば震え上がるだろう。

「少し足りないようだな？」

時政が不満顔で言う。

「ほどほどかと……」

広元はもっと集まるはずだと思うがそんなに多くても困ると思った。

七月十七日に頼朝は鎌倉軍を三軍に編成して北上する計画を立てる。この奥州征伐を鎌倉軍は奥入りと呼んだ。

歴史的には奥州合戦という。

二十八万騎の鎌倉軍は大手軍、東海道軍、北陸道軍の三軍編成になった。

頼朝の大手軍は畠山重忠を先鋒《せんぽう》に、鎌倉街道中道を下野から奥州方面に進軍、千葉常胤と八田知家が率いる東海道軍は常陸、下総から岩城岩崎《いわきいわさき》方面に進軍する。

比企能員と宇佐美実政《うさみさねまさ》が率いる北陸道軍は、上野から越後に出て海沿いに出羽方面に進軍する。

十九日に鎌倉を出陣した頼朝は二十五日に宇都宮二荒山《うつのみやふたあらやま》神社で戦勝祈願を行っ

た。

絶対に負けられない戦いだ。

翌二十六日には常陸の佐竹秀義《さたけひでよし》と合流、二十八日には佐竹秀義と犬猿の仲の城《じょう》長茂《ながもち》と合流する。

翌二十九日には奥州との国境である白河関《しらかわのせき》を通過した。

「景季《かげすえ》、北国はもう秋だな？」

頼朝が馬上から後ろの梶原景季に声をかけた。景季が馬腹を蹴ると馬を進めて頼朝と轡《くつわ》を並べた。

「はッ、風がずいぶんと寒いように感じます」

「白河関といえば能因法師《のういんほうし》の歌を思い出さないか？」

「はい、確かに……」

頼朝が言う能因法師の歌とは「都をば霞とともに立ちしかど秋風ぞ吹く白河の関」と詠んだ歌のことだ。だが、この歌を詠んだ能因法師は白河の関を旅したことがなかったという曰《いわ》くのある歌だ。

景季は頼朝に「秋風に草木の露を払わせて君が越ゆれば関守も無し」と、本歌取して歌を詠んだ。

戦いを前に風雅な趣であった。

君が越ゆれぱとは頼朝のことである。

この戦いに頼朝は絶対的な自信を持っていた。

白河関を越えた鎌倉軍はさしたる抵抗もなく北上を続ける。

頼朝の大手軍は薄気味悪いほど、順調に行軍を続けて奥州南部の伊達国見《だてくにみ》に到着した。

この鎌倉の二十八万騎の大軍に対して、泰衡の旗の下に集まったのは十七万騎に過ぎなかった。

泰衡に父秀衡のような絶対的信頼はない。

十七万騎でも多く集まった方で、その奥州軍十七万騎を率いて泰衡が鎌倉軍を迎え討つことになった。ここに奥州合戦が始まる。

もし、亡き秀衡が遺言したように、義経がこの十七万騎の指揮を執《と》っていたら、頼朝の大軍も勝っていたか疑問である。

この後、情けないことに泰衡は逃げ回るだけで戦いにならなかった。

八月八日に大軍と大軍が激突した。

北上してくる鎌倉軍を国衡の奥州軍は阿武隈川《あぶくまがわ》から、一里（約四キロ）ほど水を引いた阿津賀志山防塁《あつかしやまぼうるい》を三重に築いて迎え討った。

莫大な財力がなければできない仕事で、総大将は泰衡の兄国衡だった。

国衡は二万騎の大軍を防塁に配備して迎撃態勢を取った。その時、泰衡はかなり後方の国分原鞭楯《こくぶがはらむちだて》に布陣して鎌倉軍の来襲に備える。

真っ先に阿津賀志山防塁に現れたのは、頼朝の率いる鎌倉軍二万五千騎の大軍だった。

頼朝は七日の夜、明朝からの攻撃を命じ、畠山重忠に兵が攻め込めるほど、防塁の堀を埋めさせ卯《う》の刻（午前五時～七時）の先陣を命じた。

八日の夜が明けると畠山重忠の猛攻で戦端が開かれ、鎌倉軍と奥州軍の血で血を洗う戦いが始まった。

大軍同士は押しつ押されつで、一進一退の攻防が阿津賀志山防塁を挟んで行われた。

矢合戦でも力攻めでも決着がつかない。

だが、十日になって少し鎌倉軍が優勢となった。ここぞとばかりに畠山重忠、小山朝政《おやまともまさ》らが総攻撃を仕掛ける。

それに対する奥州軍の抵抗は凄まじく、その声は山野に響き村々を揺り動かすようだったという。

必死の攻防だ。

総大将の国衡は奥州第一の名馬、高楯黒《たかだてぐろ》に騎乗して戦場を駆け巡って指揮を執る。

名馬高楯黒は大肥満の国衡を乗せて、平泉の山を三度駆け登っても汗をかかなかったという。

一日に千里を駆けたという赤兎馬《せきとば》のような駿馬だ。

国衡は三日間高楯黒で戦場を駆け巡り、激戦を戦い抜いたが徐々に兵を失い、戦いが好転しないまま出羽に逃げようとするが、和田義盛の矢に射られ深田に倒れたところを、畠山重忠の家臣大串次郎《おおぐしじろう》に襲い掛かられ討ち取られる。

兄国衡の討死を聞くと泰衡は戦わずにさっさと逃げ出してしまう。何んとも情けない男だった。

頼朝の別動隊も石那坂《いしなざか》の戦いに勝利する。

勝ち戦は勝ち戦を呼び、鎌倉軍は怒濤の進撃で奥州の原野を北上した。

八月二十二日の夕刻、頼朝が大軍を率いて平泉に入ってきたが、奥州軍の本陣が既に焼け落ちていた。

百年の栄華を誇った奥州藤原家の、華麗な館群はすべて焼け落ちて灰燼《かいじん》に帰している。ただ北国の秋風が吹き抜けるだけの、寂しい光景が広がり人影もなかったという。

数百年の後、俳人は「夏草やつわものどもが夢の跡」と詠んだ。

その夢の跡が既に広がっていた。

唯一残された大きな倉庫を開くと莫大な黄金や財宝、舶来の貴重な品々が山積みにされており、頼朝主従がその絢爛豪華《けんらんごうか》さに目を奪われたと伝わる。

その平泉の栄華は、奥州藤原家の初代藤原清衡が、仏国土《ぶっこくど》の建設を目指して作り始めた北の都である。

頼朝が見た平泉は、すでに柳の御所が焼け落ち、鎌倉にもない幅二十間ほどの大路の両側には、広大な屋敷群や倉庫群があって燃え落ちていた。

仏国土の中心にある中尊寺の金色堂が、山の上に黄金に輝いて見えていた。

その中尊寺の前を通る奥大道《おくだいどう》は南北に延び、北は外ケ浜《そとがはま》まで、その先は蝦夷《えぞ》からアムール川まで交易の道が広がっていた。

南は白河の関まで、その先は京、博多《はかた》、海の彼方の宋《そう》まで交易路ができていた。

その奥大道には五、六十間おきに笠卒塔婆《かさそとば》という仏の灯籠《とうろう》が、中尊寺から外ケ浜と白河の関まで五千基も道端に立っていた。

その奥大道を珍品の砂金や、矢羽に使う若大鷲《わし》の斑入《ふい》りの尾羽や、馬の鞍《くら》の装飾品として北海の海豹《あざらし》の皮などが行きかっていた。アフリカの象牙《ぞうげ》や紫檀《したん》、夜光貝などまで交易されたという。

初代清衡が中尊寺を建立、二代基衡が毛越寺《もうつうじ》を再建、三代秀衡が無量光院を建立した仏国土が北の都たる平泉だった。

マルコポーロが黄金の国ジパングと言ったのは、まさにこの黄金に輝く平泉のことだった。

だが、戦いが終わればすべてが寂しい。

頼朝は西行から聞いた、中尊寺金色堂や毛越寺、宇治平等院に模したという無量光院などは焼かなかった。だが後年、火災や兵火によって中尊寺の金色堂を残し、毛越寺も無量光院もこの世から姿を消してしまう。

二十六日になって頼朝の本陣に泰衡から赦免を願う書状が投げ込まれる。それが頼朝の手に届いた。

その内容は「義経のことは父の秀衡が保護したもので、自分はまったくあずかり知らないことです。父が亡くなり、あなたからの命令を受けて義経を討ち取りました。これは勲功というべきではないでしょうか。しかるに、罪もないのに征伐されるのはなぜでしょうか。そのために累代の在所を去って山野を彷徨《さまよ》い、たいへん難儀をしています。陸奥と出羽を鎌倉殿が沙汰《さた》される今は、自分を許してもらい御家人に加えてほしい。さもなくば死罪を免じて流罪にしていただきたい。もし、ご慈悲により返答あれば、比内《ひない》の辺りにおいてください。その是非によって帰還して参じたいと思います」とあった。

あれこれ泣き言を並べて、死にたくないと言っているだけだ。泰衡は何んとしても死にたくないのだ。

こんな情けない男に裏切られて自害した義経こそ哀れである。

このような不覚悟の臆病者の助命嘆願を、頼朝は当然の如く無視する。頼朝は怒って泰衡の首を取るよう捜索を命じた。

その藤原泰衡は夷狄島《いてきじま》と呼ばれていた蝦夷地を目指して逃げていたが、頼朝から助命を無視され、羽後比内の河田次郎《かわだのじろう》を頼って逃げるが、九月三日にその河田次郎に裏切られて比内贄柵《にえのき》で殺害される。

その時の泰衡の斬首は凄まじく、斬首人の腕が下手だったのか、それとも泰衡が斬首を嫌がり逃げようと暴れたのか、五回失敗して最後の二回で首を斬り落としたという。

七回目で斬り落とされた首は刀傷だらけだったと伝わる。その首だけは後に中尊寺金色堂に秀衡と一緒に収められる。

九月六日に河田次郎は恩賞を貰《もら》えると思い、泰衡の首を持って頼朝に会いに行くが、頼朝は「汝《なんじ》は旧恩に背き、反逆するとは許し難い」と言って、泰衡を裏切ったことを咎《とが》め斬罪に処してしまう。

頼朝という人は父義朝が戦いに敗れ、馬も失い裸足《はだし》で尾張野間《おわりのま》に逃げ、年来の家人であった長田忠致《おさだただむね》を頼って身を寄せたが、恩賞欲しさに裏切られ、入浴中に襲撃されて殺害されたことを知っていた。

そのためか裏切りを極端に嫌う。

八虐の罪と言って河田次郎を斬罪にしたのである。

頼朝は奥州平泉に暫くとどまって戦いの後始末を行った。

この時、泰衡の六人の兄弟の中で四男の高衡だけは生き残り、鎌倉に護送されて処刑されることなく、鎌倉に近い相模に配流となるが間もなく赦免される。

腰越での義経の首実検の時、梶原景時と縁を結び知り合いになったことが大きく、高衡は景時の取り成しで鎌倉の客将のようになる。

だが、その高衡は建仁《けんにん》の乱で梶原景時の謀反に加わり、京に逃げ込むが鎌倉の追っ手によって討ち取られる。結局、藤原家六人の兄弟はだれ一人生き残れなかった。

このようにして義経が死に奥州藤原家が滅亡したことで、頼朝が作りたい武家社会の構築に大きく前進することになった。

頼朝の鎌倉政権は御家人を中心とする武家政権である。

武力による支配である。頼朝はこの国の支配を貴族支配から武家支配に替えようとしていた。

その基本になるのが土地である。

つまり、御家人の所領を頼朝が保証したのだ。本領安堵という。これにすべての武家が従うことになった。

いつの時代においても、人には縄張り意識があるのか、土地にはことのほか執着する。

御家人たちは強烈に土地というものにこだわった。

そこで生産される米の石高がその御家人の実力と考えられた。その石高によって家臣の数や兵力が決まる。

やがて一石《こく》で一人の人間が一年間生きられるなどと計算されるようになる。

ところが土地に執着すると大問題が起きた。

それは土地と土地の境である。その境が川を挟んで一町ずれただけで、米の量が何俵も違ってくる。

その境を決めるため戦いに発展するのだが、そうならないように鎌倉で裁きを行う。それが実に厄介なのだ。その厄介なことを行うのが広元や入道康信たちだった。

その広元のところに、文覚に預けられていた平高清こと六代が剃髪《ていはつ》して現れた。出家すると頼朝に約束していたのだ。

そのために文覚の助命が叶《かな》ったともいえる。

名は妙覚と号した。

この六代は大切な人で清盛の血筋でただ一人の直系の生き残りであった。

妙覚は文覚の弟子として修行することになる。

九月十六日になると藤原基成六十八歳が、のこのこ出てきて頼朝の御家人東胤《とうたね》頼《より》に降伏、捕縛されるがもう何んの力もない男で、後に釈放されて帰京が許された。だが、その消息はすぐ不明になる。

すべての決着がつくと十月に入って頼朝が奥州から鎌倉に帰ってきた。

威風堂々の凱旋《がいせん》大将軍のようだ。

鎌倉では大騒ぎで源氏の御大将源頼朝を出迎えた。道には押すな押すなの野次馬で、その間を通って頼朝が大倉御所に帰還した。

その頼朝を迎えた政子は、頼朝が出陣すると心配で心配でじっとしていられず、鶴岡八幡宮でお百度参りをして頼朝の戦勝を祈願した。

それなのに頼朝が無事に帰ってくると、そんなことをしたとは思えない平然とした顔で迎えた。

この夫婦は幾つになってもおかしかった。

それでいて二人は微妙に仲がいい。頼朝四十三歳、政子三十三歳、この三年後に政子は実朝を産むことになる。

世の中は色々あるものだ。

この年、北条時政五十二歳の年の離れた継室牧《まき》の方《かた》が男子を産んだ。

その子は四男で名を政範《まさのり》という。

年を取ってから生まれた子は可愛いというが、牧の方が若いこともあってか時政は政範を溺愛する。

その時政は結構な艶福家で、母親不明の子八人を含めて、生涯で男四人に女十一人の子どもをもうけた。長男の宗時は戦死したがその他はよく育った。

十一人の女の子がそれぞれ名家に嫁いで、北条家の地位を盤石にしたといえる。

その一人が政子だった。

時政はよく考え十一人の娘を数人は源家一門に、また数人を京の公家に嫁がせ、他の数人を畠山重忠や宇都宮頼綱《うつのみやよりつな》など武家の名門に嫁がせた。

なかなかの婚姻戦略である。

昔、政子に吉夢を売ってしまった時子は、源家一門の足利家二代目当主足利義《よし》兼《かね》に嫁いでいた。七代目が足利尊氏である。

可愛さ余ってか時政は政範がまだ幼いのに、北条家の後継者にと考え始めたのだから義時は穏やかでいられない。従って時政と義時の親子関係は良いものとはいえなかった。だが、その政範は十六歳の時、京で病にかかり急死する。

時政が北条家の後継は義時ではなく政範と考えた理由は、牧の方が下級ではあるが貴族の出だったからで、義時の母は頼朝の子を殺した伊東祐親《いとうすけちか》の娘だったたからなのだ。

母親の身分が子の身分を決めるということは、貴族でも武家でもよくあることで驚くことではない。

政範の誕生で北条家もそんな波乱含みになってきた。

十一月になると朝廷は頼朝の奥州征伐を称《たた》え、按察使《あぜち》への任官を打診、さらに勲功のあった御家人に官位を推挙するよう促されたが断った。

そんな官位より、御家人は恩賞の領地が欲しい。奥州藤原家の領地はどこから手をつければいいのかわからないほど広い。

頼朝は葛西清重を奥州総奉行にしたが、陸奥国内では藤原家に味方した武士は領地を没収され、葛西清重など東国の武士たちが地頭に任命された。

だが、戦場にならなかった出羽は無傷のままで、依然として在地の豪族たちが勢力を維持していて、東国の武士たちとあちこちで軋轢《あつれき》が生じてくる。

出羽の武士団が戦いに負けたわけではない。

勝手に領地を取り上げるなら承服できない。当然だ。

十二月になると死んだはずの義経や義仲、秀衡の息子などが協力して鎌倉に進軍するらしいと風説が立った。

こうなると反乱である。

鎌倉の頼朝はそれを放置できない。一斉に鎌倉から雪の出羽に密偵の雑色が向かった。

反乱の首謀者が誰かを調べるのである。

第三章　鎌倉殿

野間大坊《のまだいぼう》

文治六年(一一九〇)の年が明けると、頼朝は山火事で焼けてしまった伊豆函《いずかん》南《なみ》の長《ちょう》久寺《きゅうじ》の再建にとりかかった。

長久寺は頼朝にとって大切な寺だ。

清盛《きよもり》に伊豆へ流された寂しい頼朝が、同じ流人《るにん》の文覚《もんがく》と出会い、密会を重ねて源氏再興を語り合ったこの寺は、頼朝にとって原点だ。

その頼朝が石橋山の戦いに向かう時、この寺に兵を集めて出立したという頼朝の忘れがたい寺なのだ。源氏復興、頼朝再起の寺ともいえる。

その寺名を頼朝は長久寺から源氏の源の字を入れて高源寺《こうげんじ》と改めた。

そんな忙しい頼朝のもとに、密偵の雑色《ぞうしき》が反乱の首謀者の名をつかんで戻ってきた。

「出羽は雪だな?」

「はい、羽前《うぜん》、羽後《うご》とも大雪にございます」

「それで首謀者は誰だ?」

「反乱を起こしているのは泰衡の郎従にて、大河兼任《おおかわかねとう》という男にございます」

「大河兼任？」

「羽後の八郎潟《はちろうがた》をご存じかと思いますが？」

大江広元《おおえのひろもと》が口を開いた。

「確か龍が住んでいるとか？」

「はい、八郎太郎《はちろうたろう》という龍が住んでおります。大河兼任はその八郎潟の辺りを領しておるようでございます」

「それで、反乱軍は？」

「七千騎ほどとの噂《うわさ》にございます。昨年の暮れから義経《よしつね》の名をかたっては出羽の海の近くに現れたり、義仲《よしなか》の嫡男義高《よしたか》と名をかたって挙兵するなどしておるようです」

「義経さまと義高さまの名をかたるとは捨ててておけません」

入道康信が怒った。

大河兼任は偽名を名乗って出羽の鎌倉方を攪乱《かくらん》していたのだ。

正月七日になると兼任の弟で御家人になっていた忠季《ただすえ》と新田三郎入道から、反乱の詳しい知らせが届いた。

すぐ頼朝は軍の派遣を決断して、相模《さがみ》以西の御家人に動員令を出した。急ぐ話だった。

大河兼任軍が鎌倉を目指して動き出していたからだ。

翌八日に千葉常胤《ちばつねたね》率いる東海道軍、比企能員《ひきよしかず》率いる東山道軍が奥州に向かった。その後を追って十三日には追討使《ついとうし》として足利義兼《よしかね》、大将軍として千葉胤正《たねまさ》が出陣した。

奥州に所領を持つ御家人が続々と奥州に向かう。

頼朝は手柄を競うことのないよう、慎重に戦いを進めるように指示を下す。

大河兼任軍は羽後から迂回《うかい》するように津軽《つがる》を経由して平泉《ひらいずみ》に現れた。その時、奥州藤原の残党を加えて一万騎を超える数に膨れ上がっていた。

その勢いに同調する者もあらわれ、二月十二日に大河兼任軍は足利義兼が率いる鎌倉軍と激突、鎌倉軍の猛攻に大河兼任軍は壊滅して、兼任は五百余騎を率いて衣川《ころもがわ》で反撃するが敗北する。

北上川《きたかみがわ》を越えて外ケ浜《そとがはま》方面の山で立て籠ったが、足利義兼が率いる鎌倉軍の急襲を受けて姿を晦《くら》ました。

大河兼任は各地を転々としながら栗原寺《りつげんじ》に戻ってくるが、三月十日に豪華な金作りの太刀《たち》を帯びるなど、その姿を怪しまれ、地元の樵《きこり》に斧《おの》で惨殺される。その首を千葉胤正が首実検して、三ケ月に及んだ大河兼任の反乱が終息した。その後、奥州で反乱が起きることもなく、守護、地頭が置かれて鎌倉政権の方針が反映されていくことになる。

頼朝の奥州征伐は藤原秀衡の死もあって成功した。四月十一日に後鳥羽《ごとば》天皇によって改元が行われ、文治六年四月十一日が建久《けんきゅう》元年（一一九〇）四月十一日となった。

夏になると頼朝は上洛《じょうらく》を考え始める。

全国津々浦々に守護、地頭の配置が進み、今や鎌倉の頼朝が目指す武家社会の構築は確実に進んでいる。

名門貴族や寺社などの権門《けんもん》や荘園領主の土地は莫大《ばくだい》であった。

義経追討を名目に、諸国の荘園に地頭を置く権利が頼朝の手に入ったことは、鎌倉の権力基盤を築くのに実に大きかった。

在地の御家人から地頭が選ばれ、やがて荘園領主を凌《しの》ぐ力を蓄え、平家や奥州藤原家のように鎌倉に背いて滅ぼされた者の領地などを、恩賞にもらったり管理をしていた。

この三十年後に起こる承久《じょうきゅう》の変で、朝廷が鎌倉幕府に敗北すると、朝廷方の貴族や武士などの畿内、西国の荘園三千ケ所以上が没収される。

そこに東国の御家人の地頭たちが恩賞地に任命された。

これによって東国の御家人の多くが西国に領地を持つことになった。それがやがて戦国乱世には大名として成長してくる。

その地頭たちは恩賞地だけで満足できずに、徐々に周辺の荘園や豪族たちの領地も支配して大きな勢力となり、巨大な屋敷や城などを築いて数千から数万という武力を持つようになる。

「広元、この秋には上洛しようと思うが、どうか？」

「結構なことにございます」

「それでは早速に……」

気の早い時政《ときまさ》がすぐにでも出かけるかのようだ。

「時政、急ぐ旅ではないぞ」

「それではのんびりと？」

「そうだ。物見遊山《ものみゆさん》ではないが、あちこち訪ねたいところもある」

「はい、畏《かしこ》まりました」

時政には初めて上洛する頼朝の万感の思いがわかる。十三歳で流人として蛭ケ《ひるが》小島《こじま》に流され、忍耐と艱難辛苦《かんなんしんく》の半生だった。

それを時政が支え、身近で頼朝の姿を見てきた。

名門源氏の御曹司《おんぞうし》とはいえ頼朝は流人の身である。その流人の頼朝に政子《まさこ》が惚《ほ》れて家を飛び出していった。

その時は時政も慌てた。

北条家は平家なのである。その平家の娘が源氏の頼朝に惚れたのだから困ったことだった。

そこまでは伊東祐親《いとうすけちか》と北条時政は同じだったが、そこからの両者の考えの違いが運命を分けた。

頼朝を敵にした伊東祐親は滅び、頼朝を支援した北条時政は天下に手を掛けた。

やがて鎌倉幕府を北条家が丸呑《の》みしてしまう。

「鎌倉がどんなものか法皇さまにお見せいたしましょう」

入道康信がうれしそうに言う。

「入道も行くか？」

「お連れいただければうれしいことですが、鎌倉をお守りするのはこの坊主の仕事でございます」

そう言って入道康信が遠慮した。

「暮れまでには戻りたい」

「承知いたしました。そのように支度を致します」

広元の頭には連れて行く人選や兵力、その兵糧、旅の道筋、朝廷や院を始め要人に献上する品々、帰還する時に鎌倉に持ち帰る品々など、種々雑多なことが浮かんだ。

頼朝が上洛することは鎌倉にとって大切なことだ。

少なからず朝廷と鎌倉がうまくいっているとはいえない。義経追討の件も奥州征伐の件も鎌倉が力技で朝廷や院をねじ伏せた観がある。

見えない頼朝を朝廷はどんなに恐ろしがったことか。その頼朝が都に姿を現すとなれば何が起こるかわからない。

平家の残党、義仲の残党、行家《ゆきいえ》の残党、奥州藤原の残党、義経贔屓《びいき》の公家《くげ》など、どこで何が起きるかわからない。広元の頭が猛烈に回転を始める。

手抜かりがあってはならない。

頼朝上洛の準備は手違いのないよう入念に行われた。

秋も十月になって三日に頼朝は、鎌倉の精鋭の御家人千余騎と兵を率いて京に向かった。

鎌倉を出た頼朝が向かったのは尾張《おわり》の野間《のま》である。

そこは父義朝《よしとも》の最期の地であった。

源義朝は平治《へいじ》の乱で敗れ、義平《よしひら》、朝長《ともなが》、頼朝、源義隆《よしたか》、源重成《しげなり》、平賀義信《ひらがよしのぶ》、斉《さい》藤実盛《とうさねもり》、鎌田政清《かまたまさきよ》、渋谷金王丸《しぶやこんのうまる》など一族と郎党の八騎を率いて、東国に下って勢力を挽回《ばんかい》しようとしたのだ。

だが、東海道を下るうちに次々と落武者狩りに襲われ、追討軍とも戦いながら味方が深手を負って命を落とす。

そんな中で三男の頼朝は一行からはぐれて、雪の中を彷徨《さまよ》っているところを捕らえられる。

長男の義平は青墓《あおはか》の宿で父義朝と別れて東山道から東国を目指すが、途中で父義朝の死を聞いて仇を討つべく京に戻ってくる。

清盛の命を狙い続けるが、翌年には捕縛され鎌倉悪源太《あくげんた》と呼ばれ、京の六条河原にて処刑された。その時、義平は二十歳だった。

悪源太義平愛用の青葉《あおば》の笛《ふえ》が残されたという。

次男の朝長も兄義平と同じように青墓の宿までは一緒だった。

この青墓の宿の長者の家には義朝の愛妾《あいしょう》がいた。そこで義朝は二人の兄弟に
「義平は東山道を下って東国へ行け、朝長は信濃《しなの》、甲斐《かい》に下って兵を募れ、それが源氏再起のためだ」と言う。

「承知ッ！」

義平は雪の中に単騎で飛び出していった。それは飛ぶが如《ごと》くだったという。

「甲斐、信濃はどっちに行けばよいのでしょう」

朝長が聞くと「あっちへ行け！」と義平は空の雲を見たという。

この時既《すで》に、朝長は負傷していて、雪の中を一人で行くのは無理と考えて青墓の宿に戻ってくる。

朝長は義朝一行が比叡山の僧兵に襲われた時、源義隆と一緒に義朝の楯《たて》になって戦い、義朝を逃がし義隆は討死《うちじに》して朝長は負傷した。

捕らえられて辱《はずかし》めを受けるより死を望む朝長を、義朝は自らの手で涙ながらに刺し殺した。朝長は深手で逃げられないと判断したのだ。

義朝は青墓の宿から鎌田政清の舅《しゅうと》、長田忠致《おさだただむね》を頼って尾張野間を目指すが、

途中の美濃《みの》で落人狩りの一団に遭遇、源重成が義朝たちを逃がすと「われこそは源義朝なりッ！」と名乗り出て奮戦、一騎だけの悲しい戦いで重成は自害する。

その時、正体がわからないように自らの顔面を切り刻んだという。

義朝は尾張知多《ちた》の野間に向かって逃げに逃げた。

途中で馬を失い野間に辿《たど》り着いた時、義朝は裸足《はだし》というありさまだった。従うのは鎌田政清、斉藤実盛、平賀義信など数騎だけだ。

ところが長田忠致と息子の景致《かげむね》は恩賞が欲しくなり、義朝を入浴させている間に政清に酒を飲ませて殺害、入浴中の義朝を襲撃して殺してしまう。

それに気づいた斉藤実盛四十九歳と平賀義信十七歳は野間から逃げ出した。

渋谷金王丸とは誰なのか不明である。

義朝の終焉《しゅうえん》の地は野間大坊とされる。その首は政清の首と一緒に正月九日に獄門に掛けられた。

義朝の死を知って野間を脱出した斉藤実盛は、関東に落ち延びて敵の平家に仕え、義仲と加賀篠原《かがしのはら》の戦いで戦ったが破れ、義仲の家臣手塚光盛《てづかみつもり》に討ち取られる。

平賀義信十七歳は若いだけにすばしっこく、野間から信州佐久平賀《しんしゅうさくひらが》まで一気に逃げると、逼塞《ひっそく》して姿を晦ましてしまう。

その義信が姿を現したのは、義仲と頼朝が衝突しそうになった時で、義信と頼朝は義朝と一緒に京から逃げた仲で親しかった。

頼朝と歳《とし》も近く、父義朝の最期を知っているただ一人の生き証人である。

その義信が仲介に入り、義仲の嫡男義高を大姫《おおひめ》の婿《むこ》にするという人質が実現した。その後、義信は頼朝の御家人となり、武蔵守《むさしのかみ》に任官、長男の惟義《これよし》は相模守に任官するなど、源家門葉《もんよう》の筆頭御家人として頼朝は厚く遇していた。

その平賀義信は上洛する頼朝に随行している。

頼朝一行が尾張知多の野間大坊に到着すると、その夕刻、義信を頼朝が傍近くに呼んだ。

その頼朝の顔を見ただけで義信が大泣きした。

この地で長田親子に騙《だま》されて、無念の最期を遂げた御大将義朝のことを思い出したのである。

「われに木太刀《きだち》の一本なりともあればッ！」

それが御大将義朝の最期の言葉だと聞いた。

「武蔵守、泣くな……」

頼朝は号泣する義信をなだめながら供養《くよう》の酒を盃《さかずき》に注《つ》いだ。

「飲め、供養だ」

頼朝が勧めると義信が益々《ますます》泣いた。あの夜のことを思い出すと身が二つに千切《ちぎ》られるように痛い。

その義信が大泣きしている頃、頼朝の命により父義朝を騙して殺した長田忠致は、美濃で土磔《つちはりつけ》に処せられていた。

土磔とは珍しい刑でかなり残酷である。

地面に戸板を置いて、その上に忠致を大の字に寝かせ、手足を釘《くぎ》で打ち付けて磔にし、槍《やり》で爪《つめ》を剝《は》がし顔の皮を剝ぎ取り、肉を切り取るなどして数日かけて殺す刑だ。

その高札には「嫌えども命のほどは壱岐《いき》（生）守身の終わり（美濃尾張）をぞ今は賜わる」と狂歌が書かれていた。

長田忠致は義朝を討った功で壱岐守に任じられた。

その壱岐守が不満で「美濃か尾張の国司になってしかるべし」と不満を申し立て、清盛の怒りを買って処罰されそうになると逃げた。

ところが頼朝が挙兵すると、自分は源氏だといわんばかりにその軍に並んだ。

頼朝は寛大に「懸命に働けば美濃尾張を与えよう」と言ったという。だが、平家追討が終わり頼朝が天下を握ると、「約束通り、身の終わり（美濃尾張）をやる」といって捕縛した。

真偽不明。そんなことがあったかもしれないし、無かったかもしれない。

長田一族は甲斐に逃げたと伝わる。

頼朝は野間にしばらく滞在して供養を行うと、美濃の不破の関の東にある青墓の宿に向かった。

青波賀《あおはが》などともいうがこの宿には遊女や傀儡女《くぐつめ》などが多かった。

十月二十九日に青墓の宿に入った頼朝は、青墓の長者の大炊《おおい》とその娘を召し出した。というのも、大炊家は源氏とゆかりが深く、頼朝の祖父源為義《ためよし》は大炊の姉を愛妾にしていたのである。

父義朝が東国と京を行き来するのに、必ずと言っていいほど大炊の家に宿泊、いつしか大炊の娘との間に女の子が生まれた。

頼朝はこの青墓の宿に辿り着く前に、近江で吹雪に見舞われて父義朝とはぐれたのだ。

この地で兄朝長が義朝に斬られた様子を大炊とその娘から聞いた。

山の上の円興寺《えんこうじ》に赴き兄朝長の供養を頼朝はする。

青墓の宿まで来れば京は近い。

この青墓の宿を出て近江に入れば次が京である。頼朝は父義朝や亡き二人の兄を思い出しながら、数日をこの青墓の宿で過ごした。

その頃、京では鎌倉から源氏の棟梁《とうりよう》源頼朝が上洛すると評判になっている。

頼朝を迎えるのに息を潜める者、そわそわと落ち着きなくなる者、今かいまかと山科《やましな》や瀬田《せた》まで人を走らせる者、怖い物でも見るように身震いする者など、鎌倉との距離によって頼朝を迎える気持ちは複雑だ。

何《な》んとも落ち着かないのが六十四歳の後白河《ごしらかわ》法皇だった。

鎌倉の頼朝の存在は何んとも薄気味悪いものだ。奥州征伐に二十八万騎を率いていくと聞いた時は卒倒しそうになった。

まさか、そんな大軍を率いて上洛するとは思わないが、最早、頼朝に対抗できる武力はもう本朝には存在しない。それでいて平家のように驕《おご》るような気配が全くない。

朝廷の官位官職など有り難いとも思っていないようなのだ。

そんなことがこの本朝でこれまであっただろうかと思う。心当たりがない。個人的に官位官職に不満だというのはいつの世にもあるが、頼朝本人も家臣も、官位官職に興味を示さない。

聞くところによると領地が第一だという。

何んとも恐ろしい集団ができ上がったものだと思う。だが、法皇はどんな集団でも壊れないものはないと思うのだ。

この法皇の考えは大きな間違いだった。

貴族社会から武家社会に、時代の大転換期にあることを法皇はまだわかっていなかった。

そのことがやがて承久の乱につながり、南北朝《なんぼくちょう》の戦いへと発展し戦国乱世へと突入することになる。

頼朝の上洛はその幕開けでしかなかった。

歴史は静かに動く時と、激動する渦の如くに逆巻《さかま》く時とがある。

後白河法皇と源頼朝はその激動を呼ぼうとしていた。

鎌倉政権

建久元年十一月七日昼過ぎ、鎌倉から一ケ月以上かけて、頼朝は御家人千余騎と兵を率いて京に入った。

騎馬の大軍団は平家のように派手ではないが、実に壮観な行列だ。

三条から都大路に入ってくると、野次馬が押し合いへし合いしながら、源氏の御大将の都入りを見ようと大騒ぎだ。

「さすが源氏だ。堂々たるものじゃないか？」

「ああ、清盛に都から追い出された時は、十歳そこそこだったというからな……」

「確か、流されたのは伊豆だったか？」

「そうだ。清盛は偉い男を殺さなかったものだ」

「そのために平家は滅んだのだから……」

都人は平家と源氏の攻防を見てきた。義仲が上洛した時も大騒ぎだったと思い出す。そんな大路を頼朝の軍団が周囲をにらみながら進んでくる。

いつでも戦いに臨める隙《すき》のない臨戦態勢だ。

頼朝がサッと鞭《むち》を挙げれば馬腹を蹴《け》って騎馬隊が敵に殺到する。一騎一騎がまったく油断していない。華やかさの代わりに緊張と殺気が漲《みなぎ》っていた。

馬上にいる頼朝はもはや天下を握りしめた堂々たる源氏の正統なる棟梁である。清盛が住んでいた六波羅《ろくはら》に新築した御殿に入った。

後白河法皇がその頼朝軍を見るため、秘かに院から牛車《ぎっしゃ》を出されて野次馬に紛《まぎ》れ込んで見物された。

「あれが頼朝か？」

「はい、黒い馬にございます」

「癇《かん》の強そうな男だな？」

「確かに、平家だけでなく奥州藤原を滅ぼし、身内の義仲も行家も義経も殺してしまいましたので……」

「容赦しないか？」

「はい……」

「恐ろしいな。東国の青鬼は……」

「ですが法皇さまの敵ではないかと？」

「何を言うか、あのような恐ろしい男と戦って勝てるはずがなかろう。幼い頃は鬼武者といったそうではないか？」

「そのように聞いております」

都大路を来る頼朝を牛車の御簾《みす》から見て、いつになく弱気の法皇だ。だいぶ前から、法皇は鎌倉の頼朝は一筋縄ではいかない男だと感じていた。

全国に守護、地頭を置いて、貴族支配の国を武家支配の国に作り替えようとしているのではないかと疑い、法皇は冷静に鎌倉を見ていた。

その疑いが現実になり、あっという間に頼朝は天下を掌握したように思う。

法皇はすべてこれからだと考える。

頼朝とはどんな男か、食える男か食えない男か見極めてからだ。法皇はあらゆる手練手管《てれんてくだ》を使って頼朝を屈服させたい。

そんな二人が十一月九日に六条殿《ろくじょうどの》で初めて対面することになった。

その日、頼朝は衣冠束帯《いかんそくたい》の正装で後白河法皇に拝謁した。堂々たる立ち居振る舞いで、法皇はさすが源氏の血筋だと思う。

法皇は参議や中納言を飛び越して、頼朝を権大納言《ごんだいなごん》兼右近衛大将《うこんえだいしょう》に任じた。

その返礼に十三日には頼朝から後白河法皇に砂金八百両、鷲羽二櫃《ひつ》、御馬百匹が献上される。

何んとも豪勢な献上品であった。

だが、法皇は奥州藤原家からの献上と同じぐらいかと思う。多くもなく少なくもない微妙なところだ。

頼朝が朝廷や院をどう見ているかにじみ出ている献上品だ。

法皇は益々油断できないと思う。頼朝とは相当に難しい男だと感じている。

十一月十九日に初めて二人だけの秘密の会談が行われた。数刻に及ぶ長時間の会談になった。

法皇が一人の人間とこんなに長く会談することはない。

ところがこの日だけでは二人の話し合いは決着がつかず、二十三日に再び二人だけの会談が持たれた。その内容は誰にもわからない。

二度目の会談も数刻に及び周囲の人たちが心配する有り様だった。

天下の行く末を決める法皇と鎌倉殿の会談だ。

その話し合いがどんな合意に達したのかわからないが、後白河法皇と頼朝の間が改善されることになった。

後白河法皇が武家社会への転換を認めるわけはないし、頼朝が貴族社会への回帰を認めるはずもない。どんな合意か誰もが興味を持った。

法皇も頼朝も何も喋《しゃべ》らない。

だが、その内容はその後の頼朝の振る舞いから知ることができる。

暮れの十二月に入った三日に、頼朝が権大納言と右近衛大将の両官を辞任する。

辞任の理由は頼朝がこの官位が、自分を都に留《とど》めるためであって、辞任しない限り鎌倉に戻るのが困難になると判断したからであった。

次は内大臣、右大臣、左大臣と高位高官に就任すれば、頼朝は身動きができなくなると警戒した。

頼朝は平家のように都に留まる考えはない。

在京四十日のうちに頼朝は後白河法皇と八回対面している。そこで見えてきたのは天皇の臣下としての徹底した扱いだった。

位打《くらいう》ちであろうが何んであろうが、後白河法皇は頼朝を都に抱え込んで放したくない。

それに気づいた頼朝は、清盛も義仲も義経もこれにやられたと思う。

王城の地である都は甘い蜜の塊《かたまり》だ。

頼朝は決断が速い。

さっさと両官を辞任、あっさりと投げ捨てた。このことによって朝廷と鎌倉政権の新たな局面を開くことに成功する。

義経追討の総追捕使《そうついぶし》と総地頭は、一般的な治安維持権として頼朝が行使することが認められた。それだけで充分である。権大納言や右近衛大将などは、自分の身を縛るだけで厄介なだけだ。

頼朝は朝廷と距離を置く姿勢をはっきりさせる。

後の世にこの頼朝をそっくり真似《まね》ようとした男がいた。それは織田信長《おだのぶなが》である。

目的を達した頼朝は、これ以上、京に滞在する理由がないと判断して、騎馬軍団を整えると十二月十四日に素早く京を出立した。

在京期間四十日、法皇との対面は八回、頼朝は自らの信念を曲げなかった。ここに鎌倉政権がはっきりと誕生した。

朝廷と院は鎌倉の頼朝がただならぬ人物であることを知ることになった。朝廷と鎌倉政権の関係が新たな局面に入ったのである。

聡明な後白河法皇が二度の会談で頼朝を読み違えたのかもしれない。

暮れも押し詰まった十二月二十九日に頼朝が鎌倉に帰ってきた。

その頼朝がまだ落ち着かないうちに建久二年（一一九一）の正月が明け、頼朝が都から持ち帰ったものが大倉御所に山積みになった。

政子がそれを侍女たちに配ったり、あちこちに持っていくなど大騒ぎだ。

正月の祝酒を舐《な》めながら、頼朝を囲んで鎌倉政権の充実に話が弾む。公文所《くもんじょ》から政所《まんどころ》に改変する話が出る。

頼朝が上洛したことで政所を置く権利を得た。

政所とは本来は従三位《じゅさんみ》以上の公卿《くぎょう》に設置が許される統治機構である。頼朝は既に従二位の官位をもらっている。

その政所の初代別当に大江広元が決まった。

問注所《もんちゅうじょ》は頼朝の御所の中にあったが、訴人が集まると喧嘩《けんか》が絶えず、怒号が飛び交って頼朝は辟易《へきえき》していた。そのためやがて移転させられる。

問注所の初代執事は有能な入道康信が任命されていた。

侍所は古く治承《じしょう》四年（一一八〇）に設置され、和田義盛《わだよしもり》が別当を務めている。

頼朝を補佐する三機関が整備された。

頼朝は着実に鎌倉政権の体制を作っていった。

そんな時、頼朝の苦労を吹き飛ばしてしまいそうな大事件が勃発する。大火だ。鎌倉のすべてを焼き尽くす炎が海からの南風に吹かれて暴れ回った。

三月三日に鶴岡八幡宮《つるがおかはちまんぐう》で法会《ほうえ》が行われ、流鏑馬《やぶさめ》十六騎、相撲十六番などが盛大に奉納された。

その法会に頼朝も参詣して夕刻には大倉御所に戻った。

頼朝に供奉《ぐぶ》した御家人たちが屋敷に帰らず侍所に残っている。その中に広田次郎邦房という御家人がいた。

「明日、鎌倉に大火災が起き、若宮《わかみや》から御所までその難を逃れることはできないだろう」

御家人の広田次郎がそう予言した。

だが、「馬鹿なことを言うもんじゃない」と、誰も本気にしない。明日には鶴岡八幡宮から大倉御所までみな焼けるとは誰も信じられない。

ところがその夜、四日の丑《うし》の刻《こく》（午前一時〜三時）頃に「火事だッ！」と、小町大路の辺りから火の手が上がり、あいにく、南からの強風に火が吹き荒れてたちまち燃え広がった。

強い風にあおられた火は手が付けられない。

北条義時の屋敷があっという間に燃え上がった。その火は大内惟義《これよし》の屋敷に燃え移り、比企朝宗《ともむね》の屋敷に燃え広がり、たちまち佐々木盛綱《ささきもりつな》の屋敷を呑み込んだ。

こうなるとどの屋敷でも逃げるだけだ。

一品房昌寛《いっぽんぼうしょうかん》、新田忠常《にったただつね》、工藤行光《くどうゆきみつ》、佐貫広綱《さぬきひろつな》など十人の御家人の屋敷を舐《な》めながら、益々勢いを増した火が、鶴岡八幡宮の建てたばかりの五重塔に飛び火した。

風にあおられて暴れる火は、消しようがない。

遂に、大倉御所に燃え移った。

頼朝は政子や大姫、頼家、乙姫を連れて逃げるのがやっとのことだ。

「御大将ッ、ご無事でッ！」

「おう、入道、五重塔が燃えているな？」

「はッ、神殿にも火が入りましてございます」

「この風では仕方あるまい！」

「それでは風下へ！」

頼朝一行は払暁《ふつぎょう》の寅《とら》の刻（午前三時～五時）には甘縄《あまなわ》の安達盛長《あだちもりなが》の屋敷に逃

げ込んだ。

鶴岡八幡宮も大倉御所も焼け落ち、小町大路の出火場所から北に向かってほぼすべてが灰燼《かいじん》に帰した。

三月六日に焼失した鶴岡八幡宮を参詣した頼朝が、源氏の氏神である八幡宮の凄惨《せいさん》さに涙を流したと伝わる。だが、「すぐ再建に取りかかれ！」と命じた。

二日後の八日には早くも再建が始まった。

早速、鎌倉を作り直す計画が練《ね》られると、頼朝は邪魔なものは燃やしてしまえと放火を命じた。

大火の前日にそれを予言した者がいたなど、不審火といわれているが、その首謀者が誰なのか、あれこれと考えたくなる不思議な鎌倉の大火だった。

あまり深く考えない方がよい。

誰かが鎌倉を新しい武家の都に作りかえたいと考えてもおかしくはない。

頼朝の威信に賭けて素早く再建しなければならない。同時に大急ぎで大倉御所の再建も始められた。

鎌倉を新しくするためにどこもかしこも大騒ぎだ。

関東に生まれる武家の都で、どの御家人も大きな屋敷を建てるのに躍起になっている。領地から米や木材や職人を大量に鎌倉に入れる。

もたもたしていると馬や荷車に弾き飛ばされて怪我をする大騒ぎだ。

三月二十二日に朝廷が建久の新制を発給した。それにより頼朝の諸国守護任命権が公式に認められた。

鎌倉政権が各国の守護を正式に任命できることは、全国を支配できる根拠となった。

後白河法皇が頼朝の実力を認めたのである。

国を治める大権は名目上天皇にあるが、院政がそれを代行している。新制によって法皇がはっきりと頼朝に託《たく》したということである。

鎌倉殿が絶大な力を公式に手に入れた。

平家に変わって源氏の天下が始まったことになる。

鎌倉へ鎌倉へ、源氏へ源氏へと草木もなびく七月二十八日、まことに慶賀《けいが》である。大倉御所が完成して頼朝一家が安達屋敷から新御所に移った。

鶴岡八幡宮の再建も大急ぎで行われている。

御家人の屋敷が甍《いらか》を競って若宮大路の左右に並んでいた。新しい武家の都である。

十一月二十一日に頼朝念願の若宮が再建され、本宮が創建されて石清水《いわしみず》八幡宮の祭神が分霊勧請《ぶんれいかんじょう》された。

若宮とは本宮の祭神の子を祀《まつ》るという意味がある。

京の後白河法皇から鶴岡八幡宮再建の祝いに宝物が下賜《かし》され送られてきた。頼朝は大いに満足だ。

鎌倉は海に面しており、湊《みなと》が整備されればまだまだ大きくなるだろう。

頼朝の夢は広がった。

その頃、京では後白河法皇の悲願であった法住寺殿《ほうじゆうじどの》の再建が、頼朝の支援があって完成した。

この法住寺殿は法皇が天皇だった頃、女御《にょうご》の滋子《じし》と楽しい日々を過ごした懐かしい御所だった。その法住寺殿へ六条殿におられた法皇が十二月十六日に移られた。

再建を担当した中原親能《なかはらちかよし》と大江広元に法皇が剣を下賜、法皇の側近で皇子を二人産んでいる丹後局《たんごのつぼね》と吉田経房《よしだつねふさ》が頼朝に感謝の書状を送った。

ところが法皇が法住寺殿に移られて十日もしない、暮れも詰まった十二月二十五日頃、その後白河法皇が不食になり体調を崩した。

大天狗《おおてんぐ》といえども法皇は高齢でもあり、天皇も心配されたが、住み慣れた六条殿に戻られるとなんとか快方に向かうかと思われた。

ところが、それから一ケ月後の閏《うるう》十二月十六日頃、再び後白河法皇が体調を崩されると病床に伏してしまわれた。突然、京に暗雲が立ち込める。

朝廷を一人で支えてきたのが後白河法皇である。その法皇が病になられたとあって京が震撼《しんかん》した。

立て続けに起きた乱の中で、朝廷の苦境を救ってきた法皇である。

早速、翌十七日から法皇の病気平癒《へいゆ》を祈って一斉《いっせい》に祈禱《きとう》が行われた。

朝廷は大急ぎで非常大赦《たいしゃ》を行ったり、祟《たた》りを恐れ安徳《あんとく》天皇の御堂《みどう》建立なども行われた。だが、法皇の容態は好転することなく日増しに重くなっていった。

そのことは年が明けると鎌倉にも聞こえてきた。

大火から蘇《よみがえ》った鎌倉はどこも賑《にぎ》やかな正月を迎えた。そんな中で政子が浮かぬ顔で額を押さえている。

体の異変から、どうも子ができたのではないかと思う。

政子は三十六歳になるが頼朝に愛されていた。子ができてうれしいのだが無事に産めるか複雑な心境だ。

そんな気持ちから、政子はしばらく頼朝にそのことを告げなかった。

他の女に目移りされても困る。

幾つになっても政子は悋気《りんき》の大将なのだ。頼朝に女ができると胸が張り裂けそうになるのだ。そんなことは断固許さない。

政子は懐妊した時が危ないと思っている。

京では後白河法皇の容態が好転しない。機嫌の良い時もあるが食が進まないのでずいぶん痩せてきた。

そんな様子を聞かれて心配な後鳥羽天皇が、二月十八日の雨の降った寒い日に法皇を見舞《みま》うため、六条殿まで官人を率いて行幸《ぎょうこう》された。

「お上は、幾つにおなりか？」

「この正月で十三歳になりました」

「それは慶賀……」

後鳥羽天皇は高倉《たかくら》天皇の第四皇子で安徳天皇の異母弟になる。法皇の孫だ。

「今日は寒いがことのほか良い気持ちだ」

「それでは、笛などいたしましょう」

「おう、お上の笛ならば、謡《うた》わねばのう……」

熱があるから寒いと気持ちがいいのかもしれない。法皇は上機嫌で、天皇の笛に合わせて好きな今様《いまよう》を口ずさまれた。

それを聞きながら、法皇がまだ幼い天皇に今生《こんじょう》の別れをされていると、官人たちがみな涙して袖を濡《ぬ》らした。

法皇の容態はしばらく小康《しょうこう》が続いたが、三月十三日の寅の刻に崩御された。宝算六十六歳を数える。激動の時代を生き抜いた法皇であった。

頼朝は後白河法皇を「日本一の大天狗」と評し、信西《しんぜい》は「和漢の間、比類少なきの暗主」と法皇を評した。二条《にじょう》天皇や平清盛や木曽義仲などと対立し、何度となく幽閉されるが、その度ごとに追い込まれても復権してくる。

政治的には定見がなかったのがそうしたのかもしれないともいわれた。

和歌が不得意で流行りの今様ばかりを謡っていたという。なかなか評価の難しい厄介な法皇だった。

だが、法皇に批判的だった九条兼実《くじょうかねざね》が「人の暗愚は簡単には評価できない」と前置きし、「法皇は度量が広く慈悲深い人柄であられた」と評価した。

建久元年十一月の頼朝の初上洛で、法皇と頼朝は二人だけで会談されてから、朝廷と鎌倉政権との協調関係は承久の乱が起こるまで維持される。

それは功績である。

四月に入って政子は懐妊していることを頼朝に話して着帯《ちゃくたい》の儀を行った。

頼朝は四十六歳で何かと忙しいからか、大進局《だいしんのつぼね》以来、若い娘に興味を持たなくなったようだ。

それもどこかつまらない気もする。

悋気の大将も頼朝を愛しているだけになかなか複雑だ。

鎌倉は大火により新しくなってどこか華やいだようにも思える。

その頃、京では後白河法皇が亡くなったことで、法皇に批判的だった関白九条兼実が朝廷に君臨することになった。

その九条兼実は鎌倉政権に理解がある。

それは朝廷内にも権力闘争があったからだと思われた。九条兼実は後白河法皇の側近である丹後局や土御門通親《つちみかどみちちか》らとは不仲だった。

そんな中で頼朝の娘、大姫の入内《じゅだい》の噂なども耳に入ってくる。

九条兼実は既に、娘の任子《にんし》を後鳥羽天皇の中宮に上げていた。それによって兼実は関白や摂政という力を手にしたのだ。

朝廷内も複雑だった。

七月十二日になると後白河法皇に代わって力を得た、幼年の後鳥羽天皇を擁した関白九条兼実が頼朝に征夷大将軍《せいいたいしょうぐん》を宣下することを決めた。それは関東との協調をより深めようと考えたからである。

兼実は頼朝の力を後ろ盾に、朝廷内の権力闘争に勝とうという魂胆だ。

天皇の軍は古来、征夷軍（東海方面）、征狄《せいてき》軍（北陸方面）、征西軍（西国方面）の三軍編成だった。

その三軍の将軍を統括するのが大将軍または上将軍だが、この頃、その天皇の軍は編成されることがなかった。これまで三軍が同時に編成されたことはない。

頼朝はその大将軍を望んだ。

だが、朝廷は「惣官」「征東大将軍」「征夷大将軍」「上将軍」の四つを検討した。

その中から惣官は平宗盛が任官、征東大将軍には義仲が任官していて、いずれも敗軍の将で縁起がいいとはいえない。

三軍の上に立つ大将軍または上将軍はこれまでおかれたことがない。

そこで残ったのが桓武《かんむ》天皇から、坂上田村麻呂《さかのうえのたむらまろ》が命じられた征夷大将軍であった。

田村麻呂が征夷大将軍として東国に下ったことは、大いなる吉例であるとして頼朝に征夷大将軍が宣下された。

正二位の頼朝は本来であれば左大臣が相当である。

だが、左大臣になれば朝議への出席が重要な仕事となり、京に御殿を構えて常駐することを迫られる。

それは頼朝の望むところではない。

清盛の平家も本来は武家であり、武力をもって朝廷や院に仕えていた。

それが、力をつけるにつけ貴族社会に引きずり込まれ、一族郎党が高位高官になったのはいいが、武家としては雅《みやび》に走って骨抜きにされた。

その結果、義仲や範頼や義経に都から追われ、西海まで逃げながら反撃もできずにあっけなく滅び去った。

頼朝はそう評価している。

源氏はその轍《てつ》だけは断固踏んではならないと思う。

それゆえに、権大納言を即座に辞任して鎌倉に帰ってきた。

この度の頼朝の征夷大将軍の就任には重大な意義がある。それは軍権による政権担当という画期的な考えで、この征夷大将軍が政権を担当するという方式が、明治まで七百年間も慣例として続くことになる。

その道を開いたのが関白九条兼実だった。

征夷大将軍は頼朝が望んだものではない。後白河法皇に頼朝が要求して拒否され、法皇が亡くなってから実現したという向きもあるようだが、頼朝が征夷大将軍を望んだことはなかった。

幕府という呼び方は江戸中期からだというから、鎌倉殿とか鎌倉政権と呼ぶのが正しい。

ここでは鎌倉殿と鎌倉政権で通したいが、世の常に迎合するのも時には必要ではないかなどと考えてみた。

八月九日に政子が男子を産んだ、実朝《さねとも》の誕生である。

曽我《そが》兄弟

この頃、北条義時がしきりに恋文を送っている娘がいた。

大倉御所の女官で頼朝のお気に入りの娘だった。才色兼備で微笑《ほほえ》むと男も女もとろけてしまいそうになる。

そんな天女のような娘が実際にいた。

義時は一年ほど前から夢中になり文を書いては届けていた。

だが、比企朝宗の娘で御所の中では、並ぶもののない権勢とか、誉れ高き女房などといわれ頼朝の手がつくのではと見られていた。

頼朝にそんな気持ちがあっても傍では悋気の大将が見張っている。

亀の前と大進局のことがあって、征夷大将軍でも、悋気の大将にはとても勝てる見込みがない。

頼朝が手を握ればなどと誰もが見ている。

そんな娘に頼朝の近習《きんじゅ》で家子専一《いえのこせんいつ》とはいうが、所詮《しょせん》は頼朝と政子の寝所の番人でしかない、まったく目立たない男の義時が惚れた。

その義時がいくら文を届けても娘は一向になびかない。

文を届けてはがっくりで懲りてもいいものだが、女に惚れた男というものは元来しつこいもので、義時もいつもがっくりきながら娘が欲しくてたまらない。

それに目を留めたのが頼朝だった。

政子の弟で、兄の宗時《むねとき》が戦死したため、江間《えま》家《け》から北条家に戻ってきた時政の次男だ。

「義時、そなた腑抜《ふぬ》けか！」

「あの……」

「姫《ひめ》の前《まえ》を好きなのか？」

「はい！」

「それで？」

「一向に駄目でございます」

「手は握ったか？」

「いいえ、そのようなことは致しておりません！」

「馬鹿者、うぬは好きな女の手も握れぬ腑抜けなのか？」

義時が頼朝に叱られた。

叱られる前に義時もわれながら情けないと思う。一年がかりで口説いているのにまったく埒《らち》があかないのだ。だからといって諦める気にもなれない。

三十歳にもなって哀れな男ですと言っているようなものだ。

「義時、絶対に離縁は致しませんと起請文《きしょうもん》を書いて持ってこい……」

「き、起請文？」

「そうだ。姫の前に渡してやる」

「はッ、有り難き幸せにございます！」

頼朝が口を利《き》いてくれると言うのだ。こんな心強いことはない。姫の前が手に入ると思うと義時は宙を歩き出した。腰の辺りから急に軽くなった。

「起請文、起請文……」

そんな紙切れで済むなら何枚でも起請文を書くつもりだ。頼朝の傍にいるのだが、平家追討の時に範頼の配下で少し活躍しただけで、それ以外はまったく目立たない義時なのだ。忠実に寝所の番人をしてきた。

姫の前を手に入れれば大手柄だ。

頼朝の口利きならまず間違いはないところだ。

その夜、義時は頼朝の命令通り絶対に離婚は致しませんと起請文を書いた。その起請文が翌日には姫の前の手に渡った。

「これは？」

驚いた顔で姫の前が頼朝を見る。

「義時からの起請文だ」

「まあ、なんと無粋な……」

「どうした。気に入らぬか？」

「恋歌の一つもいただきとうございます」

「こ、恋歌だと？」

「はい……」

「そ、それは無理であろう。あの男にそのような雅ができるはずもない。そうだろう政子？」

　頼朝は義時に恋歌など作れるはずがないと思う。

　政子がニッと微笑んで姫の前から起請文を受け取った。

「姫、そなたはこの起請文が坂東《ばんどう》武者の恋歌だとは思えませんか？」

「あッ、御台《みだい》さま……」

「坂東武者は都人のように雅なことをしていては生きていけません。武骨を無礼だと思ってはなりません」

「御台さま、勘違いをしておりました」

　聡明な姫の前は、政子の気持ちを咄嗟《とっさ》に理解した。

「そなたから、恋歌を返してください。わらわが渡しておきましょう」

「はい……」

　義時と姫の前の結婚が決まった。

頼朝も大いに満足だ。だが、この絶対に離婚は致しませんは守られなかった。この翌年、姫の前は男子を産む。義時の次男朝時《あさとき》、五年後に三男重時《しげとき》を産むが、頼朝亡き後の鎌倉は大混乱する。

そんな中で激しい権力争いが起き、義時は姫の前の父比企朝宗を攻めて殺し、比企一族を滅ぼしてしまう。

傷心の姫の前は義時と離婚して上洛する。

姫の前は公家で歌人の源具親《ともちか》と再婚し輔通《すけみち》と輔時を産んだという。その具親の次男輔時は同母兄の北条朝時の猶子《ゆうし》になる。

源具親左近衛少将の妻になった姫の前だが、再婚後三年ほどで亡くなったという。源具親は歌人としては小野宮《おののみや》少将と号す。

この年の十二月に十一歳の頼家が疱瘡《ほうそう》に罹《かか》った。

この病は死ぬ危険が極めて高く、古くから恐れられていた疫病である。

本朝では聖徳太子《しょうとくたいし》の伯父敏達《びだつ》天皇の頃に、渡来人が現れるようになった九州で罹《かか》ったのが初見とされる。

折しも新羅《しらぎ》から弥勒菩薩《みろくぼさつ》像が送られてきて、敏達天皇が仏教の普及を認めた時期と重なったため、古来からの神々をないがしろにするから神罰が下ったといわれた。

その症状は極めて残酷で、日本書紀には「瘡《かさ》を発し、身焼かれ、打たれ、摧《くだ》かるるが如し」と、激しい苦痛と高熱を書き記している。

敏達天皇の崩御も疱瘡によるものとされた。

平安、鎌倉期には疱瘡、室町、戦国期には痘瘡《とうそう》、江戸期には天然痘《てんねんとう》と呼ばれた恐怖の疫病である。

赤べこやさるぼぼなど赤い玩具は、疱瘡神が犬や猿や赤いものを苦手とするという信仰から生まれた疱瘡除けであった。

子を守りたい親の切なる願いが赤べこやさるぼぼ、犬の張り子や猿のお面である。疱瘡除けの神事や祈禱、赤絵の奉納などが行われた。

頼朝も政子もわが子の病になす術《すべ》がなかった。ただ神仏に祈るしか手立てはない。その神仏のご加護があってか運よく頼家は死を免れた。

この疱瘡は流行りすたりはあるものの、昭和三十年に天然痘が根絶されるまで危険な疫病とされ日本人は苦しんだ。

建久四年（一一九三）の年が明けて頼家の疱瘡が全快した。

顔から手足などにできた瘡も治ってその痕跡が少し残った。頼家は丈夫な子だった。

五月の暖かい季節になると、頼朝は十二歳になった頼家を連れ、多くの御家人を集めて富士《ふじ》の巻狩《まきが》りを行った。

鎌倉幕府も落ち着いてくると問注所が忙しくなる。

領地の境をめぐっての訴訟沙汰が増えてきた。それを親裁《しんさい》といって頼朝が自ら裁くことが多くなった。

すると起きるのが頼朝への御家人たちの不満である。

訴えた者と訴えられた者の双方が満足できる裁きなど、さすがの頼朝でもできるはずがなく、どちらかに不満が残る。

そんな気晴らしでもあり、頼家の初陣《ういじん》のような夏の巻狩りだった。

参加した御家人は北条時政、義時親子を始め、足利義兼、山名義範《やまなよしのり》、小山《おやま》一族、里見義成《さとみよしなり》、佐貫広綱、畠山重忠《はたけやましげただ》、三浦一族、和田義盛、工藤一族、梶原一族、波多野義景《はたのよしかげ》、愛甲季隆《あいこうすえたか》、佐々木盛綱、渋谷重国《しぶやしげくに》、武田信光《たけだのぶみつ》等々、主な武将だけで百人近く、それに郎党や兵、藪《やぶ》に入って獲物を追う勢子《せこ》などを入れると盛大な巻狩りだった。

五月十六日の狩りで、大勢の勢子が藪に入り獲物を追うと、頼朝の嫡男頼家十二歳の前に大鹿が飛び出してきた。

角の生え始めた鹿で頼家が逃げるだろうと誰もが思った。

ところが頼家が箙《えびら》から矢を抜くと、弓につがえて大鹿の前に立ちその矢を放った。その矢は大鹿の肩の辺りから入って心の臓を射止めた。

「おうッ！」

大鹿に命中しただけで立派なものだ。

それがよろよろと数歩歩いて膝を折ると、大鹿が前のめりに倒れたから見ている者たちが驚いた。

「おーッ！」

「やったぞッ！」

「若君が大鹿を仕留めたぞッ！」

「うわーッ！」

ドッと歓声が上がり、狩場が大騒ぎになった。

頼朝の命令で急に狩りが中止になり、夕刻から山神と矢口《やぐち》神の祭りが執り行われた。

この祭りは少年が初めて狩りに出て、鹿などの獲物を得た時にそれを披露して祝う儀式の祭りだ。

矢口、矢口祭り、矢口祝い、矢開きの神事、矢開きの祝いなどという。

赤、黒、白の三色の餅《もち》を作り、山神と矢口神に捧《ささ》げて武運を祈り、その矢口餅または箭祭《やまつり》餅を頼家が大鹿を射た時、その傍に控えていた工藤景光《かげみつ》、愛甲季隆、曽我《そが》祐信《すけのぶ》の三人が、頼朝に召し出されて賜った。

鹿はすぐ儀式通りに調理されて、三色餅と一緒に家子や郎党に振る舞われた。

頼家の大手柄に喜んだ頼朝が、政子に使いを出して知らせると、政子は「武将の子なら当たり前のこと」と言って使いを追い返す。

政子には頼朝の真意がわからなかったようだと伝わる。

頼朝の喜びは頼家が神によって後継者に選ばれたと、御家人たちに宣言して征夷大将軍を世襲することを言いたかったのだが、政子はまだそこまで鎌倉政権の本質を理解していなかった。

神の力を借りなければならないほど、政権がまだまだ脆弱《ぜいじゃく》だと頼朝ははっきりとわかっていた。

その脆弱さがやがて源家の滅亡につながる。

矢開きの神事が終わると、翌日から大掛かりな狩りが再開した。その巻狩りの最中に重大な事件が勃発する。

その事件は五月二十八日の夜に起こった。

御家人の工藤祐経《すけつね》が曽我《そが》兄弟に討たれる事件が発生する。

この事件は赤穂浪士《あこうろうし》仇討《あだ》ち、伊賀鍵屋《いがかぎや》の辻《つじ》の仇討ちと並び、曽我兄弟の仇討ちとして本朝三大仇討事件の一つと称された。

その日の狩りが終わり、武将たちは富士野《ふじの》の神野《かみの》の宿に引き取って、ある者は疲れ切って寝たり、またある者は仲間と酒を飲んだり、遊女や白拍子を呼んで遊んだり、好き勝手に長い間の狩りで疲れた体を休めていた。

そんな時、曽我十郎祐成《じゅうろうすけなり》と五郎時致《ときむね》の兄弟が、工藤祐経の宿に押し入り、手《て》越《ごし》宿や黄瀬川《きせがわ》宿から遊女を呼んで遊んでいた祐経を、父の仇《かたき》と叫んで討ち果たした。

祐経と一緒に酒を飲んでいた王藤内隆盛《おおとうないたかもり》も斬り殺された。

遊女たちは悲鳴を上げて逃げ、たちまち大騒動になり愛甲季隆、吉川友兼《きっかわともかね》、平《たいら》子有長《こありなが》、加藤光員《かとうみつかず》、海野幸氏《うんのゆきうじ》、岡辺弥三郎《おかべやさぶろう》、堀藤太などが駆けつけて斬り合いとなり八、九人が負傷、宇田五郎も曽我兄弟に討たれる。

曽我兄弟の十郎祐成が新田忠常《にったただつね》と戦って討ち取られた。

弟の五郎時致は太刀を振り上げて頼朝の宿に突進、迎え討つ武士たちを次々と倒して押し込んでいった。それを迎え討つため頼朝が刀を取った。

「しばらく、ここはしばらく！」

頼朝を大友能直《おおともよしなお》が押し留める。

「その乱心者を取り押さえろッ！」

怒った顔の頼朝の前に能直が立ち塞《ふさ》がった。すると五郎時致に御家人たちが殺到して御所五郎丸が取り押さえた。

その五郎時致を大見小平次《おおみこへいじ》が預かることになって、夜の大騒動が落ち着くことになり、すぐ和田義盛と梶原景時によって検死が行われる。

翌二十九日には頼朝が自ら五郎時致の尋問を行った。

有力御家人が同席、多くの者が五郎時致の裁きを見ようと集まってきた。

頼朝は事の顚末《てんまつ》を捕らえられた五郎時致から聞いた。

それは古い話で、工藤祐経は伊東祐親に恨みを持った。その原因は一族の所領分割問題で不満を持った伊東祐親が、工藤祐経の所領を奪ったことから始まった。

怒った祐経は郎党の大見小藤太と八幡三郎《やわたさぶろう》に命じて、伊東祐親を待ち伏せて矢を射かけるが、その矢は伊東祐親ではなく何の罪もない、嫡男の河津祐泰《かわづすけやす》に当たって祐泰が死んでしまう。

その河津祐泰が曽我兄弟の父だった。

祐泰の妻満江《まんごう》御前は一萬《いちまん》丸と筥王《はこおう》丸、後の十郎祐成と五郎時致を連れて曽我祐《すけ》信《のぶ》と再婚する。

二人は曽我の郷で成長した。

その間に伊東祐親は没落してしまうが、父の仇の工藤祐経は頼朝の御家人になって鎌倉にいた。

伊東祐親の孫の一萬丸と筥王丸は厳しい中で育つことになり、十郎祐成は曽我家を相続して曽我十郎祐成となった。筥王丸は父祐泰の菩提《ぼだい》を弔《とむら》うため箱根権現の稚児《ちご》として預けられる。

その筥王丸は頼朝と参詣に来た工藤祐経を討とうとした。

だが、幼いゆえに果たすことができず、逆に祐経に諭《さと》され赤木柄《あかぎづか》の短刀を貰ってしまう。

その短刀で五郎時致は工藤祐経に止《とど》めを刺した。

筥王丸は出家が嫌で箱根権現を逃げ出すと、伊東祐親の娘が前妻だった頼朝の側近の北条時政を頼った。

その筥王丸は時政を烏帽子《えぼし》親として元服し曽我五郎時致となった。

父の仇を討ちたい兄弟が箱根権現を参拝、仇討成就を願うと別当《べっとう》が引き出物を五郎には兵庫鎖《ひょうごぐさり》の太刀、十郎には黒鞘巻《くろさやまき》の小刀を与えた。

この二つの品は義経が義仲討伐に上洛する時、その成就を願って奉納したものであった。

別当はおもしろい人だった。

「この刀を見知っている人が少なくない。くれぐれも箱根の別当からもらったと言わないでほしい。聞かれたら京で買ったとでも言ってくれ……」

そう言うと二人を遠くの遠くまで見送った。

「わしがいる限り、後のことは心配するな。しっかり供養しますから……」

別当は二人のために別れの歌を詠んだという。

そんな経緯を頼朝は知った。

頼朝は尋問が終わると五郎時致の勇姿に感銘して、宥免《ゆうめん》にして命を助けようと考えたが、それでは納得できない工藤祐経の子の犬房丸《いぬぼうまる》が訴えたため、その日のうちに五郎時致は梟首《きょうしゅ》された。

富士野の狩りの大混乱は頼朝が討たれたと誤報になって鎌倉に伝わり、政子がどうなることかと嘆くと、鎌倉にいて重きをなす頼朝の弟範頼《のりより》が、「自分がいるから何も心配することはない」と言って慰めたという。

このことがやがて頼朝の耳に入り範頼に謀反の疑いがかかることになる。

五月三十日に頼朝は早馬を出して、政子に事件の様子を知らせた。また、兄弟が母の満江御前に送った手紙が頼朝に差し出された。

それを読んで頼朝が感涙し、手紙の類などは後世のために保存するよう命じたという。

頼朝は六月七日に富士野を出立して鎌倉に向かった。

その頼朝は曽我の郷の年貢を免除にし、曽我兄弟の菩提を弔うよう命じた。

楊貴妃《ようきひ》と政子

政子という人はおかしな人で、頼朝に嫁いではいるが源家のことより、実家の北条家を大切に考えていたふしがある。

この時代は確かにそういう傾向が強く、婚家より実家のことを考えていたと思われる。

政子に範頼が「自分がいるから心配ない」と言ったというのもおかしなことで、政子の虚言か範頼を嫌っていて、陰謀を仕掛けたのではと考えられている。

そういうことを言ったりしたりするのが政子なのだ。

範頼が謀反の疑いを招く発言をしたという日から、範頼が頼朝にそんな考えはないと起請文を差し出すのにほぼ二カ月の間がある。

八月二日になって頼朝へ範頼から謀反を否定する起請文が届いた。

だが、頼朝が気に入らなかったのは起請文の内容ではなく、その起請文の署名が源範頼だったことに過分であると激怒する。

それを聞いて範頼は狼狽《ろうばい》したという。

源氏を名乗るなと頼朝が怒ったことになる。源氏を名乗るのは自分だけだといいたいのか、それとも頼朝得意の言い掛かりなのか、頼朝という人もなかなかに複雑だった。

その後、十日の夜には範頼の間者当麻太郎《たいまたろう》が、頼朝の寝所の近くに隠れていたのに頼朝が気づき、結城朝光《ゆうきともみつ》に命じて捕縛させる。

翌朝、詰問が行われると当麻太郎は「起請文を差し出したが、沙汰がないため主人がしきりに嘆き悲しむので、沙汰がどうなっているのかを知りたくて、このようなことをしましたが、まったく陰謀などではありません」と答えた。

その後、範頼が呼ばれて問われると、もう覚悟を決めたのか謀反を否定しなかった。

範頼は真相を知っていて駄目だとあきらめた。

八月十七日に範頼は伊豆の修善寺《しゅぜんじ》に送られ鎌倉政権を追放された。

伊豆の修善寺に幽閉された範頼のその後は不明だが、誅殺《ちゅうさつ》されたとの噂もあるがその真偽は定かではない。

越前《えちぜん》に逃れたとか、武蔵の吉見観音《よしみかんのん》に隠れ住んだとか、三浦《みうら》の追浜《おっぱま》という地名は追われた範頼が上陸した浜だなど、義経の生存より多いくらいの伝説が残る。

武蔵の石戸宿《いしと》に逃れたという話もあり、その証拠が石戸蒲《かば》さくらだという。

確かに範頼は蒲殿《かばどの》とか蒲冠者《かばのかじゃ》と呼ばれていた。

不思議な事件でこの時範頼はすでに四十四歳だった。

この範頼失脚事件と曽我兄弟の仇討事件の裏には領地問題があった。

それは曽我兄弟の祖父伊東祐親、父河津祐泰の領地を、工藤祐経が横領した疑いがあり、その領地は成人した曽我兄弟に返還されるべきものだった。

だが、一度手に入れた土地は手放したくないのが人情だ。

この領地問題に範頼が巻き込まれ、曽我兄弟を支援する北条時政も巻き込まれた。その範頼と時政の間で政子の気に入らないことが起きた。

そのことが政子の虚言になったと思われる。

こういう事件の裏には領地問題が絡んでいることが少なくない。

ことに伊豆は有力豪族の伊東祐親が滅んでいるため、もう一方の伊豆の有力豪族である北条時政が、領地分割に深く絡んでいたと思われる。

むしろ、北条時政がその領地を欲しいと思っていた可能性すら考えられた。

政子の虚言を頼朝が真《ま》に受けたせいで、範頼が挙兵したわけでもないのに、伊豆の修善寺に幽閉されてしまう事件に発展した。

その証拠が富士野の曽我兄弟事件から、範頼の起請文の差し出しまで、二カ月もの刻がかかっていることだろう。

本当に謀反事件なら頼朝は二カ月も猶予をおかない。

その上、範頼と近臣は処分されたが、頼朝の乳母比企尼《うばひきのあま》の嘆願で範頼の子の範《はん》圓《えん》と源昭《げんしょう》は助けられ、武蔵比企吉見に住んで吉見家を名乗って鎌倉の御家人になった。

静が産んだ義経の男の子を由比ガ浜の海に沈めさせた頼朝が、謀反人であればその子の範圓と源昭を生き残らせたのは一貫性に欠ける。

ましてや、鎌倉の御家人にしているのは背後に理由があるとしか思えない。

範頼の性格も戦を好み穏便ならざるものありといい、御家人と激しく乱闘を起こしたこともあるというから、時政との間に領地問題で何かあったことは考えられる。

遂に頼朝は義経と範頼という二人の弟を失った。

源家と平家の大きな違いは、平家は清盛を中心に一族が結束する力が働き、滅亡する時まで平家は一門がまとまっていた。それに対して源家には結束する力が働かない。

源三位頼政が滅び、木曽義仲が滅び、行家が滅び、義経が滅び、範頼が滅び、遂には頼朝の源家嫡流が滅んで、政子の北条家に乗っ取られてしまう。

そのバラバラさが良かったのか、源氏とよばれる一族は下野《しもつけ》足利、甲斐武田、三河吉良《みかわきら》、上野《こうずけ》新田、常陸佐竹《ひたちさたけ》、武蔵畠山のように諸流の源氏が各地に蟠踞《ばんきょ》することになる。

頼朝の鎌倉源氏は北条家の謀略によってたちまち滅ぶが、範頼を祖とする吉見源氏は能登源氏、伊勢源氏、石見源氏と広がり大いに栄えた。

歴史とはこういう逆転が起きるからおもしろい。まさに……

驕《おご》れる人も久しからず、唯《ただ》春の夜の夢の如し。
猛《たけ》き者もついには滅びぬ、偏《ひとえ》に風の前の塵《ちり》に同じ。

この 理《ことわり》はいつの世も、いつの時代にも当てはまることである。

それを恐れる権力者は自ら築いた栄華を永遠のものにしたがるが、春の夜の夢の如し、風の前の塵に同じで百年以上続いた栄華は、歴史上、極めて少ないことも事実である。

それゆえに人々は血筋を語り出自を語りたがる。

悲しくもかすかな過去の栄光の残影を見ようとするのだろう。人とはそういうことを生きる糧《かて》にしているのかもしれない。

頼朝は貴族社会から武家社会という前代未聞の改革を断行するため、身にも心にも鎧《よろい》を着ていた男だった。

寸分の油断でも見せれば殺される。

十三歳で流人となってから二十年後の挙兵までの間に頼朝が身につけてきた警戒心だ。この頼朝と全く同じ生き方をするのが、六歳から十九歳まで織田と今川《いまがわ》の人質になる徳川家康《とくがわいえやす》である。
家康は同じ境涯と思ったのか頼朝を非常に尊敬していた。
そのため頼朝は日光東照宮《にっこうとうしょうぐう》の祭神となっている。歴史はどこかで輪廻《りんね》してい
るのかもしれない。
建久五年（一一九四）の年が明けると、この頃、高雄《たかお》の聖《ひじり》と呼ばれている文覚《もんがく》
のもとで出家した六代《ろくだい》が、その文覚の使者として鎌倉に現れた。
広元を通して六代は異心なく出家したことを頼朝に伝えた。
頼朝は平治の乱で敗れた父義朝とはぐれて捕らえられた時、六代の祖父平重盛
が頼朝の助命に尽力してくれた。
そのことがなければ頼朝は生きていなかったかもしれない。その恩に報いたい
と、六代を関東に在住させてどこかの寺の別当にと頼朝が申し出る。
その後、正治《しょうじ》元年（一一九九）二月に、文覚が流罪になった時、弟子である六
代が処刑されたというが没年不詳で定かではない。
ただ、六代の墓碑が鎌倉に近い逗子《ずし》に存在し、清盛の平家嫡流がここに滅亡し
たことだけは確かである。
高雄聖の文覚は、亡くなった後白河法皇や頼朝の庇護を受けて、高雄山神護《じんご》

寺《じ》、東寺《とうじ》、高野山大塔《おおとう》、東大寺《とうだいじ》など弘法大師空海ゆかりの寺々の修復や勧請を行い、失った所領の回復をしてやるなど活躍していた。

頼朝は文覚にはいつも協力的であった。どこかで流人仲間の文覚を頼朝は兄と思っていたのかもしれない。幼い頃から知っている文覚は気心の知れた僧だった。

京を中心に文覚は働いていたが、ひょっこり鎌倉に現れた。

それは鎌倉に屋敷を持っていたからだ。

この年の八月、頼朝の甥で都の貴族の一条高能《いちじようたかよし》十九歳が鎌倉に下ってくる。

高能の母は坊門姫といわれ頼朝の同母妹だった。つまり、一条高能は頼朝と近い血縁だった。

その頃、十七歳になった大姫は病状が小康状態であったことから、一条高能との縁談が進められた。京に上って住めば義高のことも忘れ、病も好転するだろうと頼朝と政子は考えたのだ。

すると大姫はまともに話も聞かずに「そんなことをするくらいなら深淵に身を投げます」と言って一条高能との結婚を拒絶する。

さすがの頼朝と政子も大姫にはたじたじで婚姻の話を止めた。

大姫が心底慕っていた義高を殺してしまったことは痛恨事だった。悔やんでも悔やみきれない。

頼朝は子が少なかった。

悋気の大将である政子は、頼朝が外に子を作ることは断固許さない。

大進局が産んだ貞暁《じょうぎょう》も鎌倉から追いやって高野山の僧にしてしまった。頼朝ほどの身分であれば側室の二人や三人は当たり前で、子も十人や十五人ほどいても何《な》んらおかしくないのだ。

北条時政は十五人の子がいた。

だが、悋気の大将は頼朝に女ができると何をするかわからない。

鎌倉にいる頼朝の子は大姫、頼家、乙姫、実朝の四人しかいないのだから、なんとも寂しい限りである。

まず側室のいないのが寂しい。

側室一人がいれば傍に侍女《じじょ》が少なくても五人から十人は必要になる。側室が二人になれば大倉御所は毎日が大騒動だろう。

そんな喧騒《けんそう》が頼朝の御所にはなかった。

その頼朝が十月に入ると上洛の準備を始める。政子以下の一族を連れて上洛しようという大掛かりな計画だった。

上洛してあちこちに献上する品々から、供奉《ぐぶ》する御家人や兵などの支度まで数ケ月がかりの大仕事になった。

この上洛には頼朝の大きな狙いがあった。

それは京の権力には近づかない姿勢を守ってきた頼朝とは思えない計画である。どこで考えを変えたのか、頼朝がその権力に自ら近づいていくことになる。

その狙いとは大姫の入内《じゅだい》である。

権力者なら誰でも一度や二度は考える皇室との縁組であった。

頼朝は大姫を後鳥羽天皇の妃に上げるべく、上洛の支度と同時に京での入内工作に動き出していた。

この計画が鎌倉政権にとって、良いのか悪いのかは誰にもわからない。

京を知る広元や入道康信、中原親能《ちかよし》や二階堂行政《にかいどうゆきまさ》などの公家出身者は難しいことだと考えていた。

後鳥羽天皇は十五歳だったが、既に、九条兼実の娘任子《にんし》二十一歳の中宮と、兼実の政敵源通親《みちちか》こと土御門《つちみかど》通親の養女在子《ざいし》二十四歳がいる。

そこに大姫を上げようという。一筋縄でいく話ではない。

建久六年（一一九五）の年が明けて正月が過ぎると、頼朝は東大寺落慶法要《らっけいほうよう》への参加を表向きの理由として、上洛の旅に出た。

頼朝は政子と大姫と頼家を連れていた。

この頃の京の情勢は後鳥羽天皇の朝廷と、亡き後白河法皇の院の近臣とが権力を争って割れていた。頼朝が支援する朝廷側の関白九条兼実と、院側の土御門通親、丹後局たちが何かにつけ対立している。

大姫の入内工作で障害になるのは院側だとわかっていた。

一条高能の父一条二位入道能保《よしやす》はどちらかといえば院側の人物だった。妹婿の二位入道と頼朝は義兄弟でもあり親しかった。

二月十四日に頼朝一行は京に到着する。

二度目の上洛で名目は東大寺再建落慶法要への出席だが、真の目的は大姫の入内を実現することだ。

その夜、頼朝がいる六波羅の御殿に二位入道が現れた。

すると頼朝は入道康信と二階堂行政の公家出身者を連れて姿を見せた。挨拶もそこそこに頼朝が京の情勢を二位入道に聞いた。

「どんな具合であろう？」

「なかなかに……」

二位入道は思うようにならず渋い顔だ。

「土御門か？」

「はい、丹後局もなかなかにて、例の荘園の件が響いております」

「なるほど……」

二位入道が言う荘園の件とは、後白河法皇が亡くなる直前に、法皇の荘園を土御門通親と丹後局が勝手に横領しようとしたとして、頼朝は九条兼実と一緒に断固たる処置で元に戻した一件のことだ。

貴族にとって荘園は武家の領地と同じで拠《よ》り所である。

こういう恨みは深い。

「一条さまにお聞きしたいのだが……」

二階堂行政が口を開いた。行政は藤原南家《なんけ》乙麻呂《おとまろ》流《りゅう》で工藤行政《くどうゆきまさ》というのが正しい。鎌倉に永福寺《ようふくじ》という寺がありそこに二階建《にかいどう》ての仏堂があった。

その傍に行政の屋敷があったため二階堂と呼ばれるようになった。いわば屋号のようなものである。こういう苗字は少なくない。

行政の母は頼朝の外祖父、熱田《あつた》神宮の大宮司《だいぐうじ》藤原季範《すえのり》の妹で、少し遠いが頼朝とは血筋なのだ。

有能な吏僚《りりよう》で広元や入道康信らと鎌倉の政権を支えている。

「御台さまと丹後局さまがお会いいただくことはできませんか？」

行政の提案に座が一瞬緊張した。

「子を産んだ母親同士であれば、男にはわからぬこともあろうかと思うのですが？」

「丹後局さまが……」

二位入道が考え込んだ。

院の近臣だった土御門通親と、亡き後白河法皇の美貌の愛妾高階栄子《たかしなのえいし》こと丹後局は、朝廷内でも実力者で大姫入内には厄介な壁だった。

「話のしようによっては……」

二位入道は駄目だとは言わないが、かなり難しそうな顔だ。

「鎌倉殿、例の荘園を安堵《あんど》することはできませんか？」

最大の障害は荘園問題だと二位入道が訴える。だが、頼朝が決定を破れば九条兼実を裏切ることになる。

絶対的権力を持つ頼朝にできないことではないが、大姫入内のために九条兼実から土御門と丹後局に、馬を乗り換えるようで気分のいいものではない。

この日、頼朝は何も決めなかった。

頼朝は熟慮する。

この問題は頼朝のため、大姫のため、鎌倉政権のために失敗できない。大姫の入内はだいぶ以前から噂になっていたことだ。

数日後、頼朝は入道康信と話し合った。

「どう思う？」

「はい、九条さまから離れるしかないかと思います」

「それはなぜだ？」

「九条さまは大姫さまの入内に本気か疑わしいところがございます。自分の娘が中宮さまですから若い大姫さまの入内をおもしろくないと……」

「それは土御門も同じであろう？」

「はい、ただ、土御門さまの在子さまは帝より九歳も年上の養女にございます」

「それは九条の娘に対抗するためということか？」

「そのように考えております」

頼朝は入道康信が九条と土御門が、後鳥羽天皇の妃をめぐっても争っていると言いたいのに気づいた。

「厄介だな？」

「古くから朝廷の権力を握るため、娘を入内させて外戚になることは常のことにございます」

頼朝が入道康信をみてニッと笑った。自分のことだと思ったのだ。

「他にも九条さまは法皇さま亡きあと、朝廷内で門閥《もんばつ》のみを重視すると非難されておるようです」

「門閥を？」

「はい、門閥重視では下級公家の登用がなく、官職に就かなければ実入りも少なく困窮することになります」

「入道、見切り時か？」

「大姫さまの入内のこともございますが、九条さまの振る舞いには少々問題が見受けられます」

入道康信はいつも頼朝にははっきり考えを言う。

頼朝が流人になった十三歳の時から、康信は頼朝を支え続けてきた大恩人であり、頼朝が京から呼び寄せた誰よりも信頼できる側近なのだ。

「丹後局か？」

「はい、二階堂殿が言われたことにも一理はあります。丹後局さまは法皇さまの皇子を二人まで産んでおられます」

「そうか……」

「夫の平業房《なりふさ》が清盛に処刑されてから院に仕え、楊貴妃《ようきひ》といわれる美貌にて法皇さまが寵愛《ちようあい》されました。既に四十五歳と聞いておりますが、その美貌は衰えぬそうにございます」

「楊貴妃？」

「そのような噂にございます」

「そうか……」

そんな話し合いを頼朝は入道康信と繰り返した。その上で頼朝は九条兼実を見放す決断をする。

数日後、大量の贈り物が土御門邸と丹後局に送り届けられた。

同時に院の膨大な荘園を元に戻して、安堵する旨の通達が行われ、頼朝の本格的な朝廷工作が始まった。

大姫入内のためには金銀に糸目をつけない。

三月十二日の東大寺の落慶法要に列席するため、頼朝は二位入道の牛車で奈良に向かう予定だったが、急遽《きゆうきよ》、丹後局の牛車に乗り換えた。

二位入道の渾身の工作で丹後局を口説き落としたのだ。

牛車の中には頼朝と丹後局だけなのだから、中で何が話し合われ何が起きても誰にもわからない。

洗練された貴族の丹後局に頼朝が悩殺されるかもしれない。

上品で高価な香を薫《た》き込めた朝廷の女たちは、政子など足元にも及ばない雅《みやび》を心得ている。

「鎌倉殿……」

そっと頼朝の傍に丹後局が寄り添ってくる。

そんな妄想で悋気の大将は気が気ではない。

すぐにでも丹後局の牛車を襲撃したい政子が傍の大姫を抱き寄せた。怖い顔の政子に頼家が怯《おび》える。

政子は絶望的な気持ちだ。

関白罷免《ひめん》

後白河法皇が亡くなると丹後局は出家したが、反九条兼実として朝廷では大きな力を持っていた。

その丹後局は大姫の入内には消極的だった。

頼朝の娘と言っても母である政子の身分が高いわけでもない。

鎌倉では御台《みだい》さまでも、政子は伊豆の土豪の娘でしかないのだからかなり問題だ。

東大寺再建落慶法要に行く丹後局の牛車の中で、頼朝と丹後局がどんな話をしたのかは誰も知らない。

二人の間で話がまとまったのか、それとも何か故障があったのか誰もわからない。

奈良から戻った三月二十九日に六波羅の頼朝の御殿に、華麗な女牛車が止まって楊貴妃こと丹後局が降り立った。

頼朝や政子や大姫の他に、鎌倉の御家人たちが勢揃《せいぞろ》いで迎えた。

九条兼実の政敵を堂々と頼朝は六波羅に招いた。それは楊貴妃と政子の対面という名目だが、丹後局に大姫を見せるためでもあった。

政子からということで、丹後局に銀製の蒔絵《まきえ》の箱に砂金三百両を納め、同時に白綾《しらあや》三十反などを贈り、従者にまで引き出物を振る舞った。

大番振る舞いである。

大姫入内の根回しで、通過儀礼であった。政子も大姫も緊張して言葉が出ない。

あまりの緊張で、大姫は聞かれたことに「はい」と「いいえ」しか答えられず倒れそうになる。

鎌倉でわがまま放題に育った大姫だ。

いきなり都の風にさらされて面食らっている。入内するとはどういうことなのかわかっていない。

天皇の後宮に入り、女たちばかりの中で暮らすことになる。田舎《いなか》娘がそう易々と馴染《なじ》めるようなところではない。それなりの教養と作法を身につけていなければ務まらないところだ。

丹後局は頼朝と親しげに話をして帰っていった。

悋気の大将はそういう丹後局の振る舞いがいちいち気に入らない。大姫の前に政子の方がまいってしまいそうだ。

頼朝は十三歳まで都で育ったのだから、それなりに身に付いたものがある。

翌三十日に頼朝が参内して後鳥羽天皇に拝謁《はいえつ》、その後に関白九条兼実と二人だけで対面した。

九条兼実は上洛《じょうらく》した頼朝の振る舞いに不満だ。

院の荘園の安堵《あんど》といい、丹後局の牛車で奈良まで行った件や、六波羅に丹後局を招いたこと、土御門通親に接近して贈り物などが届けられていることなどを知っている。だが、九条兼実は頼朝に不満を言ったりはしない。

二人の対面は殺風景なものになった。

その翌日、四月一日に頼朝から関白九条兼実に馬二匹が贈られた。これに少ないと兼実が驚いた。

頼朝に征夷大将軍を宣下したのは自分だと思っている。

鎌倉の政権には万難を排して便宜を図ってきた。当然、砂金の五百両に馬十匹ぐらいの振る舞いがあってもいいと考えていた。

それが馬二匹だけだ。

九条兼実は頼朝の支援がなくなる恐怖を感じた。朝廷の権力争いに勝っているのは頼朝の後見があるからだ。

それがなくなれば失脚するしかない。

四月十日になって頼朝と危機を感じた関白兼実が再び対面した。

二人だけで長い話し合いになった。朝廷の権力が九条兼実から反九条の土御門通親と丹後局に、移るかもしれないという厳しい話し合いだ。

当然、九条兼実は承服できない。

だが、朝廷や公家《くげ》の間に兼実に対する不満が鬱積《うつせき》していることも事実だった。

頼朝はそういうことも厳しく指摘して、関白の朝廷運営が必ずしも正しくないのではないかと詰問する。

朝廷内のことを全て知っている頼朝に兼実が驚いた。

長い話し合いでも兼実が「はい、わかりました」と言えることではない。

四月十二日には吉田経房《よしだつねふさ》が六波羅を訪ねてきて頼朝や広元と盃を交わした。この権大納言吉田経房と頼朝の付き合いは入道康信と同じように古い。

頼朝が伊豆に流される前からの知り合いだった。

経房は藤原北家《ほっけ》勧修寺流《かじゅうじりゅう》で甘露寺家《かんろじけ》の祖となる人物だが、頼朝より五歳年上で、頼朝が伊豆に流罪となってしばらくすると経房が伊豆守に昇進した。伊豆に在庁した経房は知り合いの頼朝や、豪族の北条時政とすぐ親しくなった。頼朝が経房を麗しい人とその人柄を評したと伝わる。

頼朝が平家打倒の旗揚げをしてからは、吉田経房が後白河法皇に対する頼朝の取り次ぎを務めた。

宣旨や院宣の要請などはすべて経房を通して行われた。

頼朝が世に出たのは北条時政だけでなく、文覚や三善入道康信や吉田経房のような人たちがいたからなのだ。

その経房が杯を傾けながら、ぽろっと頼朝にこぼした。

「葉室光雅《はむろみつまさ》などの公家たちが関白兼実によって昇進が見送られている。理不尽な扱いを受けています……」

酔った上での愚痴だったかもしれない。だが、頼朝は信頼する経房の言葉を聞き流さなかった。頼朝が怒った顔で広元を見る。

広元は頼朝が何を言いたいか察知する。

「そのような方々は多いのですか？」

経房に酌をしながら広元が聞いた。

「広元殿、愚痴でござる。聞き流して下され……」

酒がまずくなると思ったのか経房が口をつぐんだ。だが、公家の昇進が止まるということは大変なことだ。この時、吉田経房自身が勧修寺流という理由だけで昇進を止められていた。

頼朝は相当に深刻なのだと思った。

権力闘争のことは知っているが、朝廷の混乱は聞いている以上だと頼朝は判断した。経房がこのような席で愚痴を言うことなどまず無いことだ。

頼朝は放置できないと思う。

後白河法皇が溺愛していた宣陽門院《せんようもんいん》とその母丹後局、宣陽門院の別当土御門通親が力をつけて、法皇と不仲だった関白九条兼実と、盟友の左大臣三条実房《さねふさ》の二派に朝廷が割れていることは知っていた。

関白兼実は大納言を摂関家や、花山院《かざんいん》流《りゅう》とか閑院《かんいん》流《りゅう》の上流貴族だけに限定するなど、極端に偏《かたよ》った人事が門閥を理由に行われたり、対立派の昇進を次々と止めたりしていた。

公家は藤原北家が多いのだが、高藤《たかふじ》流《りゅう》、勧修寺流、魚名《うおな》流《りゅう》、小野宮《おののみや》流《りゅう》等々色々な流があって一門で連なっている。

そのため反発が強かった。

頼朝は関白九条兼実の政治では反乱が起きかねないと感じた。だが、関白兼実の娘で中宮の任子《にんし》が懐妊していて、間もなく臨月を迎えるということだった。

すぐ関白を失脚させるのは難しい。

中宮が皇子を産んだりすれば、後鳥羽天皇の第一皇子で日嗣《ひつぎ》の御子《みこ》ということになる。

厄介なことになりかねないが、頼朝は九条兼実が朝廷の権力を握ることに納得できなくなっていた。

まだ十六歳の後鳥羽天皇に判断ができるとも思えない。

難しい局面になってきた。

実はこの時、中宮任子だけでなく、土御門通親の養女在子も懐妊していたのだ。任子の臨月が八月、在子の臨月が十二月だという。

広元や入道康信たち朝廷を知っているものは、頼朝に様子を見るしかないと進言する。

朝廷で皇子が生まれるか皇女が生まれるかで、権力の行方が決まることを広元たちは知っている。

皇子が生まれることが決定的に重要なのだ。

頼朝はあえて手を下さずに、七月になって鎌倉に戻ることにした。五ケ月間の長い在京だった。

大姫入内の結論は出なかった。

小康状態とはいえ、病の大姫では頼朝と政子がどんなに尽力して、丹後局や関白九条兼実を動かしても入内は到底無理な話であった。

わずか七歳で受けた大姫の心の傷は、天下一の医師の秘術を以《も》ってしても治癒させることは困難である。だが、頼朝は大姫の入内を諦《あきら》めたわけではない。

頼朝が大姫入内のため自ら朝廷に接近したことが、正しかったかといえばその評価は分かれるところだろう。

頼朝一行が戻って鎌倉は落ち着いているが、朝廷は任子と在子の二人が同時に懐妊したようなもので、九条派も土御門派もどうなることかと落ち着かない。

「占いでは中宮の方が男だそうだな？」

「いや、わしが聞いた話では逆だな。在子さまの方が男だと占いが出たそうだ」

「石清水八幡宮《いわしみずはちまんぐう》の籤《くじ》では両方とも男だということらしい」

「それはもめるぞ！」

「第一皇子が優先だろう。違うか？」

「そこが難しい……」

「何が難しい。第一皇子の優先は決まりだ！」

「いやいや、道長《みちなが》さまの例もある」

公家には有職故実《ゆうそくこじつ》については物知りが多い。かつて、栄華をほしいままにした藤原道長が一条天皇の第一皇子を天皇にせず、自分の孫の第二皇子と第三皇子を天皇にしたことがある。

それまで天皇の第一皇子が天皇に昇れなかった例はなかった。そのことを言っているのだった。

権力者とはそこまでも捻《ね》じ曲げることがある。

皇位簒奪《さんだつ》のようなもので、この国では絶対にあってはならないことだ。

八月十三日にその時が来た。頼朝に見放されそうな関白兼実の唯一の希望で、神に祈ってまで当てにしていた娘の中宮任子が、皇子ではなく皇女を産んだ。昇《しょう》子内親王《しないしんのう》という。祈禱《きとう》の甲斐《かい》もなかった。

見るも哀れなほど兼実が落胆する。それでも兼実は任子の再度の懐妊を望んだ。子を産んだ娘は懐妊しやすくなるという。

関白の執念だ。

朝廷の注目は下品なことだが在子の腹に集まった。

「在子さまを見た者の話では、顔が荒々しくなって腹の子は男だというな？」

「そうか、あっちの腹が男か……」

「源氏の勝ちだな、これは？」

「なるほど……」

土御門通親は村上《むらかみ》源氏久我流《こがりゅう》宣陽門院別当源通親というのが正しい。

天皇の皇子が臣下に下る時に源氏を名乗ることが多い。村上天皇の皇子であれば村上源氏となる。嵯峨《さが》天皇であれば嵯峨源氏、清和《せいわ》天皇であれば清和源氏、宇《う》多《だ》天皇であれば宇多源氏という。

従って天皇ごとに源氏がいてもおかしくない。

村上源氏の中にも久我流《こがりゅう》、中院流《なかのいんりゅう》、六条流《ろくじょうりゅう》、岩倉流《いわくらりゅう》、久世流《くぜりゅう》などと多くの公家が枝分かれしていた。

その公家は家格が決まっていて摂関家《せっかんけ》、清華家《せいがけ》、大臣家《だいじんけ》、羽林家《うりんけ》などと格付けされる。

そういう中で公家たちは周囲に気を遣いながら息苦しく生きていた。

「もうすぐわかることだ」

「臨月は十二月と聞いたが？」

「そうだ……」

「祈禱に忙しくなりそうだ」

天皇の側近から女官、殿上人はもちろん、都の下々までそんな噂が飛び交った。

そんな期待を一身に背負って、十二月二日に土御門通親の養女在子が男子を産んだ。為仁《ためひと》親王という。

後の土御門天皇である。

これで関白九条兼実は万事休した。

廷臣の公家たちが関白兼実を見限って、為仁親王を養育している通親の傘下に続々と流れていった。

こうなると誰も止められない。機を見るに敏なのが公家だ。

長い歴史の中でどうすれば貴族社会で生き残れるかを身につけてきた。それは長い物には巻かれろという考え方だ。

皇子誕生は即刻鎌倉にも知らされた。

「土御門か……」

「これで流れができます」

広元が頼朝の傍でつぶやいた。

「関白でも止められないか？」

「はい、九条さまへの反発が噴き出します」

「関白は少々やり過ぎたな？」

「そのように思います」

頼朝は朝廷の権力争いに決着がつくだろうと思う。在子が皇子を産んだことで九条兼実が負ける公算が大きくなった。

鎌倉も京の激変を建久七年（一一九六）の年が明けた頃から注視していた。

頼朝はもう関白九条兼実を支援する考えはない。

大姫の入内がうまくいかなかったのも、兼実の力が衰えてきているからだとも思える。

三月になると関白兼実の盟友左大臣三条実房が病に倒れた。二十三日にはその三条実房が病を理由に左大臣を辞任する。

だが、関白兼実は左大臣の後任を決めなかった。

それは次席の右大臣花山院兼雅《かざんいんかねまさ》が土御門通親派だったからだ。だが、それは表向きのことで、信頼を失った関白兼実は力が急速に落ちて、人事権を行使できる求心力がなくなっていたのである。

こうなってはもう手立てはない。

朝廷の権力は後鳥羽天皇の第一皇子為仁親王を育てる土御門通親に移る。

夏から秋になると関白九条兼実の力は、ほぼ消えてしまい関白の罷免《ひめん》が決定的になった。

罷免に先立って十一月二十三日に中宮任子が内裏から退去させられた。権力が移行する時は無慈悲だ。

三年後に中宮任子は院号宣下を受けて宜秋門院《ぎしゆうもんいん》となる。

その二日後の十一月二十五日に、頼朝の支援を失った関白九条兼実があっさり関白を罷免される。

後任の関白は近衛基通《このえもとみち》だった。

新たな朝廷の権力者土御門通親は、兼実を流罪にしようと奏上するが、後鳥羽天皇が関白にそこまでの罪はないと言って止めたという。だが、九条兼実の失脚は一門に及び、弟の天台座主慈円《ざすじえん》と同じく弟の太政大臣藤原兼房《かねふさ》が辞任した。

権力者が変わればすべてが変わる。即刻、土御門通親は兼実の門閥重視を改め、不遇だった公家たちを次々と昇進させた。

この政変において兼実を支援する勢力は皆無だった。

ただ、公家たちの間には鎌倉の頼朝が、関白基通を支援するのではないかとの風聞が立ったが、その頼朝は動く気配さえ見せなかった。

後白河法皇の死後に始まった関白九条兼実の政治は、公家たちの不満が鬱積する中わずか四年で終わった。

この関白罷免事件を建久七年の政変という。

吉田経房と葉室宗頼《むねより》が権大納言に昇進、山科実教《さねのり》が中納言に、一条高能が参議に就任するなど、土御門通親の動きは早かった。

関白の罷免で朝廷の混乱も落ち着きが見えてきた。

頼朝が大姫の入内を考え、方針転換をしたように朝廷や院に接近したことは、どう評価するか見解の分かれるところだろう。

ただ、頼朝の中に朝廷と融和する勘が働いたことは事実だ。

その手段として大姫の入内があった。だが、大姫の入内は頼朝が家族を連れて上洛したにもかかわらず、その工作は上首尾とはいえなかった。

頼朝の死

建久八年(一一九七)の夏、その大姫が病から回復することなく、愛する義高のもとに旅立っていった。

この時、大姫は二十歳だった。

頼朝は五十一歳になっていた。政子は哀れなほど嘆き悲しみ、大姫と一緒に死にたいとまで口走った。

その政子を頼朝はまだ幼い子らがいるのだからと慰めたという。

子に先立たれる親の気持ちほどつらく無惨なものはない。我が子といえども生死は天の配剤《はいざい》であり人知の及ぶところではない。

大きな犠牲を払ってまで行われた大姫の入内計画は頓挫《とんざ》する。

結局、頼朝は大姫の入内を実現しようとして、後白河法皇の側近だった丹後局と土御門通親にうまく利用された。

関白九条兼実を見限ってまで入内を実現しようとした。

朝廷とか貴族社会というのはそういう抜け目のないところなのだ。関白の政敵たちは頼朝の弱点が大姫だと見抜いて、入内を実現するようなしないような曖昧な態度をとる。

そういう手練手管は公家たちの最も得意とするところだ。

表ではにこやかに話に調和してくるが、夜になれば灯の下でどんな本音が語られるかわからない。

そういうことが日々繰り返されている。

「鎌倉の娘のことだが、流人《るにん》と山猿の娘の間に生まれた娘ではないか、入内とは身のほど知らずもいいところだ」

「さよう、鎌倉殿などというが所詮は敗残の流人ではないか、入内など僭上《せんじょう》の沙汰《さた》であろうよ。御台《みだい》などというがどこの馬の骨か知れたものではないわ」

「立ち腐れにするしかあるまい？」

「いかにも、表立って反対もできぬからな……」

それぐらいのことは平気で語られる恐ろしいところが都なのだ。

そんな中で頼朝は不運だった。

秋も十月になって朝廷における頼朝の代弁者、一条二位入道能保五十一歳が死去したと知らせてきた。

一条二位入道の存在は頼朝には大きかった。

朝廷と鎌倉の融和の中心にいた人物である。頼朝の考えを理解してそれを朝廷に反映する役割を担っていた。頼朝と同じ年の義兄弟である。

「広元、二位入道の代わりに参議の高能だな?」

「はい、高能さまの官位を上げるよう働きかけます」

「うむ、高能は若いがしっかりしておる」

頼朝が大姫の婿にしようとした気に入りの二位入道の嫡男だ。大姫が嫌がって結婚は実現しなかった。

高能はまだ二十二歳だったが、朝廷の実力者土御門通親が、鎌倉との融和を考えていたこともあり、従三位《じゆさんみ》公卿《くぎよう》に上階《じようかい》する。

頼朝の期待を背負って異例の急激な昇進だった。

その頃、朝廷内では十八歳になった後鳥羽天皇の言葉の力が増してきていた。なにごとにも自分の考えをはっきり述べられる天皇で、その聡明さは御製《ぎよせい》にも歌い込まれていた。

こういう意思のはっきりした主張の強い天皇が現れると大乱が起きやすい。

天皇は古来から無謬《むびゆう》の絶対的権威であって、現人神《あらひとがみ》的存在で、それゆえに三歳や四歳でも天皇としてあり得た。

むしろ、若い天皇ほど世の中が若々しくなると信じられている。

神は常に若く生命力に満ち溢《あふ》れた存在でなければならない。それゆえに伊勢の大神は二十年ごとに遷宮《せんぐう》して若々しくあり続ける。

命の源が神である。

天皇も同じ存在と考えられていた。従って、四十代や五十代で天皇に即位することはほとんどなかった。老衰した世の中になるからだ。

例外的に百三十年前の後三条《ごさんじょう》天皇が治暦《じりやく》四年（一〇六八）七月に三十五歳で即位している。この天皇の母は禎子《ていし》内親王で藤原道長の外孫であった。

天皇は道長の外曽孫であり、まだ道長の栄華の痕跡が強く残っていた頃であった。高齢の皇子でも天皇になれたのだろう。

その二百五十年後の文保《ぶんぽう》二年（一三一八）三月に三十一歳の後醍醐《ごだいご》天皇が即位する。

このように高齢で天皇に即位することは難しかった。

従って、天皇が自ら政治を行うことはなく、天皇が幼い時は摂政が置かれて政治を行い、天皇が成人すると関白が置かれて政治が行われた。

これを摂関政治という。

天皇の親政はあり得ない。

もし、天皇が政治を行いたいときは、天皇を譲位して上皇となり、治天《ちてん》の君《きみ》となって院政を行うしかなかった。

治天の君とは天皇家の当主として政務の実権を握った天皇及び上皇をいう。治天下などとも呼ばれた。天皇が幼いためほとんどの場合、後白河法皇のように、法皇か上皇が政務の実権を握る。

後鳥羽天皇の場合は三種の神器が揃わないで、即位したという強烈な負い目があった。天皇のままでは何もできない。

皇位を継承して践祚《せんそ》しても、何かの都合で即位の礼が行われないと、半天皇などと陰口をたたかれることがある。ましてや三種の神器がないまま即位したのだから、半天皇以下などと陰口を言われても仕方がない。

そんな厳しい環境の中で育ったからか、後鳥羽天皇は強い性格の天皇になっていた。

これまで後白河法皇が院政を行い、その死後に関白九条兼実が実権を握り、今は土御門通親が実権を握っている。

後鳥羽天皇は後白河法皇の孫であり院政の再開を考えていた。

だが、十八歳の天皇が院政といっても、権力を握る土御門通親や丹後局、何よりも鎌倉の頼朝が納得しそうにない。

そこで激しい気性の後鳥羽天皇は、建久九年（一一九八）の年が明けると正月十一日に、頼朝の反対を無視して為仁親王に譲位を強行した。

この正月に四歳になったばかりで、まだ親王宣下もないままの土御門天皇である。自分が育てている孫でもあり土御門通親は践祚には同意した。

ここに十九歳の新上皇が誕生することになり、この後鳥羽上皇は土御門、順《じゅん》徳《とく》、仲《ちゅうきょう》恭天皇の三代二十三年間、院政を太《だいじょう》上天皇こと上皇として敷くことになる。

鎌倉にとっては何《な》んとも強烈な上皇だった。

若い上皇が真正面から頼朝に刃向かったともいえるが、上皇は鎌倉政権の怖さをまったく知らないともいえた。

頼朝だけでなく、大江広元も入道康信も二階堂行政も中原親能も苦笑いするしかない。

鎌倉御家人の時政や梶原景時、和田義盛などは武家をなめやがってと腹の中では怒っている。

この後鳥羽上皇の院政が、この後、日本の形を決めることになる、極めて重大な事件を惹起《じゃっき》することになる。

この国の形を決めた藤原不比等《ふひと》を鎌倉政権は越えることになる。

頼朝は再び入内問題で動き出した。

大姫の入内工作は失敗し、大姫の死で頓挫したが、頼朝には次の切り札がある。

次女の三幡姫《さんまんひめ》こと政子の産んだ乙姫《おとひめ》十三歳である。その乙姫の入内を画策することになった。

朝廷では天皇の譲位などがあり、権力を握る土御門通親と丹後局は、その権勢の衰えを警戒して鎌倉と融和する必要に迫られていた。

折角つかんだ権力を、後鳥羽上皇に根こそぎ持って行かれる危険性が出てきたからだ。

朝廷の権力争いが法皇と関白九条の戦いだったのが、上皇と土御門という構図に書き換えられた。

そのあたりの力加減を知っている一条高能の働きもあって、大姫の入内の時のように難しいことはなく、大きな問題もなく乙姫には女御《にょうご》の称号を与えられた。

女御とは天皇の後宮における身分であり、皇后、中宮に次ぐ高位の身分で、頼朝は大いに満足である。時機を見て中宮に冊立《さくりつ》することもできる。

鎌倉から上洛して入内するばかりになり、頼朝が乙姫を伴って三度目の上洛をする予定が組まれることになった。

この上洛は一度目や二度目とは上洛の意味が違う。

鎌倉の総力を挙げて朝廷も院も都の人々もひれ伏すような、威風堂々たる鎌倉の威厳と恐怖を見せつけなければならない。

それには充分な支度をして奥州征伐のように、二十万からの大軍勢を率いて上洛し、もう黄金はいらないというほど下々にまでばらまいて、その黄金の上を行軍する鎌倉の騎馬軍団の威力を見せる。

その先頭に白い旗を立てた源氏の御大将源頼朝がいる。

乙姫が乗るのは牛車ではない。四方から何人もが持って運ぶ豪華絢爛《けんらん》たる御輿《おこし》である。

頼朝の威信をかけた上洛になるだろう。

四歳の天皇に十三歳の女御だから、皇子が生まれるのはまだ十年以上も先のことだ。その土御門天皇が三月三日に即位した。

頼朝と乙姫の上洛の支度が着実に進められた。支度に慌てる必要はない。手抜かりのないように、暮れから新年にかけて上洛できればいい。

行軍の先頭が京に入っても最後尾はまだ鎌倉にいるかもしれない。

鎌倉は乙姫の入内が決まって喜びに満ちていた。道端で上洛の立ち話をする御家人の顔がどこか和《なご》んでいる。

ところが夏が過ぎた九月十七日に突然一条高能が病死した。二十三歳だった。伯父の頼朝のところに京から使いが飛んできた。頼朝には痛い高能の死である。朝廷における頼朝の代弁者であった一条二位入道能保、高能親子の立て続けの死は頼朝の痛手になった。

そこで頼朝が考えたのは九条兼実に再接近することだった。

高能の死が伝えられ、時政がおっとり刀で大倉御所に駆け込んでくる。梶原景時も和田義盛も怖い顔で駆けつけてきた。

頼朝と乙姫の上洛を前にして故障が起きては一大事だ。

「先の関白では駄目か、広元？」

「九条さまがあてになりましょうか？」

広元はあまり乗り気ではない顔だ。広元は九条兼実の去就をつかんでいた。関白を失脚してからは毒気が抜けたのか、政治向きのことには関与していない。時政たち武家は京の情勢は知らなかった。

「高能の弟たちは？」

「はい、信能《のぶよし》さまは九歳、実雅《さねまさ》さまは三歳にございます。この子たちの姉が九条関白の次男良経《よしつね》さまに嫁いでおられます」

この九条良経は後に従一位に昇り、摂政と太政大臣を務めることになる。土御門通親は一条高能を急速に昇進させるなどして、日に日に増大する鎌倉の権威に対して、頼朝と融和的関係を築こうとしていた。

その高能がまだこれからという時に、従三位まで上階しながら二十三歳で病死したのだから、頼朝と通親の双方にとって困ったことになった。

ここは頼朝と乙姫の上洛に支障が出ないよう慎重に対処する必要があった。九条兼実に代わって息子の九条良経三十歳でもよいが、父親の関白と一緒に失脚しており入念に確かめる必要がある。

この翌年の六月に九条良経は左大臣として復活することになる。この良経と一条二位入道能保の娘の間にできた長男道家《みちいえ》が、その息子の四男実経《さねつね》に一条家を再興させて、名門摂関家の一条家を復活させることになる。

公家の家系はあれこれ入り組んでいて厄介である。

頼朝の長男頼家十七歳と比企能員の娘若狭局《わかさのつぼね》の間に、頼家の長男一幡《いちまん》が生まれた。頼朝の初孫である。

若狭局は頼家の正式の妻ではなかった。

頼家の傍に仕えていたため、その扱いは妾ということになる。

建久九年も押し詰まった十二月二十七日に、将軍頼朝は相模川の橋供養に出かけたという。

その橋は頼朝の家臣稲毛重成《いなげしげなり》が亡き妻の供養のために架橋したものだった。橋供養とは落慶式のようなものだろう。

その帰途に頼朝が落馬したというのだが、そのあたりの真相は定かではない。源氏の棟梁《とうりよう》で征夷大将軍の落馬というのは考えにくい。事実とすれば将軍ともあろうものが間の抜けた話である。

馬上で何んらかの病を発病して落馬したとも考えられるが、その落馬の状況がどこにも書き残されていない。落馬して体調を崩したという。武将が落馬することは恥ずかしいことである。

頼朝の死に関する記載がまったくない。

よほど隠さなければならなかったことがあるとしか思えない。

天下に広く流布《るふ》したのが落馬説である。その落馬の様子が書かれていないのはなぜか大いなる疑問だ。

そんなところから諸説入り乱れている。

水を欲しがる飲水病説、義経や安徳天皇の亡霊を見たという亡霊説、相模川の河口付近は馬入川《ばにゅうがわ》と呼ばれており、頼朝の馬が突然暴れて川に入り頼朝が溺《おぼ》れたという溺死説、北条家の誰かに水銀を飲まされたという暗殺説、頼朝が愛人の家に行く途中、不審者に間違われて切り殺された誤認殺傷説などだという。

だが、どれも決め手になる証拠がない。

徳川家康が頼朝の不名誉になることは、秘するべきだと言ったなどというのまである。

頼朝という大英雄の死が謎なのだ。

全体の流れから見ると最も面白いのが、悋気《りんき》の大将に愛人の存在が発覚して、鬼になった政子が刺客を放って頼朝を暗殺したという説だ。単純明快で実に納得できる。

ちょっと深刻で問題なのが、北条一族が鎌倉政権の簒奪《さんだつ》を狙い、大姫や乙姫を入内させようと、朝廷や院に接近する頼朝に貴族化の危機感を感じ、鎌倉を武家の政権のままにしておくため頼朝を取り除いたという説である。

この犯行に北条一族だけでなく他の御家人たちも、自分たちの権利を守るために暗黙の了解をしていたとしたら、恐ろしいがあり得ることだ。

その権利とはやはり領地である。

貴族から奪った荘園や領地を取り戻されることだけはあってはならない。

頼朝は何んといっても清和源氏という貴種であり貴族である。そこは土着の豪族である御家人とは考え方が違う。

その危険な匂いを嗅ぎつけた御家人がいてもおかしくない。御家人ではなく大江広元、二階堂行政、まさか入道康信はあり得ないと思う。では中原親能か、京の土御門通親や丹後局、先の関白などが刺客を放ったかもしれない。

犯人が誰か、その手口は何かだ。

こういう謎の裏には意外に大きな陰謀が隠れていることがある。

本朝で最も大きな謎がこの頼朝の死と、三百八十四年後に起きる織田信長の本能寺の変であろう。

いずれも深い闇の中に入っている。

建久十年（一一九九）の年が明けた正月十一日に、病臥《びょうが》している頼朝が出家する。

その二日後の正月十三日に清和源氏の河内源氏嫡流正二位征夷大将軍源頼朝が亡くなった。五十三歳だった。

この記述は鎌倉時代の正史ともいうべき吾妻鏡《あずまかがみ》には記載されていない。橋供養から葬儀まですべて抜け落ちているのだ。

禁裏《きんり》の秘史お湯殿《ゆどの》の上《うえ》の日記《にっき》から、信長の本能寺の変の前後が、抜き取られたように消えているのと同じである。

それゆえに家康が隠したのだ、など根も葉もないことを言うのだろう。

頼朝の死によってそれまで頼朝の権威に、押さえ込まれていた御家人たちの不満が噴出する。

鎌倉政権の弱点を露呈することになった。

つまり、源氏の棟梁という頼朝の権威は、所詮、所領第一の御家人たちに担がれた政権でしかなかった。頼朝の源家が広大な領地を持っているとか、強力な自前の兵力を持っているという安定した政権ではなかった。

清和源氏の中の河内源氏の嫡流として流人から身を起こし、伊豆の弱小豪族でしかなかった北条時政の力を借りて挙兵、しかもその時期、清盛の死に伴い平家の栄華が傾き始めた頃で、挙兵は実に幸運だったといえる。

平家に抑圧されていた坂東武者がこぞって源氏の白旗に集まってきた。

傀儡《かいらい》とはいわないが頼朝の鎌倉政権はその成り立ちが、関東の諸豪族の集合体であって、その豪族たちの領地を頼朝が安堵するという形態をとった。

安堵といっても頼朝の権威だけで、朝廷の官位官職を授かるわけでもない。極めて曖昧な安堵であり保障である。

端《はな》から不安定要素の大きな政権だった。

だが、この方式が鎌倉、室町と続き、それが破綻して戦国乱世に突入することになる。

頼朝の政権そのものが波乱含みであった。

その不安定さを押さえ込んでいたのが、頼朝という重くて大きな権威だった。

その権威が関東の豪族を御家人として統率してきた。

その御家人の中には数千から一万、二万の兵力を持つ者もいた。

鎌倉軍とはそういう兵力の集まりである。

従って、頼朝という眼に見える巨大な権威が消えると、鎌倉政権そのものが瓦解しかねない危険をはらんでいた。

それが瓦解しないのは共同の利益があるからだ。

その利益とはいわずもがなの領地である。鎌倉政権の結束が崩れてバラバラになれば、京の朝廷や貴族からの圧力に耐えられなくなって、手にした領地や荘園を取り返されてしまうが、政権を維持していれば抵抗することができる。

そこで政権内で考え出されたのが頼朝亡き後の、鎌倉幕府は源家の将軍が行う政治ではなく、御家人たちの合議制で政権を運営するというものだった。

鎌倉殿の権威を有名無実化する方向に、鎌倉の風は強烈に吹き荒れることになる。

この風こそ源家を滅亡させ、多くの有力御家人を滅亡させ、得宗《とくそう》という巨大な魔物を産み、やがて後醍醐天皇と足利尊氏《あしかがたかうじ》の激突を招き、天皇家が南北に分裂し応仁《おうにん》の大乱へと突き進んでいく予兆であった。

どこか血生臭い歴史の大波襲来を感じさせる、鎌倉の風が吹き始めた。

それは頼朝の死という突風の後に、由比ガ浜から吹く春風の汐《しお》の香の中に、かすかに臭い始めている。

源家から権威を簒奪しようという大陰謀である。

そもそもこの頃から頼朝の評価が分かれていた。貴族社会から武家社会を作ろうとした業績は赫々《かっかく》たるものはあるが、一方で猜《さい》疑《ぎ》心《しん》が強く、冷酷で残忍な性格ともいわれた。

武将としても各御家人の指揮能力が高いのであって、頼朝が何か具体的に戦いの指揮を執って、大きな成果を上げたとは考えられていなかった。

頼朝は武将というよりは藤原不比等のような偉大な政治家といえる。

正月二十日に頼朝の死が朝廷へ伝わると、急遽《きゅうきょ》、春の除目《じもく》が行われ頼朝の嫡男源頼家十八歳が左中将に昇進した。

除目とは除が前官を除き新官を任ずるの意、目は目録に記するの意である。春と秋に行われる人事であった。

左中将は左近衛中将のことで官位は従四位相当である。この時、頼家は正五位下右近衛少将まで昇進していたから上階したといえる。

その頼朝の死が、朝廷に知らされるより一足早く、頼朝重病と都では流布《るふ》して一気に不穏な空気が流れた。死の原因がわからないため重病と噂《うわさ》されたようだった。

「おい、鎌倉の大将が重病らしいな？」

「頼朝か？」

「知らないのか？」

「知らなかった。戦になるのか？」

「ああ、頼朝が死ねば鎌倉がどうなるかわかるまい？」

「それはそうだ。内輪もめが起きるか？」

「跡取りの頼家というのが、まだ若いそうだからな。頼朝が死ねばどうなることか？」

「ところで頼朝はどんな病気なのだ？」

　京の大路の辻での立ち話では詳しいことは何もわからない。

「重病というだけだ。何日も前の話だろうから、もう死んでいるかもしれないな……」

「鎌倉だけの戦ならいいが？」

「そううまいことといくもんか、都に飛び火するのは目に見えているよ」

「逃げるか？」

「どこへ？」

「東からくるんだから、逃げるのは西だろう?」

「西にも火がつくかもしれないぞ?」

「逃げ場がないか?」

そんな噂が京に広がった。

急な政権交代で鎌倉が不安定になれば、都でも不穏な事件が起きかねない。急遽、厳重な警戒態勢に入った。

正月二十六日には朝廷から諸国守護の宣旨が下り、頼家が二代目と認められ、頼朝の家督を相続し鎌倉殿になった。

鎌倉では頼家抜きで、有力御家人たちや広元などの有力者が集まり、これから先の鎌倉政権をどうするか話し合いがもたれた。

考え方の中心は政権を頼家に渡すのではなく合議制のことだった。有力御家人で鎌倉政権を運営していこうというのだから曖昧だ。

こういうことは、聞こえはいいがうまくいったためしがない。みんな仲良くやりましょうというような話で、権力を握りたい互いの目論見《もくろみ》が見え見えなのだ。

この有力御家人などの合議制に対し、やはり頼家を中心とした政治を行うべきだと主張したのが、大江広元や中原親能や梶原景時などの頼朝側近たちだった。

政権内の考えが割れた。

その中で頭角を現してきたのが、それまでほとんど目立たなかった北条義時だった。姉の政子の後ろ盾があり、父時政の力もあって存在感が出てきたのだ。

それまでは頼朝の家子専一《いえのこせんいつ》といわれたぐらいで、頼朝と政子の寝所番といわれ、軽く見られていた。三十七歳になるが目立った武功も発言もなかった。

三浦義澄《よしずみ》の息子の平六《へいろく》こと三浦義村《よしむら》三十二歳などとは親しくしている。

哀れ御曹司《おんぞうし》

二月に入って案の定、心配されていた事件が京で起こった。

二月十一日になって土御門天皇を擁して、権勢をふるっていた権大納言土御門通親を、頼朝の死で後ろ盾を失った一条能保の遺臣たちが襲撃しようとした。

この事件は一条二位入道の遺臣、後藤基清《ごとうもときよ》、中原政経、小野義成《よしなり》の三人の左衛門尉などが計画したもので京で発覚したという。三左衛門《さんざえもん》事件というが、この京中騒然といわれる事件の根は既に前年にあった。

土御門通親や後鳥羽上皇に反対する勢力ができていた。

それは頼朝の代弁者だった一条二位入道能保から讃岐守《さぬきのかみ》の官職を譲られたり、その二位入道の推挙で左馬頭《さまのかみ》に昇進した頼朝の従兄弟《いとこ》の源隆保《たかやす》が中心にいた。隆保は頼朝が上洛した時に対面して信頼されている。

その源隆保が一年前から土御門通親を殺害しようとしていた。その隆保が二位入道の遺臣など人を集めて暗殺の謀議をした。

その計画が実行直前に発覚してしまった。

二月十四日に後藤左衛門尉基清ら三人の左衛門尉が捕縛される。

後藤左衛門尉基清は西行《さいぎよう》の兄弟の子で、西行とは伯父と甥の関係だったが、後藤家へ養子に入っていた。

基清はこの事件で讃岐守護を解任される。

その後、後鳥羽上皇との関係を深めて、上皇の身辺を警護する西面の武士となり、検非違使《けびいし》にもなり、讃岐守護に復帰するが、承久の乱では上皇方で敗北、鎌倉方にうまく鞍《くら》替えするが、鎌倉の御家人だった息子の後藤基綱《もとつな》に処刑される。

源隆保も暗殺を陰謀したとして禁裏への出仕が停止され、左馬頭の官職を解かれて五月二十一日に土佐へ流罪となる。

鎌倉から至急の使いが京に到着、土御門通親を支持する鎌倉の方針が伝えられた。

二月二十六日になると鎌倉から中原親能が上洛して、暗殺計画が発覚した騒動の処理が素早く行われた。

そこで文覚が源隆保と親しくしていたことがわかり、連座となって佐渡《さど》に流罪となるが三年後の、建仁《けんにん》二年（一二〇二）十月に土御門通親が亡くなると京に召還される。

源隆保は四年後の建仁三年（一二〇三）六月二十五日に本位に復したが、既に頼朝の権威はなく従兄弟だったが消息は不明となる。

鎌倉政権の三左衛門事件の始末は手早かった。

頼朝の関係者といえども容赦なく処分した。源隆保と文覚を流罪にして鎌倉の政権の変化を印象づけた。

源家の不幸が続くことになる。

頼朝の死からわずか二ケ月で、今度は女御として入内が決まっていた乙姫が倒れた。三月五日のことで高熱を発するとたちまち意識を失い危篤になった。

高熱の原因がわからない。

「義時、すぐ祈禱じゃッ、病退散の祈禱じゃ！」

「はい……」

「寺々に誦経《ずきよう》も頼むぞ！」

「承知しました」

鎌倉の寺社で乙姫の病気平癒《へいゆ》の祈願が行われた。だが、乙姫の容態は好転せず日に日に憔悴《しようすい》していった。

「父上、京から名医の針博士《しんのはかせ》を呼んでいただきたい！」

「わかった……」

十二日に政子は乙姫の憔悴を見かねて、京の名医、針博士の丹波時長《たんばのときなが》を鎌倉に招こうとする。だが、時政の使いが京に駆けつけても、針博士の丹波時長は鎌倉に下るのを固辞するばかりで話が進まない。

「政所《まんどころ》の別当《べつとう》殿、院に使いを出してもらいたい！」

「畏まりました」

政子は乙姫を助けようと必死だ。広元の指図で院に奏上するため在京の御家人に使いが出された。一日も早い方がよい。早馬が京に向かう。

一方では鎌倉政権をどう維持するのかが秘密裏に話し合われている。

鎌倉政権が空中分解するか、政権を維持して利益を共有しながら、京の朝廷や院に対抗していくかの選択だが、政権維持には誰も異論はなかった。

問題はどんな政権にするかだ。

合議制を主張する者たちは頼朝の死後、ここ二ケ月ほどの頼家の振る舞いや失敗を猛烈に非難した。

急に父親の頼朝に死なれ、わずか十八歳で何をしてよいかわからない頼家が、失敗しないようにするのが側近や御家人たちの務めなのに、それもせずにここが駄目だ、あそこが駄目だと言われては頼家が哀れだ。頼家の近臣は若い者ばかりで、有力御家人の老人たちとは考えも違っていた。

だから、頼家から権限を奪うというのは乱暴だが、若い者の言うことなど聞けるかと主張するのは、頑固な老人たちにとっては何んの不思議もないのである。

遂に広元が合議制反対から引いた。

すると四月十二日に極めて重大なことが決定される。鎌倉政権の形を変えてしまい、幕府の運命を決めるものだった。

それは鎌倉殿こと頼家の訴訟親裁禁止を決めたことである。頼家が訴訟を直接に裁断することを禁じたのだ。鎌倉殿はもういらないというに等しかった。

あまりにも強引で乱暴なやり方である。

選ばれた有力御家人十三人の合議制による裁断とすると決めてしまった。

鎌倉殿の最も重要な訴訟裁断の権利を奪ったのである。それでは御家人の上に君臨し、権力を行使する鎌倉殿が吹き飛んでしまう。

遂に、鎌倉幕府の正体が明らかになった。

頼朝が築いた鎌倉政権の弱点がいきなり露呈する。

頼家を二代目鎌倉殿として政治の主導権を握ろうという頼朝側近の大江広元、中原親能、梶原景時などに対して、義時など有力御家人はそれに不満で激しく反発した。

頼家の独裁を抑止するため十三人の合議制がいいと言う。

独裁の抑止などではなく鎌倉殿から権力を奪い、有力御家人が勝手に政権を壟《ろう》断《だん》するに過ぎない。鎌倉政権の簒奪である。

その上、合議制といえば聞こえはいいが、こういう合議体制は、考えをまとめて維持するのがかなり難しく、至難の業である。

ましてやその目的が二代目鎌倉殿の頼家から、源家の持つ権力を頼朝が突然死んだことをよいことに、御家人たちが寄ってたかって奪う魂胆なのだから穏やかではない。

この辺りを記した史書は頼家をあまりにも悪者にし過ぎている。端からうまくいかない合議制を持ち上げすぎていないかと思う。既にそれほど北条家の力が大きかったという証左かもしれない。

史書は勝者のものだから北条家に迎合するのは当然だが、頼家は史書で罵《ののし》られるような男ではなかった。むしろ、頼朝に似て武芸には極めて優れ、冷静沈着にして英雄の質を備えていた。

だが、年寄りの御家人たちにはそれでは困るのだ。

ことに、頼朝の死によって北条家と北条時政の地位がかなり低下してきていた。本来、北条家は御家人の中でも勢力は中程度で大きい豪族ではない。

頼家が暗愚で飾り物の鎌倉殿であってほしい。時政も義時もこのまま頼家に押さえ込まれては困る。

頼朝の死は北条家の危機でもあった。

それは頼家が比企家によって育てられた鎌倉殿だからである。

十三人の合議制は頼家の問題のように見せてはいるが、実は頼家を育ててきた比企家の勢力拡大を警戒する北条家などの御家人の暗闘だった。

時政や義時が頼家を支持しない理由が実に傲慢《ごうまん》だ。その理由が二つあった。

一つは京の三左衛門事件で讃岐守護を罷免された後藤基清に代わって、頼家が近藤国平《こんどうくにひら》を任命したのが駄目だという。

だが、この正月二十六日に頼家は朝廷から諸国守護の宣旨を受けていて、守護の任命権は頼家一人にあるのだから時政や義時が指図できる立場にはない。

もう一つは頼家が伊勢神宮領の六ケ所の地頭職を停止したことだ。この案件も頼家の決定できる権限であり何んの不思議もない。

まさに頼家は自ら鎌倉殿として存在証明するため、御家人たちの上に君臨する鎌倉殿の力量を発揮して見せた。頼家は決して愚かな男ではなかった。

だが、所領に関する案件は利害が絡むから、頼家の裁断では危惧があると言い出したのは、十三人に選ばれていない佐々木《ささき》入道盛綱《もりつな》だった。

盛綱は頼朝の傍で同じ宿老《しゅくろう》として時政と気脈の通じている年寄りだ。時政の巧妙な罠で盛綱にそう言わせて、だから合議制にしないと駄目だと主導したいのだ。

「わしが言ったのではない。佐々木入道殿が言っているのだから……」

極めて狡猾《こうかつ》な汚いやり方だ。

そのあたりのことは、広元にはすべて見え見えでわかっていた。だが、合議制に反対の広元の方は人数が少ない。

合議制などうまくいかないだろうとは思う。本朝では聞いたことがない。

だが、義時たち御家人の利害共有の政権運営もわからないことはない。ただ、源家を亡き者にしようという時政と、義時の考えが見え隠れするのが気になった。

それだけに、これ以上反対すれば命が危ないとわかる。

そんな御家人たちの殺気を広元は感じて引いたのだ。

案の定、この後、合議制の十三人が揃って会議が行われたことは一度もなく、結局、有力御家人の中でもより力のある数人の話し合いで決まることになった。

当然の成り行きである。

その十三人とは大江広元政所別当、三善入道康信問注所《もんちゅうじょ》執事、中原親能京都守護、二階堂行政政所執事、梶原景時播磨《はりま》美作《みまさか》守護、後に景時の変で失脚する。足立遠元《とおもと》公文所《くもんじょ》寄人で藤原北家魚名流という、坂東武者でありながら公文所寄人を務めるなど文官の素養があった。承元元年（一二〇七）三月三日に闘鶏《とうけい》を見た後に死去する。

安達《あだち》盛長《もりなが》三河守護はほどなく病死する。八田《はった》知家《ともいえ》常陸守護、比企能員信濃上野守護は能員の変で謀殺される。

北条時政伊豆駿河《するが》遠江《とおとうみ》守護は牧の方事件で追放される。

なぜこの十三人に入っているのかわからないのが北条義時という男で、寝所警護頼朝の家子《いえのこ》である。

三浦義澄相模守護は間もなく病死する。

和田義盛侍所別当は和田合戦で滅亡するのである。

このように合議制と決まった十三人はほぼ十三人ではなかった。有名無実の十三人で有力な御家人であるとして名前が並んだだけであった。

ここに義時の名があったのは政子の代理人としての位置づけで、政子の代弁者としてその存在は重い扱いになる。

その義時はおとなしい顔をして恐ろしい謀略を抱えていた。

やがてそれが明らかになるが、誰もが気づいた時には大きな力を持ち、手遅れになってしまう。

最終的には義時一人が将軍に変わって権力を握ることになる。

この十三人の中で最後まで生き残り得宗と呼ばれ、強大な権力を握ったのは義時ということになる。

端から十三人もの合議制などうまくいくはずがない。

この合議制を持ち出したこと自体が大謀略であり、大陰謀というしかない。

結局、潰し合いが生じてほどなく瓦解してしまう。

漁夫の利というべきか、北条義時によって頼朝の源家一族は滅亡させられ、鎌倉政権そのものが義時に乗っ取られてしまう。

この決定を聞き、十三人の合議制に反発した頼家は、小笠原長経《おがさわらながつね》、比企宗員《むねかず》、比企時員《ときかず》、中野能成《よしなり》以下、若い近習《きんじゅ》五人を決めて、彼ら以外とは目通り許さないという行動に出た。

同時に、彼らにはむかってはならないとの命令を出す。

なんとも情けない。駄々っ子の御曹司《おんぞうし》のやりそうなことで、義時の十三人合議制に正面から対抗する能力もなければ、頼家の傍には義時に対抗できるような、優秀な側近もいなかった。

この合議制の決定に対して政子が何も言わなかった。

政子に考えが無かったわけでも、決定を知らなかったわけでもなかろう。義時が政子に相談しないとは考えにくい。

乙姫の病気のことで手一杯なのはわかるが、十八歳の頼家と三十七歳の義時が激突しているのに、知らぬふりをした政子の愛情は既に頼家を離れている。

政子の愛情は病の乙姫と、妹の阿波局が乳母を務めている、八歳で可愛い盛りの実朝に移っていた。

この政子の偏愛がより重大な悲劇を招くことになる。

建久十年四月二十七日に改元が行われ正治《しょうじ》元年（一一九九）四月二十七日となった。

五月七日になって京から医師で針博士の丹波時長が鎌倉に到着する。時長が時政に固辞したため院宣によって鎌倉に下ってきた。

この丹波時長という針博士がとんでもない曲者だった。

時長は朝廷の典薬頭《てんやくのかみ》である。

天皇の脈も拝見する典薬寮《りょう》の責任者だ。典薬寮には仙丹《せんたん》という不老不死の霊薬があった。秦《しん》の始皇帝《しこうてい》が探し求めていたのがこの仙丹だという伝説がある。

この仙丹の効能は知る人ぞ知るという。

頼朝が上洛する少し前に、時長が丹後局に召されて聞かれた。

「典薬寮に霊薬はあるか？」

「ございます」

「そうか、何も聞かずに、わらわに出してくれるか？」

「それをお出しすることはお上のお許しが……」

「典薬頭ッ、わらわを誰と思うてか！」

「しかし……」

「天下のことぞ！」

丹後局の強引な要求に時長は泣き出しそうな顔だ。天下のこととは暗殺という意味だ。それ以外で霊薬を使うことはない。

この霊薬が典薬寮にあることを知っている者は少ない。

丹後局は後白河法皇にいざという時は使えと聞いたのである。

「よいな？」

「はい……」

「早い方がよいぞ？」

「畏まりました……」

その霊薬がどこでどのように使われるかは知る必要がない。それを知れば時長の命はなくなる。

丹後局が手に入れた霊薬の行方はもちろん誰も知らない。

それは頼朝が上洛して、奈良東大寺の再建落慶法要に向かう時、丹後局の華麗な牛車に乗り二人だけになった時がある。

その時に何があったか誰も知らないが、禁裏に伝わる不老不死の霊薬にございますと、丹後局から頼朝に渡されたのだ。それを頼朝がどう思ったかはわからない。

この時以来、頼朝と丹後局は実に親しくなり、色々な物を贈り合う仲になったと伝わっている。

この霊薬は藤原道長がある人に使ったことがある。

翌五月八日に時長は乙姫に朱砂丸《しゅしゃがん》という薬を献上、砂金二十両を受け取った。

朱砂丸は別に賢者の石ともいわれる辰砂《しんしゃ》である。

水銀を含んだ毒物であった。

十三日になって御家人たちが日別に時長を饗応《きょうおう》することが決まる。山海の珍味が供されて特別なもてなしであった。

すると五月二十九日には乙姫がわずかに食を摂《と》ったということで、政子を始め御所の女房たちや御家人衆が大喜びした。さすが、禁裏の典薬頭の力は素晴らしいということだ。

だが、それが乙姫の今生《こんじょう》での最後の食になった。

六月十四日に乙姫がぐったりして目の上が腫《は》れ上がって異様なことになった。顔が見るも無残なことになった。

それに驚いた丹波時長はこうなってはもう望みはない。この病は人知の及ぶところではないといって二十六日に京へ帰ってしまった。

医師に見放された六月三十日、頼朝の死後わずか二ケ月後に高熱を発して乙姫が病に倒れ、京の禁裏から高名な医師が派遣されてきたが、その甲斐《かい》もなく、頼朝の死後五ケ月半で乙姫は父の後を追うように死去した。まだ十四歳だった。

京から駆け戻った乳母父の中原親能が責任を感じて出家する。

この頃の頼家は十三人の合議制を決めた御家人たちに無視され、不信感でいっぱいであり、耐えられなくなっていた。

お前はいらないと言われたのだから当然である。

鎌倉政権は父頼朝が作ったものだから源家のものだと考える頼家に対し、頼家を排斥しようという北条家の陰謀が動き出す。さらに、東国武士団もかねてから頼朝の独裁に不満を持っていて、北条家の陰謀と利害的に一致すると考えた御家人と頼家との激突だ。

鎌倉幕府は源家のものではなく、東国の御家人のものだという考え方が出始めていた。

頼家には政治的能力はないと何んの証拠もなく決めつける。

源家の御曹司として育った頼家に、御家人たちのような強力な闘争本能はなかった。ないがしろにされ疎《うと》んじられれば、若い頼家がどうなるか義時はわかっている。

朝廷から宣下された諸国守護の頼家の権利を奪ったのだから、してやったりの時政と義時の笑いが止まらない。

頼家は猛烈に反発した。

若い頼家は断固として老人の宿老や御家人に考えを譲る気はない。父頼朝の時代と自分の時代は違っていいと考えている。生まれながらの鎌倉殿なのだから父頼朝のように宿老たちに恩義はない。

この頼家の考えが十三人の強引さに、いっそう頑なになり溝が深まっていった。

義時は追い詰められた頼家が暴発してくれればいいと思う。そうすれば武力で押し潰すことができる。厄介な源氏の鎌倉殿などいらない。

自分は平家だと思う。

こうなると一触即発の危険な緊張が続いた。

そんな中で、伊勢の室重広《むろしげひろ》という男が狼藉《ろうぜき》を働いたと鎌倉に知らせが入った。乙姫が亡くなってすぐの七月十日のことだった。

さほど大きな事件とは思えないが、そんな取り締まりぐらいしか頼家には命じる権利がなかった。すると頼家はその事件の鎮圧を安達景盛《あだちかげもり》に命じた。

それには頼家の狙いがあって、頼家は景盛の愛妾《あいしょう》に邪心を持っていたという。それを感じていた景盛は頼家の命令を拒み続けた。

だが、父の安達盛長は頼朝の流人時代からの側近で、三河守護で十三人の合議制の一人でもあった。その父に諭され景盛は伊勢に赴いた。

その景盛の不在を狙って、頼家が景盛の愛妾を強引に自分のものにしたという。

一ケ月後には鎌倉に戻った景盛が驚き怒って頼家を殺そうとする。それを察知した頼家が側近の小笠原長経、比企三郎宗員、中野能成、比企時員、和田朝盛《とももり》らに命じて成敗しようとしたという。

その風聞を聞いた政子が頼家に諫言《かんげん》した。

「姫を失い悲嘆に暮れているのに、兄のそなたは何を考えているのです。そなたが誅しようとしている景盛は、先の将軍さまの功臣の家系です。もし、景盛に罪があるなら、この母に先に申すべきです。それでも罰を与えるならこの母が先に矢に当たりましょう」

なかなかよくできた史書の筋書きでにわかには信じがたい。

政子はこうも諫言したという。

「先の将軍さまは源氏一門やわが北条一族を重く用い、相談相手とされましたが、そなたにはそうした配慮がまったくなく、あまつさえ父を時政と呼び捨てにするなど恨みを残します。これからは細心の注意をして下さい」

これでは頼家が政子をも敵と見るだろう。

史書には政子の美談のように書かれているが、若い武家にとって愛妾の取り合いなど日常茶飯事で珍しくもない。

主人が家臣に妻を差し出させた時代である。

ことさらに騒ぎ立てるほどのこともないし、頼家を非道な男に仕立てる美談仕立てが気に入らない。

やがて頼家を殺してしまう北条家に、正統性があると言いたいばかりに作ったおもしろくもない話だと、この手の物語は厳しく見る必要がある。

北条家にこびての作り話がいいところだろう。もしかして、その時、つまらない事件があったのかもしれないが、それを針小棒大にするのは容易《たやす》いことだ。

歴史は勝者が作るものだから、勝者はこういう創作が実に上手である。言葉尻まで詳細に点検する必要がある。

政子が本当にこのような諫言をしたのだとすれば、最早、頼家の母でも頼朝の妻でもなく、北条家の代弁者に過ぎない。

それを史書は政子の素晴らしい訓戒とほめたたえている。頼家は寂しく鎌倉政権を見捨てるしかなかった。

若く多感な頼家は弁解することなく、心の中で政子と決別しただろう。

哀れ源氏の御曹司である。

そんな大倉御所の混乱を見透かしたように事件が起きる。

義時の野望

頼朝の死から一年もしない十月に入って、早くも十三人合議制の仲間割れが始まった。

それはこんなふうにして始まった。

十月二十五日のことだった。

将軍御所の侍所で結城朝光三十二歳が頼朝の思い出を語った。

「忠臣は二君に仕えずというが、あの時に出家するべきだった。今の世はなにやら薄氷を踏むような思いがする」

朝光は弓の名人で和歌もよくする文武両道の、坂東武者には珍しい穏やかな男だった。それが、頼朝が死んだ時に出家すべきだったと後悔を語り、今の世は薄氷を踏むようだと頼家を批判したのだ。

この発言がまずかった。

翌々日になって御所に勤める女官で、政子の妹の阿波局が朝光にこう告げた。

「そなたの発言が謀反だと梶原景時殿が頼家さまに讒言《ざんげん》しました。それで、そなたは殺されることになっています」

この言葉に驚いた朝光は親しい三浦義村のところに飛んでいった。この事態を相談すると義村は待っていたとばかりに決断が速い。

「よしッ、行こう！」

「どこへ？」

「知れたこと、侍所の別当だ！」

「和田さま？」

「急ぐ話だぞ！」

義村と朝光が和田義盛の屋敷に走った。義盛もすぐ動いた。

「みなに呼びかけて鶴岡八幡宮に集まろう。梶原に恨みを持つものは少なくない。ちょうどいい機会だ！」

義盛がいい機会だと言ったのは、頼朝がいないことを言ったのだ。梶原景時は頼朝にとって石橋山の戦い以来の寵臣《ちょうしん》だった。

景時を庇《かば》う頼朝がもういない。

その夜、鶴岡八幡宮に集まった御家人は多く、六十六人という大人数に膨れ上がった。早速、景時を糾弾する糾弾状を中原仲業《なかはらのなかなり》が書くことになった。

十月二十八日にはその糾弾状ができ上がり、その日のうちに千葉常胤、三浦義澄、畠山重忠、小山朝政《おやまともまさ》、三浦義村、結城朝光、和田義盛、足立遠元、比企能員、二階堂行光、葛西清重《きよしげ》、渋谷高重、河野通信《みちのぶ》、安達景盛、天野遠景、安達盛長、岡崎義実、若狭忠季《ただすえ》、土肥維平《どひこれひら》、佐々木盛綱、宇都宮頼綱《よりつな》等々、六十六人が署名して連判状が一晩でできあがった。

すぐ政所別当の広元に提出された。

広元はその糾弾状に北条時政と義時の名を探したがなかった。こういう時は連判に名のない大物に要警戒なのだ。

勘の鋭い広元はこの事件に阿波局と義時と義村、それに侍所別当の和田義盛の陰謀の匂いを嗅ぎとった。結城朝光は不用意な発言はしたが、そういう陰謀に加担するような男ではないはずだと思う。

広元はここで梶原景時を葬るには惜しい人物だと思う。

石橋山の戦いで頼朝を救い信頼された男で、欠点も多いが頼朝に可愛がられ領地も大きく、北条時政に五分で物が言えるのは景時しかいない。

歳《とし》も時政が六十二歳で景時は六十歳だ。広元より景時は八歳も年上だった。

時政と義時にとって、いの一番に政権から消し去りたい男が梶原景時だろう。

広元は冷静だ。

糾弾状をすぐ頼家に提出せずに手もとに留め置いた。

「入道殿、このようなものが……」

広元と入道康信の密談だ。入道は景時と同い年で親しかった。

「例の、侍所から？」

「そうです。六十六人の連判です」

「六十六人、多いですな。それで例の二人は？」

「ありません。二人の名がありません」

「そうですか……」

「こうなると思っておりました」

「この鎌倉で戦いになりますか？」

「そうはしたくありません」

「確かに一対六十六では勝負になりませんか……」

　鎌倉で戦いが起これば、また焼け野原になりかねない。それだけは回避しないと大混乱になる。それが京に飛び火すれば収拾困難になることは見えていた。

「一旦引いてもらうしかないでしょう」

「納得しましょうか？」

「入道殿の説得で……」

　広元はここで冷静に梶原景時と話せるのは入道康信しかいないと思う。

　十三歳の頼朝を支えた入道康信には、北条時政も政子も義時も一目置いている。事態がこうなると双方の激突を避けるしかない。

双方が深く傷つけば喜ぶのは誰か見えている。

十一月になって入道康信と梶原景時の二人だけの秘密の話し合いがもたれた。酒を飲んで、覚悟を決めたのか景時が涙をこぼしたという。

和田義盛から連判状がどうしたかと催促が厳しくなり、広元はさすがに手もとに留めておくことができなくなった。

そこで広元が頼家に差し出すと、翌十一月十二日に、梶原景時は頼家に召し出され六十六人の連判状を見せられた。頼家はそれがどういう意味があるのかわかっていた。

六十六人が梶原景時をどう扱うか見ている。

頼家も広元と同じように景時を葬るのは忍びなかった。だが、もう頼家には景時を庇える力はない。

「弁明することはあるか？」

「格別にはなにもございません。相模一《いち》ノ宮《みや》の領地へ帰らせていただきたく、御大将に願いあげまする」

「そうか……」

頼家が言う。その顔には無念さがにじんでいた。景時が広元と一緒に十三人の合議制に反対したことを頼家は知っている。

鎌倉殿の一の郎党《ろうとう》が梶原景時なのだ。

景時が目頭を押さえると頼家も泣きそうな顔になった。二人は互いに何もしてやれないのだとわかっている。

頼朝の側近で頼家の理解者でもある梶原景時は、何一つ弁明も抗弁もすることなく、一族郎党を引き連れて鎌倉から退去することになった。

景時は播磨と美作の二国の守護であり、相模一ノ宮の寒川《さむかわ》神社に大きな所領を持っている。そこに帰って謹慎することになった。

その景時の何も弁明せず罪を認めた殊勝な振る舞いに、連判した御家人たちから失脚させるのはどんなものかと、同情と支持が集まって、景時は一旦十二月九日には鎌倉へ戻ってきた。

これがよくなかった。

鎌倉には景時を生かしておけない男がいた。

十二月十八日に梶原景時は鎌倉からの追放を言い渡される。追放だからすべてを失うことになった。

和田義盛と三浦義村が景時追放の奉行になり、鎌倉の梶原景時の大きな屋敷が取り壊された。その上で、十二月二十九日には景時に代わって、この事件の切っ掛けを作った結城朝光の兄、小山朝政が播磨守護になり、景時の所領であった美作守護は和田義盛に与えられた。

結局、御家人は誰でも領地が欲しいのだ。

正治二年（一二〇〇）の年が明けると、正月十三日に頼朝の一周忌法要が荘厳に行われた。その法要の導師を務めたのは臨済宗《りんざいしゅう》の宗祖栄西《えいさい》だった。この後、臨済宗は鎌倉に根付き、京の五山《ごさん》に続いて、鎌倉にも鎌倉五山が建立される。

京の五山も鎌倉五山も全て臨済宗である。

鎌倉五山は京の南禅寺《なんぜんじ》を別格本山として、一位の建長寺《けんちょうじ》から円覚寺《えんがくじ》、寿福《じゅふく》寺《じ》、浄智寺《じょうちじ》、五位の浄妙寺《じょうみょうじ》までをいう。

栄西は宋の国に二度まで渡って禅の修行を修め、建久二年に帰国すると九州から布教を開始した。頼朝の一周忌法要の後、政子が寿福寺を開基《かいき》、栄西が開山となって建立する。その寿福寺の初代住職として招聘《しょうへい》された。

その後、二年後の建仁二年には頼家が京に建仁寺《けんにんじ》を開基、栄西が開山となり建立される。その建仁寺は禅、天台《てんだい》、真言《しんごん》三宗兼学の寺として、本朝でも例のない極めて重要な京都五山の寺となる。

このような寺を開基した頼家が暗愚なはずがない。

すべてを失った景時は正月二十日に、一ノ宮を出て一族郎党を連れて京に上ることにしたが、その道筋の伊豆、駿河、遠江は北条時政が守護をしている。この東海道を時政が無事に通させてくれるか問題だった。

いざとなれば戦うしかない。

梶原景時も坂東武者である。戦うだけの兵力は持っていた。

箱根を越えて駿河に入ったまではよかったが、駿河清見関《きよみがせき》まで行くと案の定、偶然を装って時政の息のかかった吉川友兼《きっかわともかね》らが待ち受け、後ろからは義時の命令を受けた飯田家義《いいだいえよし》軍が追ってきていた。

家義と景時はともに平家でありながら、石橋山の戦いで頼朝を助け勲功を上げた。

二人はよく知っている間柄だったが、駿河狐崎《きつねがさき》において梶原軍と吉川軍、飯田軍が合戦になった。

梶原軍の猛将三男景成が吉川友兼と戦いになり、友兼が景成を討ち取ったのだが、友兼も景成に深手を負わされていて間もなく死んだ。

景時の息子たちは寡兵ながらよく戦った。六郎景国討死、七郎景宗討死、八郎景則討死、九郎景連も討死する。

嫡男景季《かげすえ》と次男景高《かげたか》は景時を連れて一旦山に引いた。

梶原景季も父に劣らず優秀な男で、頼朝に寝所警護の十一人に選ばれている。仕事がいつも義時と一緒でその考え方や人柄をよく知っていた。

義時は執念深く、歳に似合わず老獪《ろうかい》で決して他人に腹の中を見せない。恐ろしい男だと思ってきた。

歳は景季の方が義時より一つ上だった。

その景季も戦い疲れ、既に味方は少なくなっている。

「父上、最早、ここまでかと思われます」

「うむ……」

景時は立ち上がると太刀を抜いて飯田軍に突進していった。その後ろに景季と景高がいた。

死力を尽くして戦ったが景時と景高が討死、それを見た景季は鎧《よろい》の草摺《くさず》りから太刀を入れると一気に自害した。

三人の首は味方によって隠されたが、翌日には見つかり梶原一族の三十三の首が道に並べられ晒《さら》された。

この戦いで死んだ吉川友兼の息子吉川朝経は加増され、景時が守護だった播磨の揖保福井《いぼふくい》の地頭となった。飯田家義は駿河大岡《おおおか》の地頭を加増された。

この梶原景時の変といわれる事件には後日談があり、この事件の翌年の正治三年（一二〇一）正月二十三日に、景時が庇護して鎌倉の御家人にした越後平家の城《じよう》長茂《ながもち》が秘かに上洛する。

その頃、景時に代わって播磨守護を加増された小山朝政が、大番役で京にいたので三条東《ひがしのとう》洞院《いん》の宿所を長茂軍が襲撃した。

その頃、越後では長茂の甥の城資盛《すけもり》が蜂起して戦いを始めている。

寄ってたかって景時を失脚させた鎌倉政権が気に入らない。城長茂は後鳥羽上皇から頼家追討の宣旨を賜り、京で挙兵して鎌倉軍と戦おうというのだから気宇《きう》壮大《そうだい》だ。

だが、後鳥羽上皇から宣旨は出なかった。

結局、城長茂は鎌倉軍に追われて大和《やまと》の吉野《よしの》に逃げた。その中に奥州平泉の藤原秀衡《ひでひら》の四男高衡《たかひら》がいた。

高衡は長茂軍から離脱しようとするが失敗し吉野で討死する。

小山朝政軍に追われた長茂は二月二十二日に激突する。七尺（約二一〇センチ）の大男で仁王さまのようだった長茂は、柄《え》の長い長刀《なぎなた》を振るって大暴れするが、寡兵の上に長茂は五十歳と高齢だった。

疲れ切ったところを討ち取られた。

越後の資盛は越後鳥坂《とっさかじょう》城に立て籠った。鎌倉の政権は上野にいた佐々木盛綱を急遽《きゅうきょ》、追討軍として越後に向かわせて城軍と戦わせる。総崩れになり資盛は城から脱出して行方不明となる。

出羽に潜伏したともいう。

後世、資盛の末裔《まつえい》を名乗る一族が、上杉謙信や徳川家康に仕えたが、その出自は定かではない。

この城一族の一連の戦いを建仁《けんにん》の乱とよぶ。

後世において、梶原景時の評判は判官贔屓《はんがんびいき》の逆ですこぶる悪いが、景時は世間に喧伝《けんでん》されているような極悪の男ではなかった。

教養が高く京の大徳寺家《だいとくじけ》から和歌なども学び、主君に忠実な文武両道の吏僚《りりょう》として優れた能力を持っていた。有能だと史書では悪人に仕立てられやすいのか、石田三成《いしだみつなり》なども損している口だろう。

頼朝の武家社会構想実現のため、忠臣の景時は、自ら進んで頼朝の楯《たて》となり憎まれ役を買っていたといわれる。それを知っている頼朝は一の郎党にしたのだともいう。

従って、不満があっても頼朝を恨めない輩《やから》は、景時に罵声《ばせい》を浴びせたかもしれない。

その梶原景時を大悪党に仕立てたのは、やはり江戸期の芝居で判官義経を引き立てるためだった。

勧善懲悪《かんぜんちょうあく》好みの江戸の人は、単純に義経が善で景時が悪というのは、わかりやすく大好きな物語だった。そういう人々はいつの時代でも少なくない。むしろ主流である。

この梶原景時の事件が起きた時、頼家は頼朝の家督を継いだ鎌倉殿ではあったが、まだ将軍ではなかった。

従って政権の中心がどこなのかわからない。

頼家であるようなないような、十三人の合議が中心であるようなないような、何んとも宙ぶらりんのおさまりの悪い政権になっていた。

正月早々の一月二十日に梶原景時が死に、その三日後の一月二十三日に三浦義澄が七十四歳の長寿で亡くなり、次男の義村がその後継者となった。義村の母は伊東祐親の娘で義時の母親とは姉妹で、義村と義時は従兄弟同士で仲が良かった。

梶原と三浦の死によって事実上、一年を待たずに十三人の合議制は、十一人になり崩壊したといえなくもなかった。

広元が危惧したとおりになった。

急死した頼朝は、そんな未熟な政権しか残せなかったことになる。

そんな頼朝の清和源氏河内流は武門の家柄からか不思議な一族で、三十数人の男子の中で畳の上で亡くなったのは頼朝と、その三男でこの後に高野山において亡くなる僧侶、貞暁の二人だけという異常さだった。それも頼朝は暗殺されたようで、貞暁は自害かもしれない。

既に頼朝の後継者の頼家にも怪しげな影が忍び寄り始めている。

鎌倉政権の体制も仕組みもまだまだ貧弱で、十三人による合議制などと極めて曖昧なものだった。

二代目鎌倉殿として頼家を守り育てていこうという考えはない。

その最大の原因は北条時政、政子、義時の三人が平家の血筋であり、源家より北条家の方が大切と考えていたからであり、鎌倉政権は北条家が支えてきたのだという北条親子の考えがあったからだ。

それなのに頼朝は身内に甘くすることはなく、時政は頼朝の舅《しゅうと》なのだから優遇されていいはずだと、いつも頼朝に不満を抱えていたが、娘の政子のことがあり、口をつぐんできたのだ。

その中で義時は三十八歳という男盛り、源家の鎌倉から義時自身が握る鎌倉にしたい野望に憑《と》りつかれていた。そう考えさせたのは頼朝の突然の死だった。

目立たない地味な男が頼朝の死を見て、人はみな死ぬのだから生きているうちは思いのままに生きてみたい。そんな欲望が芽生えてきた。

考えてみると、義時の眼の前には鎌倉政権という未熟な獲物が転がっている。その先には東国を支配し、やがて天下を支配するという大きな広がりが見えていた。人はちょっと視点を変えただけで、それまでまったく見えていなかったものが、はっきりと見えてくることが少なくない。

絶望から一転して光明《こうみょう》が見えるということはよくあることだ。

義時には頼朝の死によってそれが見えた。

それまで心の奥底に眠っていた無慈悲な地獄の鬼が、巨大な野望となって目覚めると、義時を支配し動き出した。

その鬼こそが義時の本性だった。誰の心の中にも棲《す》んでいる鬼だ。

その義時が十三人合議制、いや、実質的には十一人合議制になった老人たちの集まりで、最も若いため主導権を握り始めている。

みな病持ちの老人たちは集まることもままならず、いつも欠員ばかりで事実上の十一人合議制は、八人の合議制だったり、ひどい時は五人の合議制になり、その状況は惨憺《さんたん》たるもので既に瓦解していたともいえる。

こういう仕組みは主張の強い者が出てくると、そちらに引きずられることが多く、何が正しいかではなく、誰が発言したかになりがちになる。いつの世もそういうことは常である。

四月になると二十六日に安達盛長が死去して、十一人合議制は十人合議制になってしまう。

盛長は六十六歳で甘縄《あまなわ》神明宮の屋敷で亡くなった。

頼朝の乳母の比企尼の長女丹後内侍《たんごないし》を妻にした。内侍は宮中の女房で、盛長は京にも知人が多かった。

そんなことから、城一族の反乱の後ろには、安達盛長と比企がいるはずだと噂されたこともあった。だが、それは噂以上には広がらなかった。

頼朝が流人になった時から仕えていて、頼朝と政子の間を取り持ったのが盛長である。

平家討伐の旗揚げをした頼朝に味方するよう、関東の豪族を説得して歩いたのが盛長で、下総の大豪族千葉常胤を説得して味方にした。

それによって関東の豪族たちは次々と頼朝の傘下に駆け込んできた。

奥州合戦の後に奥州安達を領し本貫《ほんがん》としたため安達と名乗ったともいう。

頼朝の死後は出家して蓮西《れんさい》と名乗っている。頼朝の信頼が厚く、頼朝がしばしば盛長の屋敷を訪れたという。盛長は生涯頼朝の傍を離れず官職に就くことはなかった。

北条家が鎌倉政権を乗っ取ると、盛長の曽孫の泰盛《やすもり》が霜月《しもつき》騒動と呼ばれる反乱を起こし、鎌倉政権を改革しようとするが北条貞時《さだとき》軍に敗れる。

泰盛は一族郎党五百人と自害してしまう。

この戦いが鎌倉政権を乗っ取った北条家と、それに反発する有力御家人の最後の戦いになり、金沢家や宇都宮家などが失脚し、鎌倉政権は完全に北条家のものとなった。

吉田兼好《よしだけんこう》の徒然草《つれづれぐさ》では、安達泰盛が馬術の名人であったことが語られている。盛長の遺志は曾孫まで伝わっていた。

鎌倉政権の十三人の合議制が始まってから、八十五年というずいぶん長いこと権力争いが続いたのである。

その混乱を作り出したのは北条時政、政子、義時の親子の野望だった。そこに阿波局が加わって見事に頼朝の一の郎党梶原景時を葬り去った。

（下　反逆の北条につづく）

一〇〇字書評

切・り・取・り・線

購買動機（新聞、雑誌名を記入するか、あるいは○をつけてください）	
□（　　　　　　　）の広告を見て	
□（　　　　　　　）の書評を見て	
□ 知人のすすめで	□ タイトルに惹かれて
□ カバーが良かったから	□ 内容が面白そうだから
□ 好きな作家だから	□ 好きな分野の本だから

・最近、最も感銘を受けた作品名をお書き下さい

・あなたのお好きな作家名をお書き下さい

・その他、ご要望がありましたらお書き下さい

住所	〒				
氏名		職業		年齢	
Eメール	※携帯には配信できません	新刊情報等のメール配信を 希望する・しない			

この本の感想を、編集部までお寄せいただけたらありがたく存じます。今後の企画の参考にさせていただきます。Eメールでも結構です。

いただいた「一〇〇字書評」は、新聞・雑誌等に紹介させていただくことがあります。その場合はお礼として特製図書カードを差し上げます。

前ページの原稿用紙に書評をお書きの上、切り取り、左記までお送り下さい。宛先の住所は不要です。

なお、ご記入いただいたお名前、ご住所等は、書評紹介の事前了解、謝礼のお届けのためだけに利用し、そのほかの目的のために利用することはありません。

〒一〇一－八七〇一
祥伝社文庫編集長　清水寿明
電話　〇三（三二六五）二〇八〇

祥伝社ホームページの「ブックレビュー」からも、書き込めます。
www.shodensha.co.jp/bookreview

祥伝社文庫

擾乱《じょうらん》、鎌倉《かまくら》の風《かぜ》 上《じょう》 黄昏《たそがれ》の源氏《げんじ》

令和 4 年 3 月 20 日　初版第 1 刷発行

著　者　岩室忍《いわむろしのぶ》
発行者　辻　浩明
発行所　祥伝社《しょうでんしゃ》
東京都千代田区神田神保町 3-3
〒101-8701
電話　03（3265）2081（販売部）
電話　03（3265）2080（編集部）
電話　03（3265）3622（業務部）
www.shodensha.co.jp
印刷所　堀内印刷
製本所　積信堂
カバーフォーマットデザイン　中原達治

Printed in Japan ©2022, Shinobu Iwamuro ISBN978-4-396-34788-8 C0193

祥伝社文庫の好評既刊

岩室　忍
初代北町奉行　米津勘兵衛④
雨月《うげつ》の怪《かい》
江戸に大鳥逸平という途方もない傾奇者が現れる。しかも、勘兵衛の息子が仲間と発覚、家康の逆鱗に触れ……。

岩室　忍
初代北町奉行　米津勘兵衛⑤
臥月《がげつ》の竜《りゅう》
豊臣家を討ち勝利に沸く江戸には多くの人々が上方から流入してきた。勘兵衛は更なる治安の維持を模索する。

門井慶喜
かまさん
榎本武揚《えのもとたけあき》と箱館《はこだて》共和国
最大最強の軍艦「開陽《かいよう》」を擁して箱館戦争を起こした男・榎本釜次郎《かまじろう》武揚。幕末唯一の知的な挑戦者を活写する。

門井慶喜
家康、江戸を建てる
湿地ばかりが広がる江戸へ国替えされた家康。このピンチをチャンスに変えた日本史上最大のプロジェクトとは！

宮本昌孝
陣借り平助《へいすけ》
将軍義輝《よしてる》をして「百万石に値する」と言わしめた——魔羅賀《まらが》平助の戦《いくさ》ぶりを清冽に描く、一大戦国ロマン。

宮本昌孝
風魔　㊤
箱根山塊に「風神の子」ありと恐れられた英傑がいた——。稀代《きたい》の忍びの生涯を描く歴史巨編！

祥伝社文庫の好評既刊

宮本昌孝　**ふたり道三㊤**

戦国時代の定説に気高く挑んだ傑作誕生！　国盗りにすべてを懸けた、ふたりの斎藤道三。壮大稀有《けう》な大河巨編。

宮本昌孝　**ふたり道三㊥**

乱世の梟雄《きょうゆう》と呼ばれる誇り——止むことのない戦の世こそが己の勝機。いかに欺《あざむ》き、踏みつぶすかが漢《おとこ》の器量！

宮本昌孝　**ふたり道三㊦**

下剋上の末に美濃の覇者が掴《つか》んだ夢とは？　信長を、光秀を見出した男が見た未来や如何《いか》に——。堂々完結！

宮本昌孝　**武者始め**

早雲・信長・秀吉・家康・幸村・信玄・謙信——戦国七武将の〝初陣《ういじん》〟を鮮やかに描いた傑作短編集！

簑輪　諒　**最低の軍師**

一万五千対二千！　越後の上杉輝虎に攻められた下総国臼井城を舞台に、幻の軍師白井浄三の凄絶な生涯を描く。

簑輪　諒　**うつろ屋軍師**

戦後最大の御家再興！　秀吉の謀略で窮地に立つ丹羽家の再生に、空論屋《うつろや》と呆れられる新米家老が命を賭ける！

〈祥伝社文庫　今月の新刊〉

西村京太郎
高山本線の昼と夜
特急「ワイドビューひだ」と画家殺人、大作消失の謎！　十津川、美術界の闇を追う！

馳月基矢
萌《もゆる》　蛇杖院《じゃじょういん》かけだし診療録
因習や迷信に振り回され、命がけとなるお産に寄り添う産科医・船津初菜の思いとは？

吉田雄亮
お江戸新宿復活控
一癖も二癖もある男たちが手を結び、問題だらけの内藤新宿を再び甦らせる！

岩室　忍
擾乱《じょうらん》、鎌倉の風（上）　黄昏《たそがれ》の源氏
北条らの手を借り平氏を倒した源頼朝は、鎌倉を拠点に武家政権を樹立、朝廷と対峙する。

岩室　忍
擾乱《じょうらん》、鎌倉の風（下）　反逆の北条
頼朝の死後、北条政子、義時は坂東武者を次々に潰して政権を掌中にし源氏を滅亡させる。

今月下旬刊　予定

今村翔吾
恋大蛇《こいおろち》　羽州《うしゅう》ぼろ鳶《とび》組　幕間
松永源吾とともに火事と戦う、あの火消たちの気になる〝その後〟を描く、初の短編集。